PETITE SŒUR

Née à Greenwich (Connecticut), Patricia MacDonald a fait des
études de journalisme. Elle a collaboré à plusieurs journaux
et magazines, à Boston puis à New York, avant de publier son
premier livre, en 1981. Elle vit à Cape May, dans le New Jersey,
avec son mari et sa fille.
Auteur de six romans dont *Un étranger dans la maison,
La Double Mort de Linda* et *Une femme sous surveillance*, elle
est aujourd'hui reconnue comme une des reines du thriller
psychologique.

Titre original :

LITTLE SISTER

Dell Publishing Co., Inc., New York, 1986

PATRICIA MACDONALD

Petite Sœur

ROMAN TRADUIT DE L'ANGLAIS PAR ANNE DAMOUR

ALBIN MICHEL

Paru dans Le Livre de Poche :

UN ÉTRANGER DANS LA MAISON

SANS RETOUR

LA DOUBLE MORT DE LINDA

À mes hommes,
Big D et Mac, avec tout mon amour.

PROLOGUE

Tout commença comme d'habitude. Une exclamation de fureur, une bordée d'injures, des reproches... des cris trop étouffés pour qu'on les perçût clairement à l'arrière de la maison aux volets clos. C'était comme l'approche d'une menace, le grondement de la terre qui se met à trembler et réveille le campeur solitaire sur le flanc de la montagne, le tient aux aguets, moite de peur, conscient d'un danger.

L'homme fit craquer le parquet sous son pas, claqua la porte du placard dans l'entrée délabrée. Les murs vibrèrent. Il enfila rageusement son manteau, remonta le col pour se protéger du froid de la nuit qui s'infiltrait sous la porte, se répandait dans la maison pleine de courants d'air.

La femme, qui l'avait suivi depuis la cuisine où avait éclaté la dispute, le regarda durement, serrant son chandail autour d'elle.

« Je me demande pourquoi je m'en fais. Ça m'est bien égal, murmura-t-elle d'un ton plein de dégoût. Il y a longtemps que j'aurais dû te fiche à la porte avec tes valises. Tu n'as jamais été qu'un sale égoïste, une brute... »

L'homme se tourna vers elle. Une étrange expression se peignit sur son visage, presque un sourire.

« Tu n'auras plus à supporter ma présence, désormais. Et laisse-moi te dire une chose. Pour moi, passer le seuil de cette maison, c'est franchir la porte d'une prison, découvrir la liberté pour la première

9

fois après des années à croupir dans un trou immonde.

— C'est toi qui es immonde. Je l'ai toujours dit. »

L'homme éclata d'un rire aigu, hystérique. « C'est vrai, dit-il. Tu l'as toujours dit. Je l'ai bien entendu cent fois. Une bête immonde, un porc. Mon haleine empeste l'atmosphère. »

Les poings serrés, la femme s'avança vers son mari.

« Et tu crois maintenant que tu peux agir à ta guise ? Filer avec une petite traînée. C'est cette gosse, hein ? Cette petite roulure qui travaille au self-service. C'est avec elle que tu fous le camp, n'est-ce pas ? Je t'ai vu la lorgner. »

L'homme eut une moue de dédain et parut faire un effort pour se contenir.

« Ne me fais pas rigoler. Crois-tu que je puisse avoir envie d'une femme, de n'importe quelle femme, après toi ? Même Raquel Welch ne me ferait pas bander. Pas après avoir été marié avec toi.

— Ne sois pas vulgaire, dit-elle avec un haussement d'épaules. Tu me dégoûtes.

— Tu as raison », dit-il, et il cracha dans sa direction.

La femme resta un instant à regarder d'un air écœuré la salive qui coulait sur son soulier. L'homme marcha vers la porte, tendit la main vers la poignée. Mais elle se rua vers lui et lui barra le passage.

« Tu ne vas pas filer comme ça, dit-elle. Tu ne vas pas nous abandonner pour cette petite putain. M'humilier aux yeux de toute la ville.

— Tire-toi de mon chemin », fit-il entre ses dents.

Elle resta contre la porte, secouant frénétiquement la tête.

« J'ai été une bonne épouse pour toi. J'ai tout fait pour toi. Tu n'étais rien quand tu m'as connue. Mon père t'a donné du travail. Il nous a laissé cette maison. Tu ne peux pas me quitter comme ça, pleurnicha-t-elle.

— Ne me pousse pas à bout, gronda-t-il en levant lentement un bras.

— Tu n'es rien sans moi. Tu n'as toujours été qu'un... »

La gifle l'atteignit sur la pommette et la fit vaciller. Elle tomba à genoux contre la porte. Hébétée, elle repoussa les mèches blondes qui dissimulaient la marque rouge sur sa joue.

« Je t'ai dit de te tirer de mon chemin. »

La femme se remit péniblement debout, les yeux encore vagues.

« Non, gémit-elle. Ne pars pas. »

L'homme se pencha et la souleva par le col de son chandail.

« J'en ai marre de toi », s'écria-t-il avec hargne, la secouant comme si elle eût été un vulgaire sac de poubelle.

Elle parut sur le point de s'évanouir, cligna les paupières. Soudain, ses yeux s'agrandirent, jetant un regard affolé par-dessus l'épaule de l'homme.

« Regarde, murmura-t-elle. Derrière toi.

— Quoi? » s'écria-t-il, en lui jetant un coup d'œil soupçonneux.

La femme pointa péniblement un doigt. L'homme la lâcha et regarda dans la direction qu'elle indiquait.

« Oh, non! » murmura-t-il.

Sur la dernière marche de l'escalier, se tenait un petit enfant. Vêtu d'un pyjama en pilou orné de lapins et de poussins jaunes, il braquait un gros revolver sur le couple.

« Imbécile, grommela la femme. Je savais que nous n'aurions jamais dû garder une arme dans cette maison. Je t'avais dit...

— Oh, la ferme! » cria l'homme.

Il se tourna lentement vers l'escalier, désireux de ne pas effrayer l'enfant.

« Pose ce revolver, bébé, dit-il doucement. On va te donner un autre jouet pour t'amuser, hein, Maman? »

La femme lui adressa une grimace dégoûtée et se rua vers l'enfant.

« Attention! l'avertit l'homme.

— Donne-moi cette vilaine chose, ordonna-t-elle. Donne-la à Maman. »

L'enfant resta à les fixer tous les deux, tenant l'arme d'une main incertaine.

« Vite, dit la femme d'un ton ferme. Obéis à Maman.

— Recule-toi », cria l'homme. La stupéfaction s'inscrivit sur son visage. « Pose ça, mon petit. Ne... », cria-t-il en se jetant vers la mère et l'enfant.

Le coup retentit dans la maison silencieuse. L'homme se mit à gémir. La femme poussa un hurlement. Le sang gicla, comme jaillit la boue des flancs de la montagne avant l'éboulement.

1

Des girafes roses et vertes allongeaient le cou vers les hautes branches d'un arbre. Caché derrière un tronc, un singe rouge leur jetait un regard furtif. Sur l'autre mur, un tigre bleu rayé de violet foulait l'herbe des savanes. Quelques toucans et perroquets lissaient leurs plumes aux couleurs éclatantes; un rhinocéros amical et sa compagne, l'un orange, l'autre jaune, se contemplaient, corne à corne.

Une voûte de petites ampoules blanches répandait une agréable lumière sur l'assistance qui se pressait, en tenue de soirée, sous cette jungle murale. Dans la rotonde étaient dressées des tables recouvertes de lin blanc. Un bataillon de maîtres d'hôtel en veste rouge servait cocktails et petits fours aux invités dont le brouhaha s'élevait au-dessus des frondaisons tropicales jusqu'à la verrière ouverte sous la nuit étoilée.

Seul un panneau URGENCES et la rangée de fauteuils roulants alignés contre le mur indiquaient que la soirée ne se déroulait pas dans la demeure de quelque excentrique amoureux de la chasse aux fauves.

Vêtue d'une simple robe en soie verte, seule au milieu de la foule, une jeune femme surveillait la scène en buvant son verre à petites gorgées, l'air à la fois inquiet et satisfait.

Un homme élégant aux tempes argentées s'approcha d'elle.

« On se croirait à une première à Broadway, dit-il.

— Nous nous en sommes bien sortis, Brewster.

— Attention, déployez votre charme. Je veux vous présenter un personnage important », fit-il en la poussant du coude avant de saisir par le bras un invité qui passait devant eux.

Le nouveau venu avait des cheveux noirs et de larges cernes sous les yeux. Il serra la main de Brewster en souriant.

« Ce bâtiment représente une annexe remarquable pour notre hôpital, dit-il.

— Remerciez-en la principale responsable. Bob, j'aimerais vous présenter Beth Pearson. C'est elle qui a conçu avec talent et mené à bien la construction du service de pédiatrie. Beth, je vous présente notre conseiller municipal, Bob Tartaglia.

— Vous devez être fière du résultat de vos efforts, la complimenta Tartaglia. J'ai moi-même deux petites filles et, si elles devaient être hospitalisées, je serais plus rassuré de les savoir ici que dans n'importe quel autre hôpital.

— C'est le plus beau compliment que l'on puisse me faire, dit Beth.

— Je suis sincère.

— Nous avons voulu créer un endroit accueillant, où les enfants se sentent chez eux, et offrir en même temps ce qu'il y a de plus moderne en matière d'équipement et de technologie.

— Et avec le formidable pouvoir de persuasion qui est le sien, ajouta fièrement Brewster, Beth est parvenue à convaincre les frères DiSecca de financer le projet. »

Grisée par tant d'éloges, Beth éclata de rire. Toutes les difficultés qu'elle avait rencontrées avant de pouvoir réaliser ce bâtiment tel qu'elle l'entendait n'étaient plus qu'un vague souvenir, noyé sous l'avalanche des compliments.

« A propos, mademoiselle Pearson...

— Je vous en prie, appelez-moi Beth.

— Beth, alors, vous a-t-on présentée au maire ? Je l'ai aperçu qui parlait avec Mme Forster, la directrice du comité de souscription.

— Il m'a dit quelques mots très aimables tout à l'heure.

— Brewster, poursuivit Tartaglia, j'ai appris que vous aviez été choisi pour construire le condominium près du fleuve. Avez-vous déjà mis Mlle Pearson sur le projet ?

— Malheureusement non. »

Brewster Wingate simula un froncement de sourcil réprobateur à l'adresse de Beth. « Mlle Pearson ne travaille plus pour Wingate, Stubbs et Collins. Ce bâtiment est le dernier qu'elle ait réalisé pour nous. »

Le conseiller haussa les sourcils.

« Ai-je commis un impair ?

— Mais non, intervint précipitamment Brewster. Beth a gagné le concours lancé pour la construction d'un hospice sur la nationale. Elle a décidé de monter son propre cabinet. Nous devrons la considérer comme notre concurrente, désormais. Cela ne m'a pas fait sauter de joie, comme vous pouvez vous en douter. Mais j'ai agi comme elle, il y a des années, et je comprends qu'elle ait envie de voler de ses propres ailes. Néanmoins, elle nous manquera, ajouta-t-il en adressant un sourire affectueux à la jeune femme.

— Quelle impression cela vous fait-il de monter votre affaire ? demanda Tartaglia en se tournant vers Beth.

— Éprouvant pour les nerfs, mais passionnant. Une société californienne vient s'installer dans la région et il est question que je me charge de la construction de son siège social. Si j'obtiens ce contrat, ce sera un bon début pour moi.

— Tous mes souhaits vous accompagnent.

— Bob ! s'exclama une femme aux formes volumineuses enveloppées de mousseline rouge. Je vous cherchais partout ! » Elle adressa un grand sourire à Beth et à Brewster. « Voulez-vous nous excuser un instant ? J'essaie d'attirer l'attention de M. Tartaglia depuis le début de la soirée. Je voudrais lui demander une petite faveur pour notre école. »

Le conseiller municipal sourit avec un léger haussement d'épaules.

« Les petites faveurs sont ma spécialité. J'ai été ravi de vous rencontrer », ajouta-t-il avant de se laisser entraîner par son encombrante interlocutrice.

Brewster se tourna vers Beth.

« Satisfaite de la soirée ?

— Tout s'est merveilleusement passé. Mais j'avoue que je suis vannée. Entre l'inauguration, en début d'après-midi, et cette réception...

— Et telle que je vous connais, je parie que vous avez travaillé dans l'intervalle. »

Beth hocha la tête.

« Exact », dit-elle d'un air penaud.

Chargé d'une assiette de fromage et de raisins, un jeune homme aux cheveux bruns s'approcha d'eux.

« Bonjour, monsieur Wingate.

— Docteur Belack, fit l'autre en hochant la tête. Ravi de vous voir ici. Bon, je vais vous laisser tous les deux. J'ai promis à Pris de ne pas rentrer trop tard. Belack, prenez bien soin de cette jeune fille, voulez-vous ? Veillez à ce qu'elle n'en fasse pas trop.

— Je ferai de mon mieux. »

Prise d'un élan soudain, Beth se haussa sur la pointe des pieds et embrassa son ex-patron sur la joue.

« Merci pour votre soutien, Brewster. Je ne l'oublierai jamais. »

Repoussant ses remerciements d'un geste, Brewster alla rejoindre sa femme à l'autre bout de la pièce.

« C'est un chic type, dit Mike Belack.

— Il s'est montré épatant avec moi, dit Beth. Il m'a encouragée à me lancer dans cette entreprise. Personne ne l'aurait fait.

— Surtout quand on sait à quel point il appréciait que tu travailles avec lui. »

Beth sourit :

« N'est-ce pas une soirée réussie, Mike ?

— Je suis content de te voir aussi détendue. Entre la fin des travaux de l'aile de pédiatrie et les débuts de ton affaire, j'ai parfois cru que tu ne tiendrais pas le coup.

— J'en ai eu aussi parfois l'impression, mais je ne regrette rien et je suis certaine que cette période me semblera plus tard l'une des plus riches de mon existence.

— Bien sûr, puisque tu m'as rencontré. Que pourrait-on souhaiter de plus ? »

Elle fit une grimace et lui envoya une légère bourrade. Elle savait au fond d'elle-même combien il disait vrai.

« J'ai croisé Maxine près du buffet, continua Mike en prenant un morceau de fromage dans l'assiette. Crois-moi, elle rayonnait. Un vrai phare ! »

Beth rit. Maxine était depuis longtemps son assistante et l'avait suivie lorsqu'elle s'était décidée à voler de ses propres ailes. Elle se retrouvait aujourd'hui assistante, secrétaire, négociatrice en chef, et seule employée à temps complet de Beth. C'était également un modèle de tact et d'efficacité, capable d'offrir une image attrayante de la jeune société aux yeux des futurs clients.

« Maxine mérite plus que personne d'être associée à cette réussite, dit-elle. Parfois, je crois que Brewster regrette davantage son départ que le mien.

— Bon, cette réception est un succès manifeste, déclara Mike. Mais que dirais-tu de continuer la fête dans l'intimité, chez toi ? »

Beth jeta un coup d'œil autour d'elle et hocha la tête.

« Cela me paraît une excellente idée. D'ailleurs, je commence à en avoir assez. »

Ils se dirigèrent vers la sortie. Près de la porte, ils passèrent devant Maxine en conversation animée avec deux hommes qu'elle tenait visiblement sous son charme. A leur vue, la jeune fille s'écarta de ses interlocuteurs et vint embrasser chaleureusement sa patronne.

« Merci pour tout, chuchota Beth. A demain.

— Rentrons à pied », dit Mike.

Ils enfilèrent leurs manteaux et sortirent dans l'air frais de la nuit. Beth passa son bras sous celui du jeune homme.

« Tu as eu un succès fou », dit-il en l'embrassant sur la joue.

Elle lui jeta un long regard tandis qu'ils marchaient à grands pas en direction de sa maison. Son profil

17

bien dessiné se détachait dans la lumière des réverbères. Elle sentit monter en elle une bouffée de bonheur. Les rues de la ville étaient silencieuses, désertes à cause du froid et de l'heure tardive. La nuit lui sembla étonnamment paisible, presque magique.

« A quoi penses-tu? demanda Mike. Tu es bien silencieuse.

— Je me dis simplement que j'ai de la chance et que je suis heureuse. »

Il serra plus fort son bras contre lui.

« Nous avons de la chance. »

Il dit si facilement « nous », pensa-t-elle. Il était si sûr de lui et si optimiste. Bien qu'elle eût effectivement l'impression que leur rencontre était un miracle du destin, elle n'était pas encore prête à miser sur ce « nous ». Comment deux personnes aussi différentes pouvaient-elles s'accorder aussi rapidement? Il s'avançait librement dans la vie, considérait leur amour comme une chose merveilleuse, certes, mais naturelle. *Je suis moins sûre de moi*, songea-t-elle. *Je ne peux m'empêcher de douter de mes sentiments. Et pourtant, nous nous accordons pleinement*. Une expression de bonheur se répandit sur son visage.

« Garde ce sourire, dit-il. Nous sommes arrivés à la maison. »

Ils montèrent bras dessus, bras dessous les marches du porche de l'une des vieilles maisons de brique joliment restaurées qui s'alignaient le long de la rue tranquille bordée d'arbres. Mike frissonna tandis que Beth maniait nerveusement ses clefs.

« Il fait un froid de canard, quand on ne bouge pas. Janvier. Brr... »

La chaleur de la maison les enveloppa lorsqu'ils pénétrèrent à l'intérieur. C'était la première maison que Beth eût jamais possédée. Elle était dans un triste état d'abandon et de délabrement lorsqu'elle l'avait achetée pour un prix modeste. Elle avait entrepris de la rénover, s'était elle-même mise à la tâche avec les ouvriers, travaillant souvent tard dans la soirée après leur départ, autant par souci d'économie que pour avoir la satisfaction d'installer son nid de ses propres mains. Un sentiment de fierté lui gonflait le cœur chaque fois qu'elle en franchissait le seuil.

Mike l'aida à ôter son manteau. Elle entra dans le salon et alluma les lampes.

« Veux-tu un dernier verre ? lui demanda-t-elle tandis qu'il accrochait leurs manteaux dans la penderie.

— Juste un soda pour moi. Je dois être d'attaque tôt demain matin. »

Beth remplit deux verres de soda et lui en tendit un. Mike l'entoura de ses bras.

« Que dirais-tu de monter dans la chambre ? Nous serons plus à l'aise. »

Beth acquiesça en souriant.

« Laisse-moi seulement m'assurer que tout est bien fermé. »

Pendant qu'elle allait vérifier la fermeture des portes et des fenêtres dans la cuisine, Mike parcourut le salon des yeux.

« Tu sais, lui cria-t-il, cette pièce conviendrait parfaitement à une réception de mariage, à condition de ne pas être trop nombreux. »

Beth avait allumé les lampes à l'arrière de la maison pour inspecter le jardin. Elle abaissa l'interrupteur et resta silencieuse pendant un instant.

Mike apparut dans l'embrasure de la porte de la cuisine, la tête penchée sur le côté.

« Bien sûr, il faudra quelques cendriers supplémentaires. »

Beth prit une longue inspiration. Elle avait le cœur qui battait un peu trop fort.

« Je n'y ai jamais réfléchi », dit-elle, tout en sachant que ce n'était pas tout à fait la vérité.

Mike avait déjà fait allusion au mariage. Elle avait éprouvé un curieux mélange de bonheur et d'angoisse, comme un nœud au creux de l'estomac. Et ça recommençait. *Tu as vingt-huit ans*, pensa-t-elle. *Et c'est le premier homme avec lequel tu puisses t'imaginer mariée.* Les autres lui avaient toujours reproché son caractère difficile, agressif, son esprit de compétition, avant de refermer la porte et de sortir de sa vie. Avec Mike, les rapports avaient été différents. Dès le début, il avait accepté ses sautes d'humeur et encouragé sa carrière, comme s'il s'agissait de la chose la plus naturelle du monde. Elle pourrait s'épanouir à ses côtés. Elle en avait la certitude.

Mais les choses pouvaient mal tourner entre les êtres. Un mariage pouvait se détériorer. Elle le savait. Elle en avait été le témoin. Mais qui ne tente rien...

« N'a rien, n'est-ce pas ? fit Mike d'un ton amusé. Réfléchis à ma proposition. »

Beth hocha la tête et l'embrassa.

« J'y penserai. »

Mike fit une moue en entendant la sonnerie du téléphone.

« Sans doute des admirateurs.

— Ne répondons pas, dit Beth. Je suis sûre que ça peut attendre. »

Il relâcha son étreinte à contrecœur.

« C'est peut-être l'hôpital. »

Beth se dirigea vers le téléphone.

« Je suppose que voilà à quoi ressemble la vie de femme de médecin », laissa-t-elle échapper d'un ton moqueur avant de soulever le récepteur.

Pendant quelques instants, elle écouta sans rien dire. Mike vit ses traits délicats et mobiles se figer en un masque privé d'expression. Ses yeux verts prirent un regard glacé. Les monosyllabes qu'elle prononçait ne lui permettaient pas de comprendre de quoi il s'agissait.

« Très bien, dit-elle enfin. Je serai là demain. Merci d'avoir appelé. »

Elle raccrocha, sans pouvoir détacher son regard de l'appareil.

« Que se passe-t-il ? Des ennuis ? »

Beth détourna les yeux du téléphone et regarda Mike d'un air hébété, distant. Puis elle s'éclaircit la gorge :

« C'était ma tante. Mon père est mort aujourd'hui. D'une crise cardiaque.

— Oh, ma chérie ! Je suis navré. »

Beth repoussa sa sollicitude d'un geste de la main.

« Ça va. » Elle fronça les sourcils et se mordit la

lèvre supérieure. « Je... je dois me rendre dans le Maine demain.

— Chérie, que puis-je faire pour toi ? » demanda Mike en l'entourant de ses bras.

Elle secoua la tête d'un air absent.

« Il faut que je fasse ma valise. Peut-être pourrais-tu me réserver une place sur un vol ? Je dois être à Portland demain.

— Bien sûr. Laisse-toi aller, ma chérie. Pleure, si tu en as envie.

— Je n'ai pas envie de pleurer. Mike, pourrais-tu juste faire cette réservation pour moi, pendant que je prépare mes bagages ? »

Il la regarda d'un air perplexe se détourner de lui et se diriger vers l'escalier. Il souleva le téléphone, composa le numéro de la compagnie aérienne et mit un temps qui lui parut interminable à obtenir quelqu'un au bout de la ligne.

« Y a-t-il des vols directs de Philadelphie à Portland, dans le Maine, pour demain matin ? » demanda-t-il.

L'employé lui précisa qu'il devait prendre une correspondance à Boston et le laissa patienter pendant qu'il vérifiait les horaires. Mike tendit une oreille vers l'étage supérieur, s'attendant à entendre un bruit de sanglots étouffés, mais seul le claquement des tiroirs troublait le silence.

L'employé revint en ligne. Mike prit toutes les dispositions nécessaires et monta rapidement dans la chambre.

Méthodiquement, presque machinalement, Beth s'appliquait à emplir son sac de voyage ouvert sur le lit.

« C'est arrangé, dit Mike. Tu as un vol demain matin à dix heures. Il y a un changement à Boston.

— Merci.

— Beth, si je t'accompagnais ? Je peux demander à un confrère de me remplacer. »

Beth contempla les deux chandails qu'elle tenait à la main comme si elle les soupesait. Elle en plaça un dans la valise et rangea l'autre dans le tiroir. Puis elle leva vers Mike un regard empli de désarroi.

« Je ne pense pas avoir besoin des deux, qu'en penses-tu ?

— Des deux quoi ?

— Des deux chandails. Je ne resterai pas longtemps partie.

— Un seul suffira, dit-il doucement. Écoute, Beth. Je préférerais venir avec toi. Je déteste l'idée de te savoir seule là-bas.

— Je ne serais pas seule. Il y a ma sœur. Ma tante et mon oncle.

— Tu n'avais jamais dit que tu avais une sœur !

— Vraiment ?

— Je croyais que ton père vivait seul.

— Il vivait avec Francie. Elle est beaucoup plus jeune que moi. Elle doit avoir quatorze ans maintenant. Je la connais à peine.

— Depuis combien de temps n'as-tu pas vu ta famille ? »

Beth sortit des sous-vêtements chauds des tiroirs au fond de la penderie.

« Il fait glacial dans ce bled, dit-elle en les pliant dans sa valise. Je n'y suis pas retournée depuis longtemps. Des années. Depuis la mort de ma mère, je crois. C'était... il y a huit ans. Francie était toute petite. Je ne l'ai jamais revue depuis.

— Seigneur ! s'exclama Mike.

— Qu'y a-t-il ?

— Huit ans sans revoir sa famille, c'est long.

— Je suppose, oui.

— Prends des pull-overs à col roulé, conseilla-t-il en la voyant hésiter devant le tiroir ouvert de la commode. Qu'est-il arrivé à ta mère exactement ? De quoi est-elle morte ?

— Elle a eu un accident. Je préférerais ne pas en parler. Je lui étais très attachée. Mon père et moi ne nous sommes jamais bien entendus. Jamais. Je vivais avec lui après la mort de ma mère. Une dispute a éclaté entre nous. Par la suite... un coup de téléphone ou une lettre de temps à autre. Cela nous convenait à tous les deux. »

Mike décela une ombre de chagrin derrière l'explication désinvolte de Beth, mais il jugea préférable de ne pas insister devant l'expression fermée de son visage.

« Et Francie? interrogea-t-il. Que va-t-elle devenir? »

Beth, qui bourrait les coins de sa valise avec des chaussettes, poussa une exclamation exaspérée :

« Pourquoi te soucier de Francie?

— Je ne m'en soucie pas. Je pose simplement une question, protesta-t-il. Ce n'est pas la peine de te mettre en boule. »

Beth haussa les épaules.

« Pardon. Tu as raison. J'ai un oncle et une tante à Oldham. C'est ma tante May qui m'a téléphoné. C'est la sœur de mon père. Mon oncle James est pasteur là-bas. Ce sont des gens d'un certain âge, mais très gentils. Francie ira vivre chez eux. Ils ont eu deux enfants et seront heureux de l'accueillir. Bon, il me semble que j'ai pris tout ce dont j'ai besoin. Est-ce que je peux compter sur toi pour arroser les plantes pendant mon absence?

— Bien sûr.

— J'espère ne pas être obligée de prolonger mon séjour. J'ai un travail fou, ici. De ce point de vue, cela ne pouvait pas tomber plus mal. »

La grimace de Mike ne lui échappa pas.

« Je sais très bien ce que tu penses », dit-elle.

Mike secoua la tête.

« Je suis désolé. Je comprends que tu sois bouleversée, mais je ne suis pas habitué à te voir comme ça. Tu as l'air dur, comme si la mort de ton père te laissait indifférente. Ce n'est pas ton genre. Tu n'es pas quelqu'un d'insensible. Au contraire. »

Beth fronça les sourcils et boucla son sac.

« Tu réagirais différemment s'il s'agissait de ton père, dit-elle. Mais tout le monde n'éprouve pas les mêmes sentiments envers sa famille. Je n'y peux rien si je suis comme ça. Je sais que tu ne comprends pas, mais je ne peux pas te l'expliquer. Pas maintenant.

— Je n'essaie pas de te juger, crois-moi. Viens t'asseoir près de moi.

— Il y aura la veillée, suivie de l'enterrement. Ensuite, il faudra que je règle les affaires de la maison et que j'installe Francie chez mon oncle et ma tante. Je rentrerai tout de suite après. Dans trois ou quatre jours, cinq au maximum. Seigneur, j'espère que ça ne prendra pas plus longtemps ! » L'angoisse perça dans sa voix.

Mike se leva et la força à venir s'asseoir à côté de lui sur le lit. Elle avait le regard fixé droit devant elle, la bouche entrouverte, visiblement à bout de forces.

« J'arroserai les plantes, je prendrai soin de la maison, je ramasserai le courrier. Tout ce que tu veux. Ne te tracasse pas. Et Maxine s'occupera du bureau. Le monde ne va pas s'écrouler pendant que tu n'es pas là, dit-il.

— Je sais. »

Ses yeux étaient vides d'expression.

« Ce qui me préoccupe, c'est toi. Es-tu sûre que tout ira bien ? Je sais que c'est un choc pour toi, mais tu ne devrais pas refouler tes sentiments, quels qu'ils soient.

— Je t'en prie, Mike, cesse de me houspiller. Je tiendrai le coup.

— Bon. Je n'ai rien dit. Tu devrais prendre un bain avant de te mettre au lit. Tu as besoin de repos.

— Je ne suis pas fatiguée. Je préférerais rester un peu seule. »

Mike n'insista pas. Elle avait le droit de vouloir rester seule à un moment comme celui-ci. Il se pencha vers elle et l'embrassa.

« Ne t'inquiète pas pour la maison et le reste. Prends les dispositions qu'il faut et reviens-nous vite. »

Beth réussit à sourire.

« J'essaierai de ne pas te réveiller en montant », dit-elle.

Elle quitta la chambre, referma la porte derrière elle. En arrivant sur le palier, elle l'entendit ouvrir la penderie. Pendant un moment, elle eut envie de regagner la chambre, se glisser dans le lit à ses côtés. Mais quelque chose s'était durci en elle qui ne laissait de place à aucun sentiment, même pour lui. Elle revit soudain Brewster Wingate, rayonnant de fierté, comme si elle était la meilleure petite fille du monde. L'image que les autres avaient de vous était parfois étrange. *Il devrait me voir maintenant*, songea-t-elle avec amertume.

Beth descendit lentement l'escalier dans la maison silencieuse. Comme elle atteignait la dernière marche, un frisson glacé la parcourut. Elle alla vérifier le thermostat de la chaudière, trouva la température normale et enfila une veste en laine accrochée dans la penderie. En refermant la porte, elle entendit l'eau couler dans la salle de bains du premier étage. Mike se préparait à se coucher.

Il vient de découvrir que la femme de sa vie a un glaçon à la place du cœur, qu'elle n'est même pas capable de verser une larme en apprenant la mort de son père. Il y a de quoi vous faire réfléchir.

Elle eut envie de quelque chose de chaud. Elle entra dans la cuisine, alluma le gaz sous la bouilloire et resta debout le dos contre la cuisinière, contemplant la cuisine moderne et étincelante. *Mieux vaut qu'il apprenne la vérité maintenant*, pensa-t-elle. *Je ne suis pas la Brady Bunch qu'il compte épouser.*

La bouilloire siffla. Beth éteignit le gaz, versa l'eau dans la tasse à thé et ajouta quelques gouttes de cognac. La tasse trembla dans sa main comme elle la portait dans le salon. Frissonnante, elle la posa sur la table basse et alla s'assurer que les fenêtres en façade étaient bien fermées. Dehors, les branches bruissaient doucement contre les carreaux.

Elle tremblait comme une feuille, à présent. Elle se dirigea à nouveau vers la penderie et y prit un manteau qu'elle enfila par-dessus sa veste. De retour dans le salon, elle se laissa tomber dans un coin du divan, voulut prendre la tasse, mais ses mains tremblaient si fort qu'elle ne put la porter à ses lèvres et dut la reposer sur la soucoupe.

Ses dents s'entrechoquaient. Pendant quelques instants, Beth fixa sans le voir le châle drapé sur le bras du divan. Sa mère l'avait tricoté il y a longtemps, pour le « trousseau de Beth », disait-elle. Et Beth l'avait toujours conservé précieusement, même quand l'espoir d'un mariage heureux avait commencé à lui paraître aussi improbable que celui de marcher sur Mars. Elle se renversa dans les coussins, attira le châle à elle, et l'enroula autour de ses épaules.

L'image du visage de sa mère surgit avec netteté devant elle, en dépit des années écoulées depuis sa mort. Image sans voix, car le souvenir s'en était éteint avec le temps. Mais les yeux doux et pensifs étaient là, débordant de tendresse. Pendant une minute, Beth cessa de trembler. Peu à peu, les traits de son père vinrent se superposer à ceux de sa mère, le visage sombre de l'homme sur lequel sa mère, il y a longtemps, avait fondé ses espoirs de bonheur. Beth poussa une exclamation de dégoût et se blottit dans les plis du châle, le serrant autour d'elle de ses doigts raides et glacés. Elle se rendit compte qu'elle n'avait même pas parlé à sa sœur. Francie se trouvait-elle auprès de tante May quand celle-ci avait téléphoné ? *Sûrement*, pensa-t-elle. *Où aurait-elle pu être ?* Beth jeta un coup d'œil à la pendule ancienne dorée sur la cheminée. Il était trop tard pour téléphoner. D'ailleurs, qu'aurait-elle dit ? Il était trop tard.

« Il est mort, maintenant », dit-elle à voix haute. « C'est trop tard. »

Elle se mit à claquer des dents, comme si ses mâchoires étaient prises de spasmes incontrôlables. Des frissons la secouaient de la tête aux pieds. « J'ai froid », murmura-t-elle avec stupeur, et ses dents s'entrechoquèrent. Un peu de sang coula sur ses lèvres. Elle voulut l'essuyer, mais fut incapable de détacher ses doigts du châle.

2

L'autocar suivit en cahotant la route étroite et sinueuse, creusée d'ornières par la rigueur des hivers, s'arrêtant dans chacune des petites villes qui jalonnaient son long trajet monotone. Presque tous les passagers montés au départ de Portland étaient déjà descendus.

Beth agrippait le dos du siège en face d'elle, encaissant les secousses. De temps en temps, elle levait les yeux vers le porte-bagages, pour s'assurer que sa valise se trouvait toujours au-dessus d'elle. Derrière la fenêtre, défilait le paysage morne de son enfance.

Il n'est pas sans beauté, pensa-t-elle. Une beauté désolée, mais parfois prenante, lorsque les pins blancs de neige se détachaient sur un ciel bleu par une de ces éblouissantes journées d'hiver, quand les fleurs s'épanouissaient dans les champs et que les rivières scintillaient sous le soleil chaud de l'été. Mais le plus souvent, c'était le paysage dont elle avait gardé le souvenir : gris et menaçant, ponctué de rochers pointus couverts de plaques de neige et d'arbres couleur de plomb se dressant sous un ciel bas où filaient des nuages noirs.

Beth soupira et regarda l'heure pour la énième fois, exaspérée par la lenteur de l'autocar. Il était près de cinq heures de l'après-midi et la journée lui avait paru interminable. A Philadelphie, le brouillard avait retardé le départ de l'avion. Une tempête de neige à Boston lui avait fait rater deux correspondances. Il était presque seize heures lorsque l'avion s'était posé à l'aéroport de Portland, sous une pluie glaciale, bientôt remplacée par un épais brouillard. Beth avait mangé un sandwich au jambon emballé sous plastique à l'arrêt de l'autocar de l'aérogare. Elle avait renoncé à louer une voiture, hésitant à conduire sur les routes verglacées. Elle pourrait utiliser la voiture de son père, sur place. Il était inutile d'avoir deux voitures.

« Prochain arrêt : Oldham », cria le conducteur de l'autocar.

Une femme aux cheveux frisés, portant des lunettes et un manteau de lainage avec un petit col en fourrure, se leva d'un bond et prit ses valises dans le porte-bagages. Elle se rassit sur le bord de son siège, tendant nerveusement le cou pour apercevoir les abords de la ville par la fenêtre.

Beth ôta ses lunettes noires, inutiles dans l'obscurité de cette fin d'après-midi, mais qui lui procuraient une impression d'intimité et dissimulaient la lassitude de son regard. Elle massa ses tempes douloureuses. L'aube se levait lorsqu'elle s'était glissée dans le lit près de Mike. Bien qu'elle eût forcé son maquillage, elle avait sans doute le teint aussi gris que le paysage, à l'heure présente.

Les fermes étaient moins isolées à mesure qu'on approchait de la ville. Derrière leur maigre rideau d'arbres dénudés, les habitations avaient l'air délabré, les granges étaient en ruine, leurs toits croulaient sous le poids de la neige. De vieilles carcasses de voitures rouillées, sans pneus, jonchaient les allées défoncées. Beth frissonna, tira nerveusement sur la ceinture de son pardessus et, d'une main mal assurée, prit son sac dans le porte-bagages. Refrénant le tremblement qui l'agitait à nouveau, elle s'avança le long du couloir central et rejoignit la voyageuse au col de fourrure qui échangeait des plaisanteries avec le chauffeur.

L'autocar s'engagea dans la rue, passa devant un garage et une station d'essence, et s'arrêta en face, devant un libre-service. Beth descendit à la suite de l'autre passagère. Elle jeta un coup d'œil autour d'elle, s'efforçant de se repérer. Elle se souvenait de la station de l'autre côté de la rue, mais le libre-service était nouveau. Il y avait autrefois un vieux hangar à cet emplacement. Le nouveau bâtiment lui fit penser à une grosse boîte en plastique avec ses encadrements chromés et ses panneaux vitrés. *Le progrès*, songea Beth. La femme au col de fourrure regarda dans sa direction, prête à engager la conversation, mais Beth baissa la tête et évita son regard. *Échanger des impressions sur la joie du retour à Oldham... non, merci.*

Elle regarda à nouveau sa montre. A quelle heure commençait la veillée ? Elle avait espéré arriver suffisamment en avance pour se changer et prendre un peu de repos, mais c'était sans doute trop tard. *Je ferais mieux de téléphoner*, pensa-t-elle. Elle traversa le petit parking et entra dans le libre-service.

Appuyé contre le comptoir de la caisse, un jeune homme vêtu d'un bleu de travail crasseux pinçait maladroitement de ses doigts maculés de graisse une guitare passée en bandoulière. Il avait de longs cheveux hirsutes et une maigre barbe lui mangeait le visage. Derrière la caisse, un garçon brun, les joues parsemées de taches de rousseur, lisait un livre de poche ouvert devant lui. Il se tenait accoudé, les mains sur les oreilles, comme pour ne pas entendre les grattements du guitariste. Les deux garçons levèrent la tête vers Beth. Les sons discordants cessèrent.

« Avez-vous le téléphone ? demanda Beth.

— Là-bas. »

Le caissier désigna du doigt un téléphone mural près d'un étalage de sachets de chips et de sandwiches au fromage derrière un présentoir de livres.

« Merci », dit Beth.

Elle sentit leurs regards qui la suivaient pendant qu'elle se dirigeait vers l'appareil, non sans éprouver une pointe de satisfaction à la pensée d'être différente des gens d'ici. De la pointe de ses cheveux lisses jusqu'à ses bottes en cuir noir, elle avait l'air d'une citadine.

Elle souleva l'appareil, composa le numéro de la maison, laissa sonner plusieurs fois. Personne ne répondit. « Zut », murmura-t-elle, à la fois agacée et curieusement soulagée, réalisant qu'elle n'était pas pressée de parler à Francie. Elle fouilla dans son sac à la recherche de son carnet d'adresses, trouva le numéro du presbytère. La passagère de l'autocar était entrée dans le magasin. Elle s'avança jusqu'au comptoir pour payer une boîte de bonbons, détournant l'attention du caissier. Le guitariste continua à dévisager Beth, qui lui tourna le dos tandis qu'elle composait le numéro du presbytère. Sa tante décrocha.

« Tante May, dit Beth. Je suis arrivée.

— Oh, Beth, comment vas-tu, ma chérie ?

— Bien. Je viens juste d'arriver. Il n'y avait personne à la maison lorsque j'ai téléphoné. A quelle heure commence la veillée ?

— Dans environ quarante-cinq minutes. Ton oncle James et moi sommes sur le point de nous y rendre. Où es-tu ? Est-ce que tu téléphones du "Sept à Onze" ? Nous allons passer t'y prendre.

— Ne vous occupez pas de moi, dit Beth, sachant qu'Oncle James mettait toujours un temps fou à s'organiser. Sullivan est à quelques minutes à pied. Je vous retrouverai là-bas.

— Mais, chérie, tu es fatiguée. Laisse-nous venir te chercher.

— Non, vraiment. » Beth n'avait nulle envie de les attendre dans ce magasin minable. « Je serai vite rendue. A tout de suite. »

Elle raccrocha et rangea son carnet d'adresses dans son sac. Elle se sentait lasse, sale, la nuque douloureuse. Après un instant d'hésitation, elle s'approcha du comptoir, prit un tube d'aspirine près de la caisse et demanda le prix.

Le caissier termina sa page et tourna la suivante. *Shoot-out in San Diego*, nota Beth avec une moue méprisante. Sur la couverture, un mercenaire en costume de safari brandissait un fusil.

« S'il vous plaît, dit-elle, en tapotant le tube sur le comptoir.

— Cinquante cents. C'est marqué », dit le garçon sans lever les yeux de son livre.

Beth posa deux pièces sur le comptoir et prit l'aspirine.

« Auriez-vous de l'eau, par hasard ? »

Le caissier consentit à lever les yeux de son livre.

« Non. »

Beth retint un soupir et se dirigea vers le rayon où étaient rangées les boissons. Elle prit une bouteille d'eau gazeuse tiède et la posa sur le comptoir.

« Combien ? demanda-t-elle.

— Quarante-cinq cents. »

Beth jeta la monnaie sur le comptoir, dévissa la capsule de la bouteille et avala deux aspirines avec une gorgée d'eau gazeuse. Elle se dirigea ensuite vers la sortie. Il y avait une grande poubelle en plastique avec un couvercle à bascule près de la porte. Beth s'apprêta à y jeter la bouteille.

« Hé! s'exclama le caissier, ne jetez pas une bouteille pleine.

— J'ai revissé le bouchon, protesta Beth.

— C'est pareil », dit-il.

Beth sentit la moutarde lui monter au nez. Elle laissa retomber le couvercle, marcha jusqu'au comptoir, y déposa brutalement la bouteille.

« Vous pouvez la finir, si vous voulez. »

Le joueur de guitare dissimula un sourire derrière sa main. L'autre lui jeta un regard noir. Soudain, la porte à double battant s'ouvrit sur un homme solidement charpenté, au visage coloré, vêtu d'une veste marquée « Sept à Onze » qu'ornait un nœud papillon.

« Comment ça va, les gars? Où en sont les affaires? »

Tournant le dos, Beth ajusta la bandoulière de son sac de voyage, passa devant le patron du magasin en marmonnant un « Excusez-moi », et sortit.

Ce n'est pas le moment de faiblir, se dit-elle en se retrouvant sur la chaussée glacée. *Espérons que la marche va m'éclaircir les idées.* Elle entendit la porte s'ouvrir derrière elle, et vit le guitariste filer jusqu'au garage, de l'autre côté de la rue. *Le patron a dû le fiche à la porte*, pensa-t-elle avec une certaine satisfaction. Elle se dirigea vers le centre de la ville. Elle avait du mal à marcher sur ses hauts talons, mais c'étaient ses seules bottes noires et elles lui avaient paru convenir pour l'enterrement.

Deux lycéennes la dépassèrent sur leurs bicyclettes. Emmitouflées dans leurs grosses parkas, chaussées de bottes de caoutchouc, elles bavardaient allègrement tout en pédalant. Beth nota avec amusement qu'elles portaient des jeans de Sergio Valente. *L'une d'elles pourrait être Francie*, songea-t-elle. Elle se rendit compte qu'elle ne reconnaîtrait même pas sa sœur s'il s'agissait d'elle. L'une des filles était boulotte, avec un bonnet vert qui lui emprisonnait les cheveux. Beth sentit un petit pincement en la voyant passer. *Je lui ressemblais*, pensa-t-elle. Quelconque, gauche, mal fagotée, même pour un bled situé au fin fond de la province. Bonne en classe et zéro en société. Comment son père l'appelait-il? L'affreuse petite boulotte.

Son père. Beth s'était efforcée d'oublier la raison de sa présence ici. Avec son manteau haute couture, ses bottes et sa coiffure mode, elle se sentit soudain stupide, déplacée, et affreuse. Parce qu'elle se retrouvait sur la terre de son père, la vie qu'elle menait à Philadelphie — son affaire, sa maison, l'homme qu'elle aimait — lui parut tout à coup sans consistance.

« Hé! » cria une voix. Beth tourna la tête. Une camionnette, avec l'inscription « Sept à Onze » sur la portière, roulait lentement à côté d'elle. Le conducteur était le caissier du libre-service. « Voulez-vous que je vous dépose quelque part? » demanda-t-il.

Au souvenir de la scène dans le magasin, Beth se rembrunit et repoussa son offre d'un geste.

« Hé, il faut pas m'en vouloir, dit-il. J'étais seulement de mauvaise humeur parce que Noah me cassait les oreilles avec sa foutue guitare, et que j'essayais de finir mon livre avant le retour de mon patron. »

Beth faillit lui dire de s'en aller, mais elle était épuisée et il cherchait visiblement à se montrer amical. Refuser sa proposition ressemblerait à un geste infantile, un geste de dépit. Elle hocha la tête et se força à sourire.

« Merci, dit-elle. J'accepte. »

Le garçon se pencha pour ouvrir la portière du passager. Beth jeta son sac à l'arrière et se glissa sur le siège près du conducteur.

« Il commence à faire nuit, dit le garçon. Il faut faire attention sur cette route. On voit mal les passants.

— Je ne m'en étais pas rendu compte, dit Beth en ôtant ses lunettes noires qu'elle rangea dans son sac à main. Quelle est votre direction?

— Oh! j'ai quelques livraisons à faire. Un peu partout. »

Beth risqua un coup d'œil à l'arrière de la voiture. Il y avait plusieurs boîtes de conserve empilées sur le plancher. Elle surprit le regard du garçon dans le rétroviseur quand elle se retourna et le vit détourner rapidement les yeux. Cette soudaine timidité lui parut attendrissante. Il trouvait sans doute un air terriblement exotique à cette jolie femme qui venait de si loin, lui qui n'avait jamais quitté cet endroit et semblait juste assez vieux pour avoir son permis de conduire.

« Où est-ce que je vous dépose ? » demanda-t-il.

Beth soupira :

« Devant l'entreprise de pompes funèbres Sullivan.

— Oh ! fit le garçon avec un intérêt poli. Qui est mort ?

— Mon père. »

Beth éprouva une impression fugitive de gêne en prononçant ces mots, indépendamment de tout sentiment de tristesse. Elle était venue enterrer son père et cela ne lui semblait pas réel.

« Je suis désolé. »

Le silence s'installa entre eux. *Ce n'est pas un mauvais gosse*, pensa Beth. Puis elle regarda par la fenêtre.

Ils longèrent la rue principale, passèrent devant la bibliothèque municipale, la teinturerie, la quincaillerie, et le café-restaurant. Le cabinet du docteur se trouvait au bout de la rue, et Beth fut surprise de constater que le nom du Dr Morris se trouvait toujours sur la plaque de cuivre.

« Le Dr Morris est encore en vie, dit-elle. Il doit avoir cent ans. »

Elle se demanda s'il avait assisté son père au moment de sa mort, s'il avait tenté de le faire revivre avec ses vigoureuses mains dont elle avait gardé le souvenir.

« J' pense bien qu'il est en vie. Êtes-vous originaire d'ici ?

— J'ai grandi ici, répondit Beth. Mon père était Martin Pearson. Il travaillait dans une compagnie d'électricité à Harrison. » Tout en prononçant ces mots, elle eut l'impression de lire une épitaphe dérisoire. Mais elle ne savait comment le décrire autrement à cet étranger. « Ma sœur vit ici, ajouta-t-elle rapidement. Vous la connaissez peut-être, bien qu'elle soit probablement un peu plus jeune que vous. Francie Pearson. »

Le garçon secoua la tête.

« Son nom ne me dit rien, dit-il. Où est-ce que vous vivez maintenant ?

— A Philadelphie.

— Vous avez fait un long voyage.

— Oui. C'est le diable pour arriver ici. »

Le garçon resta silencieux, et Beth se demanda si son exclamation familière l'avait choqué. Elle était anodine, mais peut-être était-il religieux ou quelque chose comme ça.

« Au fait, dit-elle, je ne me suis pas présentée. Mon nom est Beth. »

Il parut légèrement surpris.

« Ravi de vous connaître », murmura-t-il.

Beth attendit qu'il se présentât.

« C'est ici, dit-il soudain. Le trajet n'aura pas pris longtemps. »

Il arrêta la voiture devant la vieille maison bien entretenue des pompes funèbres. Beth avait toujours trouvé que c'était une des rares belles demeures de la ville, si l'on exceptait l'enseigne discrète vous rappelant qu'il ne s'agissait pas d'une maison d'habitation.

Elle prit son sac sur le siège arrière et le remercia, tout en le regardant dégager la camionnette Ford du bord du trottoir.

Son mal de tête, qui s'était dissipé dans la voiture, reprit de plus belle au moment où elle s'apprêtait à monter les marches du porche. Elle serra les dents comme si elle avait une montagne à gravir. C'était aussi là qu'avait eu lieu la cérémonie mortuaire de sa mère. *Allons*, se dit-elle, *rien ne saurait être aussi pénible que ce jour-là.*

Prenant son souffle, Beth gravit les six marches et pénétra à l'intérieur de la maison. L'entrée, au sol recouvert d'une moquette, était silencieuse ; des lampes jetaient une faible lueur sur les murs vert foncé. Une vague odeur d'antiseptique parfumé flottait dans la pièce à l'atmosphère étouffante. Des scènes sylvestres encadrées de bois sombre décoraient la pièce.

Deux doubles portes garnies d'un voile blanc se

34

dressaient devant Beth. Sur une tablette en cuivre placée sous une croix, Beth aperçut une carte blanche portant le nom de Pearson. Un gros livre était ouvert sur un pupitre, destiné à recevoir les signatures des invités. On avait piqué quelques fleurs blanches dans le vase à côté. Les accents discrets de la musique enregistrée n'avaient pas encore commencé.

Elle entendit un bruit de pas. M. Sullivan s'approchait d'elle dans son vieux costume sombre bien repassé, avec sa chemise blanche et sa cravate noire, tendant vers elle ses mains tremblantes. *Avec le Dr Morris, c'est sans doute le seul homme à porter un costume pour travailler*, songea Beth. Elle se força à lui sourire.

« Vous êtes Beth, n'est-ce pas ? Vous avez beaucoup changé. Toutes mes condoléances, ajouta-t-il avec un soupir de sympathie.

— Merci, fit Beth.

— Votre tante m'a téléphoné il y a un moment, ils ne vont pas tarder à arriver avec votre sœur. »

Beth hocha la tête.

« Peut-être aimeriez-vous rester seule pendant quelques minutes avec votre père avant l'arrivée des autres », proposa M. Sullivan d'une voix apaisante.

Beth tourna un regard hésitant vers les doubles portes, prise entre un sentiment d'obligation et une sensation de répugnance. Prenant son silence pour une acceptation, le directeur des pompes funèbres ouvrit les portes et lui fit signe de le suivre. Elle pénétra à contrecœur dans le salon funéraire.

Plusieurs douzaines de chaises pliantes étaient disposées en rang pour la veillée mortuaire. *Pourquoi tant de sièges ?* se demanda Beth. *Il n'avait pas beaucoup d'amis.* Le cercueil reposait au fond de la pièce faiblement éclairée, au milieu de quelques couronnes de fleurs. Il était ouvert et Beth baissa les yeux pour éviter de voir le profil familier. On avait refermé le cercueil de sa mère, à cause des lésions provoquées par l'accident. Beth se sentit remplie d'épouvante à l'idée de regarder le cadavre de son père, au point qu'elle craignit de s'évanouir. Elle se ressaisit et s'approcha lentement.

Sullivan lui tapota le bras. « Il a l'air bien », dit-il. Et il se retira, la laissant seule à côté du cercueil tapissé de taffetas. Elle dut se forcer pour regarder à l'intérieur.

« *Il a l'air bien* ». Il y avait quelque chose d'absurde dans ces mots. Fallait-il dire la vérité ? *Il a l'air affreux, il a la peau blafarde, froide et caoutchouteuse. Aucune lumière ne vient de l'intérieur.* Pas même la sombre auréole menaçante qui enveloppait souvent les traits volontaires de Martin Pearson. Ses exigences, sa mauvaise humeur, ses jugements, ses sarcasmes et ses rares accès de gentillesse avaient disparu. *Il doit exister quelque chose qui ressemble à une âme,* se dit-elle avec un sursaut de surprise. *L'être de cet homme s'était enfui* et ce qui restait semblait étonnamment peu menaçant aux yeux de Beth. Sa peur se dissipa tandis qu'elle regardait le corps de son père. Elle aurait voulu éprouver du regret, du chagrin, mais elle ne ressentait qu'un vide en elle.

Elle n'avait jamais su le satisfaire, jamais su lui plaire, malgré toute sa bonne volonté. Même lorsqu'elle était petite, et qu'il marchait à grandes enjambées devant elle, la pressant d'accélérer le pas. Alors qu'elle le contemplait, étendu sans vie dans son cercueil, elle sut que son âme ne trouverait jamais le repos. Aussi fit-elle une chose qu'elle faisait rarement. Elle pria. Elle pria pour l'âme de son père.

Une porte claqua dans l'entrée. Des voix s'élevèrent dans le calme feutré de l'établissement.

Beth se détourna du cercueil et remonta l'allée centrale jusqu'à la porte.

« Il ne s'agit pas d'une réception, Francie, disait l'oncle James d'un ton calme et rassurant. Mais il est d'usage d'inviter les gens à se restaurer après la cérémonie... »

Beth franchit le seuil de la porte. Une jeune fille à lunettes se tenait entre le pasteur et sa femme. Ses cheveux blonds décoiffés lui retombaient sur les épaules, encadrant un visage blanc comme un linge.

« Vous pouvez appeler ça comme vous voudrez, dit Francie à voix haute. Pour moi, c'est une réception. Et c'est dégoûtant de donner une réception après l'enterrement de mon père ! »

M. Sullivan était sorti de son bureau, l'air anxieux. En dépit des multiples manifestations de chagrin auxquelles il avait assisté, il ne s'y était visiblement pas encore habitué. Beth se demanda s'il souffrait d'un ulcère.

« Francie, ma chérie, intervint la voix apaisante de Tante May, les gens ont besoin de se retrouver ensemble, à certaines occasions, de partager leur chagrin.

— Hypocrites ! s'écria Francie.

— Beth ! » s'exclama Oncle James, qui venait d'apercevoir sa nièce dans l'embrasure de la porte.

Beth contempla sa sœur pendant un instant. Derrière les verres des lunettes, les yeux de la jeune fille eurent un regard de méfiance en l'apercevant.

« Tu es ici pour la réception toi aussi ? dit-elle.

— Je suis heureuse que tu aies pu venir, dit Tante May en se précipitant pour embrasser Beth. La mort de ton père nous a fait tellement de peine. Comment vas-tu ? Comment s'est passé le voyage ?

— Épuisant, à vrai dire. Bonjour, Francie, ajouta-t-elle d'une voix égale.

— B'jour, marmonna la jeune fille.

— Nous étions en train d'expliquer le déroulement de la cérémonie à ta sœur, dit Oncle James. Elle commencera demain matin, à dix heures. Un simple service religieux, comme le désirait Martin. Ensuite, le cortège funéraire se rendra au presbytère. »

Beth regarda sa tante hocher doucement sa tête couronnée de cheveux gris, approuvant son mari. Elle avait enterré ses trois autres sœurs et frères, Martin était son cadet. Elle était si différente de ce jeune frère maussade et intolérant ! Beth vit Francie lui lancer un regard mauvais sous ses paupières rougies.

« May, dit Oncle James, veux-tu aller te recueillir un moment auprès de Martin ? Les autres ne vont pas tarder à arriver.

— Oui, chéri. »

Francie refusa de l'accompagner. Beth estima qu'une fois lui suffisait.

Sentant que la crise était passée, M. Sullivan regagna son bureau, maudissant peut-être le jour où son père lui avait légué cette affaire profitable. S'appuyant au bras de son mari, May s'avança d'un pas lent entre les chaises vers le cercueil où reposait le corps de son frère.

Beth préféra ignorer le regard insolent de sa sœur. *Cette gosse a du chagrin*, se dit-elle. *Elle se sent perdue.*

« Comment vas-tu, Francie ? Comment cela se passe-t-il pour toi ? » demanda-t-elle.

La jeune fille lui lança un regard stupéfait.

« Tu te fiches de moi ? Tu veux parler de la pluie et du beau temps ? Ou de mes notes en classe, peut-être ?

— Tu ne m'as pas comprise, dit calmement Beth. Je m'inquiétais seulement de toi. Tout a été si brutal. »

Francie ne répondit pas. Elle resta le regard fixé devant elle. Beth remarqua que son jupon dépassait sous sa robe sans forme, et que l'une de ses chaussettes rentrait dans ses tennis. Elle ne voulut pas faire de remarque sur la façon dont était attifée sa sœur.

« Je n'arrive pas à croire ce que l'on m'a raconté, dit-elle. Avait-il été malade récemment ?

— Non.

— Quand est-ce arrivé exactement ? Tante May ne s'est pas montrée très claire sur ce sujet. »

Francie lui jeta un coup d'œil rapide et détourna les yeux.

« Hier après-midi.

— J'espère qu'il n'a pas souffert, dit Beth sans conviction.

— Il a eu une attaque cardiaque et il est mort. C'est tout. Le Dr Morris a dit que c'était prévisible depuis longtemps.

— Se trouvait-il à la maison ? demanda Beth.

— Qu'est-ce que ça peut te faire ? »

La colère de Beth éclata.

« Je pose simplement la question. Que tu le croies ou non, c'était aussi mon père.

— Il était à la maison. »

Beth la regarda. Elle s'apprêtait à dire que peu lui importait, après tout, quand elle perçut une hésitation dans les yeux et sur la bouche de la jeune fille.

« Te trouvais-tu à la maison, à ce moment-là ? »

Elle n'était pas préparée au regard effrayé que sa sœur dirigea vers elle.

« Qui t'a raconté ça ?

— Qu'est-ce qui te prend ? Personne ne m'a rien raconté. Tante May m'a dit qu'il était mort d'une attaque. Point final. C'est bien ce qu'il a eu, non ?

— Bien sûr ! cria Francie. Pourquoi me regardes-tu comme ça ? »

M. Sullivan sortit précipitamment de son bureau.

Beth sentit son estomac se nouer en voyant sa sœur blêmir dans la lumière verdâtre de l'entrée. L'expression de la jeune fille reflétait un mélange de rage et de frayeur.

Une cloche tinta faiblement dans le hall. Elles entendirent les portes s'ouvrir, les voix étouffées des premiers arrivants. Un couple vêtu de sombre, que Beth ne reconnut pas, pénétra dans l'entrée et regarda d'un air hésitant les deux sœurs qui semblaient figées sur place.

« Mesdemoiselles, les pressa M. Sullivan d'une voix étouffée, vous devriez entrer, maintenant. Les gens vont arriver pour présenter leurs condoléances. »

Beth ne voulut pas tourmenter sa sœur davantage. *Ce n'est rien*, se dit-elle. *Francie a simplement du chagrin*. Mais elle aurait juré que sa sœur lui mentait.

« Finissons-en », fit-elle avec un signe de tête vers le salon funéraire.

Le visage fermé, Francie franchit la double porte devant elle. Beth aurait voulu que le temps s'écoulât plus vite. Elle ne désirait qu'une chose : partir d'ici, les oublier tous — son père, Francie. A tout jamais.

3

Seuls le frottement des essuie-glace sur le pare-brise et les reniflements de tante May rompaient le silence pendant qu'ils roulaient vers le presbytère dans Wheelock Street. Les genoux inconfortablement relevés, Beth avait l'impression de se retrouver enfant, quand elle partageait avec sa sœur la banquette arrière et regardait, par-dessus les têtes grises des adultes assis à l'avant, les rues qui luisaient sous le crachin.

Tante May s'éclaircit la gorge.

« La météo n'annonce pas de pluie pour demain. Je suis sûre que beaucoup de gens se déplaceront.

— Très bien », dit Beth machinalement.

Francie sembla ne tenir aucun compte de la remarque de sa tante.

« On ne sait jamais avec le temps », dit Oncle James, et le silence retomba.

Il est probable qu'ils seront nombreux à venir, se dit Beth. *Les mêmes qui sont venus à la veillée mortuaire : des amis de tante May et des fidèles de la paroisse de l'oncle James.* Elle n'avait reconnu personne.

« Nous y voilà », dit Oncle James en s'engageant lentement dans la rue.

Beth sentit un nœud lui serrer la gorge à la vue de la maison de son enfance, avec ses bardeaux de bois brun et son toit sans couleur. Elle n'y était pas revenue depuis huit ans.

Au moment où les phares de la voiture balayaient la façade, Beth remarqua une couronne de Noël avec son nœud effiloché, ternie par les intempéries, sur la peinture écaillée de la porte d'entrée. Oncle James alla se garer dans l'allée.

Tante May tourna vers les deux sœurs ses yeux rougis débordants de sollicitude.

« Êtes-vous sûres que vous ne voulez pas vous changer les idées et venir dîner avec nous ? J'ai du poulet tout préparé dans le frigidaire. »

Francie hocha la tête et ouvrit la portière de la voiture de son côté.

« Je suis exténuée, tante May, dit Beth. Je voudrais me coucher le plus tôt possible. La journée de demain risque d'être aussi épuisante que celle d'aujourd'hui. »

Tante May soupira en voyant Francie se diriger sous la pluie vers la maison, faisant gicler la boue sur ses tennis, les épaules remontées pour empêcher l'eau de lui couler dans le cou.

Beth se pencha et embrassa machinalement son oncle et sa tante avant de sortir de la voiture.

« A demain », dit-elle.

Elle remonta le col de son manteau et les salua de la main tandis qu'Oncle James reculait dans l'allée, assisté de Tante May qui ne cessait de lui répéter de prendre garde à l'arbre de l'autre côté de la rue. Le froid fit frissonner Beth. Elle se dirigea vers la maison. Francie avait déjà disparu à l'intérieur. Sur le seuil de la porte, Beth se retourna, mais on ne voyait plus les phares de la voiture. Elle tourna la poignée de la porte et entra.

Francie n'était pas dans la cuisine. Beth posa son sac par terre et regarda autour d'elle. La cuisine lui parut à la fois familière et inconnue. Les objets dont sa mère avait décoré la pièce étaient gris de saleté et de graisse. Il y avait toujours le petit pot de fleurs en forme de moulin sur l'appui de la fenêtre, mais la plante était morte depuis longtemps. Les portes du placard à provisions étaient ouvertes sans raison, les rayons chichement garnis de pommes de terre instantanées, de conserves et de spaghettis à réchauffer. Un film de poussière s'était déposé sur la jolie vaisselle, ébréchée et empilée n'importe comment. Le rocking-chair n'avait pas changé de place, bien que son coussin fût déchiré et réparé avec du ruban adhésif. Beth se souvint qu'elle aimait s'y installer pour lire, pendant que sa mère s'affairait dans la cuisine.

Avec un soupir, elle alla suspendre son manteau dans la penderie de l'entrée et s'aperçut alors qu'il faisait un froid glacial dans la maison. Serrant son chandail autour d'elle, elle se rendit dans le living-room pour vérifier le thermostat, effleurant au passage les bibelots sur les tables poussiéreuses. Il y avait là une boîte à musique qui était depuis toujours dans la famille. Un cendrier que ses parents avaient rapporté de leur lune de miel à Washington. Comme elle passait la main sur la table derrière le divan, ses doigts heurtèrent les lunettes de son père. Elles étaient ouvertes sur la table, et Beth vit soudain surgir devant elle son image. Il était plongé dans un livre, plissant les yeux derrière ses lunettes comme si l'auteur cherchait à le leurrer. Elle retira vivement sa main.

Elle traversa la pièce d'un pas rapide et monta la température du thermostat. La chaudière se déclencha avec un grondement.

« Tu ferais mieux de baisser ce truc », dit une voix derrière elle.

Beth tressaillit et se retourna. Accroupie dans l'ombre de l'escalier, Francie la regardait.

« Ne sois pas idiote, dit-elle sèchement. On gèle dans cette maison.

— Dommage, répliqua Francie. Mais il ne reste presque plus de mazout. On n'a pas payé le livreur le mois dernier, si bien qu'il n'est pas venu.

— Je le paierai, dit calmement Beth. Ils pourront livrer demain.

— Sûrement pas un samedi, répliqua Francie. Pas avant la semaine prochaine.

— Épatant, murmura Beth.

— Quoi ?

— Rien. »

Beth alla baisser la température. Elle entendit le pas de Francie résonner dans l'escalier, puis un claquement de porte.

Elle n'avait plus qu'à monter se coucher. Elle prit son sac de voyage et grimpa au premier étage. Dehors, le vent et la pluie s'acharnaient contre la maison, et Beth eut l'impression que les courants d'air pénétraient en sifflant à travers les murs et lui transperçaient les os. *J'aurai gagné une pneumonie dans ce damné voyage*, se dit-elle.

La porte de la chambre de Francie était fermée.

Beth la dépassa et entra dans son ancienne chambre. Elle posa son sac sur le plancher nu, s'assit sur le bord du lit défoncé, ôta ses bottes de cuir noir, contemplant la pièce où elle avait vécu lorsqu'elle était enfant. Elle offrait un contraste désolant avec la chambre confortable de sa maison à Philadelphie. Elle songea avec mélancolie au chintz fleuri qui recouvrait ses fauteuils capitonnés, à la douce lumière de la lampe de chevet près de son lit... et à Mike dans l'embrasure de la porte de la salle de bains, s'essuyant les cheveux après sa douche. Elle aurait aimé lui parler, mais elle savait qu'il était de garde à l'hôpital, ce soir.

Beth se souvint qu'elle n'avait pas emporté grand-chose en quittant cette maison, pourtant il lui sembla que personne n'était entré dans cette pièce depuis le jour où elle était partie en claquant la porte. Ses livres étaient empilés, recouverts de poussière, sur les rayons de la bibliothèque, la garniture sur sa coiffeuse de jeune fille était grise et miteuse. Les photos sur papier glacé des stars de la télévision qu'elle avait punaisées sur les murs s'étaient gondolées avec le temps, si bien qu'on ne voyait plus que la moitié supérieure de leurs visages. Une photo de sa mère dans un cadre en argent lui souriait sur la table de nuit. Près d'elle, un vase en porcelaine bleue contenait une rose en soie qu'elle avait gagnée à la kermesse de la paroisse.

La fenêtre voilée de rideaux défraîchis portait toujours la même fêlure en diagonale.

« O douceur du foyer familial ! » prononça Beth à voix haute en ouvrant son sac. Elle enfila ses chaussures de jogging. Elles n'allaient guère avec son pantalon bien coupé, mais cela lui importait peu. Qui viendrait lui rendre visite ici ? D'ailleurs, le confort primait tout pour les gens de la région.

Elle ouvrit la porte de la penderie. Certains de ses anciens vêtements étaient restés suspendus sur les portemanteaux métalliques. Malgré sa fatigue, Beth décida de défaire son sac, rangeant rapidement ses affaires dans les tiroirs de la commode qui dégageaient une forte odeur de moisi. Elle déplia la robe noire qu'elle comptait porter pour l'enterrement, la secoua et l'examina d'un œil critique. Elle était froissée par le voyage. La repasser était la dernière chose dont Beth eût envie, mais elle n'aurait pas une minute à elle, demain. *Je ferais mieux de m'y mettre*, se dit-elle. *S'il existe un fer à repasser dans cette maison.*

La robe noire repliée sur son bras, Beth alla frapper à la porte de Francie. Il n'y eut pas de réponse.

« Francie, appela-t-elle impatiemment.

— C'est ouvert », dit une voix à l'intérieur.

Beth ouvrit la porte et passa la tête dans l'embrasure. Étendue sur son lit, les bras croisés sur la poitrine, Francie fixait le mur devant elle. Ses cheveux blonds s'étalaient sur l'oreiller, ses lunettes avaient glissé sur le bout de son nez. Elle ne tourna pas la tête.

« Désolée de te déranger, dit Beth, mais j'aimerais repasser ma robe pour l'enterrement. Sais-tu où se trouve le fer?

— Sous l'évier, dit Francie. J'ignore s'il marche. »

Beth parcourut du regard la chambre de la jeune fille. Des vêtements étaient entassés sur la chaise et dans un coin près de la penderie.

« As-tu quelque chose à te mettre sur le dos, demain?

— Que veux-tu dire? demanda Francie sur la défensive.

— Rien, dit Beth. Comme je comptais me servir du fer, j'ai pensé que tu voudrais profiter de l'occasion. C'est tout. »

Francie se redressa, s'agrippant au rebord du lit pendant une minute, comme si la tête lui tournait. Puis elle se leva et se dirigea vers les vêtements empilés sur la chaise. D'un tas de salopettes sales et de chandails, elle retira ce qui semblait être un long sweat-shirt.

« Je mettrai ça, dit-elle. C'est ma robe sweat-shirt.

— Tu es censée t'habiller en noir », dit Beth d'un ton sec.

Ignorant la remarque de sa sœur, Francie contempla le vêtement chiffonné qu'elle tenait à la main.

« C'est lui qui me l'a faite, dit-elle.

— Qui ?

— Papa. »

Beth examina la robe défraîchie d'un air incrédule. Le haut, une sorte de pull-over ras le cou avec des manches trois-quarts, était grossièrement cousu à la jupe, serrée à la taille par un cordon, et coupée dans le bas sans ourlet.

« C'est lui qui l'a cousue.

— Il ne savait pas coudre, dit Beth froidement.

— Il l'a piquée à la machine. Je voulais une robe de ce style et je m'étais mis dans la tête de la confectionner toute seule, avec la vieille machine à coudre de Maman. Mais je n'arrivais pas à la faire fonctionner. Il m'a dit qu'aucune machine ne lui avait jamais résisté, et c'est lui qui a cousu la robe. »

Beth contempla le vêtement défraîchi comme s'il prenait brusquement vie. Cette gosse avait raison. Rien ne convenait mieux pour l'occasion. Qu'importe si sa sœur lui paraissait attifée comme une clocharde. De toute façon, un bref regard dans la penderie lui apprit que la garde-robe de Francie était en triste état. On aurait dit qu'il ne lui avait jamais rien acheté de neuf. Les vêtements étaient des frivolités pour lui, une perte d'argent. Comme le chauffage dans la maison. Se souciait-il qu'ils fussent tous frigorifiés ? Elle le vit soudain, assis devant la machine à coudre, se dresser devant elle comme un spectre moqueur.

« Mets ce que tu veux, dit-elle.

— Exactement », dit Francie, en lui rendant son regard.

Le bruit d'une porte qui claquait fit sursauter Beth.

« Tu es bien nerveuse, fit Francie.

— Qu'est-ce que c'est ?

— Sans doute la porte-écran, à l'extérieur. Elle se détache quand il y a du vent. Le crochet est cassé.

— La porte-écran ? s'exclama Beth. On est en janvier, et il n'avait même pas pris la peine de remettre la porte pleine pour l'hiver !

— Il se sentait souvent fatigué. Il y avait trop de choses à réparer dans la maison. »

Beth songea à sa propre maison et aux travaux d'entretien qu'elle nécessitait. Elle avait Mike à ses côtés, et non une gamine de quinze ans dont il fallait s'occuper. Elle se radoucit.

« Je vais voir », dit-elle.

Francie ne fit pas de commentaire.

Beth descendit lentement les escaliers. Elle posa sa robe sur la rampe et se dirigea vers l'entrée. Au moment où elle ouvrait la porte, une pluie d'aiguilles de pin se répandit sur le sol. La couronne de Noël avait séché, son ruban rouge avait viré au rose avec les intempéries. « Il ne manquait plus que ça », murmura Beth.

La porte-écran ne cessa de battre et de taper tandis que Beth se débattait avec le fil de fer qui fixait la couronne à un crochet. Elle parvint enfin à la défaire et la jeta dehors dans les buissons près du porche.

Beth examina ensuite le verrou, poussa le cliquet d'avant en arrière. Le ressort était visiblement cassé. « Ne s'occupait-il donc de rien, dans la maison ? » dit-elle à voix haute.

Alors même qu'elle prononçait ces mots, elle se souvint de la robe sweat-shirt et sentit une boule lui serrer la gorge. Il avait fabriqué une robe pour Francie.

Beth manipula sans douceur le pêne du verrou, comme si elle espérait qu'il allait se réparer tout seul. La poignée tourna en vain. Elle lui jeta un coup d'œil exaspéré.

Le vent mugissait autour d'elle et la pluie s'abattit sur ses épaules quand elle sortit sur le porche, cherchant de quoi caler la porte.

Le journal du jour était resté sur la dernière marche, maintenu enroulé avec un élastique. *Il est trempé de toute façon*, pensa Beth. *Je n'ai qu'à en déchirer une page et la plier*. S'emmitouflant dans son chandail, elle s'élança jusqu'en bas des marches. Au moment où elle se penchait pour ramasser le journal, elle aperçut une silhouette tapie dans l'ombre, accroupie dans les buissons près du porche.

Beth poussa un cri et remonta précipitamment les marches du perron, serrant son poing sur ses lèvres.

La silhouette fit un bond en arrière, prête à s'enfuir.

« Montrez-vous, ordonna Beth d'une voix frémissante. Sinon, j'appelle les flics. »

L'individu hésita, puis se redressa et s'avança lentement dans le halo de la lampe extérieure. Beth sentit son visage s'empourprer en reconnaissant le jeune caissier du libre-service, le garçon qui l'avait conduite à l'établissement des pompes funèbres. Ses cheveux noirs ébouriffés brillaient dans la lumière. Il la regarda d'un air méfiant, légèrement penaud, remontant ses maigres épaules dans son pardessus élimé, les mains enfoncées au fond de ses poches.

« Excusez-moi, murmura-t-il.

— Qu'est-ce que vous fichez à rôder autour de la maison ? »

Le garçon haussa les épaules.

« Je ne voulais pas vous faire peur. »

Elle fut sur le point de protester quand elle crut comprendre la raison de sa présence. C'était à peine croyable, mais elle ne trouvait pas d'autre explication : le garçon l'avait suivie. Elle le scruta plus attentivement. Il fixait le bout de ses chaussures.

« Je ne m'attendais pas à vous revoir », dit-elle.

C'est ridicule, se dit Beth, flattée malgré elle. Elle eut beau s'efforcer de prendre un ton cassant, elle sentit un sourire apparaître sur ses lèvres.

« Pour l'amour du ciel, trouvez-vous drôle de vous cacher dans les buissons ? »

Le garçon eut un rire nerveux et haussa à nouveau les épaules.

« Je ne me souviens pas de vous avoir donné mon adresse, dit Beth.

— C'était pas difficile à trouver. »

Surprise, Beth haussa les sourcils.

« Ah ! on joue au détective. » Elle voulait garder un ton sévère, ne pas paraître troublée par cette manifestation d'intérêt inattendue. « Je suis flattée, mais la prochaine fois, je crois préférable de frapper à la porte au lieu de rôder comme un voleur... »

A cet instant même, une voix derrière elle s'écria : « Andrew! » et Francie sortit de la maison en chaussettes, descendit les marches quatre à quatre et s'élança vers le jeune homme. Elle se jeta à son cou, puis le prit par la main et le regarda, les yeux brillants.

« Bonsoir, mon chou », dit-il en lui serrant la main avec un sourire.

Déconcertée, Beth resta un instant à les regarder, sentant peu à peu la couleur quitter ses joues.

« Entre, pria Francie, en entraînant le jeune homme à l'intérieur de la maison. Il fait humide dehors. Je suis tellement contente de te voir. »

Elle sembla alors se souvenir de la présence de sa sœur.

« Andrew, dit-elle. Voici ma sœur, Beth.

— Je sais, dit-il avec un clin d'œil amusé vers Beth. Nous avons déjà fait connaissance.

— Ah oui? Quand? demanda Francie d'un air soupçonneux.

— Au magasin, aujourd'hui. Je l'ai déposée en voiture chez Sullivan.

— C'est vrai? »

Francie le regarda en fronçant les sourcils, puis se tourna vers sa sœur.

Beth hocha la tête, mais garda les lèvres serrées, fixant le garçon en plissant les paupières. Andrew évita son regard.

« C'est drôlement gentil de ta part, dit Francie.

— Pourquoi m'avez-vous raconté que vous ignoriez qui nous étions? » interrogea sèchement Beth.

Andrew agita la main comme pour écarter la question.

« C'était pour plaisanter. »

Beth le fusilla du regard.

« C'était juste... je ne sais pas, poursuivit-il d'un air gêné. Je ne pensais à rien de spécial. Je n'avais pas envie de me lancer dans des explications. »

Beth ferma les yeux une seconde, s'efforçant de

garder son sang-froid. Elle se sentait ridicule, comme une stupide vieille fille qui s'imagine que tous les hommes lui courent après. Et il devinait ce qu'elle éprouvait. Elle pouvait en jurer.

« Entre, dit Francie d'une voix plaintive. Il fait glacial dehors.

— Va mettre des chaussures, dit-il. On va faire un tour.

— Mais il pleut ! » protesta Francie. Son regard passa de sa sœur à Andrew. « D'accord, j'y vais.

— Te rends-tu compte, l'arrêta Beth d'un ton désapprobateur, qu'il y a un deuil dans la famille ? Crois-tu vraiment que ce soit le moment d'aller traîner en ville ?

— Nous n'allons pas traîner, se récria Francie. On va juste faire un tour à pied.

— Très bien. Je n'ai rien dit, dit Beth en serrant les poings. Mais les gens font preuve d'un peu plus de retenue, généralement, d'un peu de respect à l'égard du défunt. »

Francie se tourna vers Beth d'un air indigné.

« Nous ne faisons rien de mal.

— Ça fait rien, mon chou, c'est ta sœur qui commande. Si elle dit que c'est pas correct...

— Qui se soucie de ce qu'elle dit ? s'écria Francie.

— Écoute, ce n'est pas bien grave. Nous nous verrons demain, dit Andrew en s'écartant. Obéis à ta grande sœur. »

Au moment où Beth s'apprêtait à le remercier de se montrer raisonnable, il lui sembla que la rage déformait le visage d'Andrew. Mais l'impression passa aussi vite qu'un éclair, comme si c'était le fruit de son imagination.

« Bonsoir », fit-il en souriant poliment.

Gênée, Beth contempla le visage aimable, presque candide.

« Bonsoir », répondit-elle.

Elle serra les bras autour d'elle, comme si elle voulait se protéger du regard haineux qu'elle avait cru voir briller dans ses yeux.

Francie le regarda partir avec un air de chien

battu, se détourna et rentra précipitamment dans la maison.

Beth la suivit et ferma la porte à clé derrière elle. Elle reprit sa robe sur la rampe et se dirigea vers la cuisine. Elle s'appuya contre l'évier, pressant ses doigts sur ses paupières comme pour effacer le souvenir du regard menaçant d'Andrew. *Cesse de te faire des idées*, pensa-t-elle. *Tu es à bout, tu exagères tout.*

Elle trouva dans le placard une boîte de biscuits salés éventés qu'elle se mit à grignoter machinalement, tout en contemplant la cuisine d'un air absent. Ses joues s'enflammèrent au souvenir de sa discussion avec Andrew. Elle avait du mal à admettre qu'elle avait voulu le rabaisser devant Francie, lui faire payer l'humiliation qu'il lui avait infligée.

Avec un soupir, elle posa la boîte de biscuits sur le comptoir, s'accroupit pour inspecter les ustensiles rangés en vrac sous l'évier et repéra le fer à repasser. Elle prit ensuite la planche à repasser dans le placard à balais et brancha le fer.

Si elle veut mettre une vieille robe chiffonnée pour l'enterrement et courir la nuit avec son petit ami, qu'est-ce que ça peut te faire ? pensa Beth. *C'est elle qui vit ici, pas toi. Et elle n'a rien à prouver.*

Fiche-lui la paix. Laisse-la faire ce qu'elle veut. Ils se sont débrouillés sans toi pendant toutes ces années, elle et ton père. Laisse tomber.

Persuadée que le fer ne marchait pas, Beth posa sa main sur la semelle. Le métal lui brûla les doigts. Elle serra le poing pour réprimer la douleur, ouvrit le robinet d'eau froide et passa ses doigts sous le jet, fixant l'obscurité par la fenêtre. Les ombres de la nuit bougeaient dehors et elle eut soudain l'étrange impression que quelqu'un l'observait.

Elle sourit tristement. *Il n'y a personne. On ne peut être plus seule.*

Frottant sa main endolorie, Beth revint vers la planche à repasser. La pluie frappait les carreaux, un vent violent grondait autour de la maison.

4

« Partons les premiers », chuchota Tante May en donnant un petit coup de coude à Beth, au moment où l'hymne final emplissait l'église.

Beth se sentait engourdie, les membres lourds, comme si elle s'éveillait d'un état de torpeur. Elle se mit péniblement debout et regarda sa tante en clignant les yeux. May arrangeait son chapeau noir et incitait Francie à se relever tandis que le cercueil brillant, porté par un groupe de paroissiens, passait entre les rangées de bancs.

Beth était restée distraite pendant toute la cérémonie, à peine consciente de l'hommage que rendait Oncle James à Martin Pearson. Les yeux fixés sur l'autel, elle songeait à Mike, impatiente de se retrouver chez elle. Son oncle parlait de bon chrétien, de père et de mari aimant, mais elle n'écoutait pas, elle s'échappait en pensée, loin de cette église, loin de cet endroit. La cérémonie religieuse lui avait paru interminable, comme si elle devait passer le restant de sa vie clouée sur ce banc froid, à jamais captive des sons scandés par la voix hachée de son oncle, des reniflements intermittents, des notes discordantes de l'orgue. Comment les prisonniers supportaient-ils la réclusion ?

Et soudain, la cérémonie fut terminée. Comme si quelqu'un venait d'ouvrir la porte de la cellule. Étourdie, Beth vit Francie debout dans l'allée centrale. Tante May prit les deux sœurs par le bras, marchant lentement derrière le cercueil.

Évitant de le regarder, Beth garda les yeux fixés sur la porte à double battant, au fond de l'église. Elle sentait les regards curieux des amis du défunt se poser sur elle. Elle était une étrangère dans cette ville à présent, et elle imaginait leurs commentaires. Elle ne pleurait pas. Elle avançait machinalement un pied devant l'autre, le regard vide, sachant qu'elle leur paraissait froide et indifférente.

Tante May tremblait à côté d'elle et Beth n'eut pas

besoin de la regarder pour savoir qu'elle pleurait. De toute façon, que lui importait l'opinion de l'assistance, que lui importait qu'ils la montrent du doigt à leurs enfants, en disant : Voilà ce qui arrive lorsque l'on quitte son foyer. Pour certains, cela ne servirait qu'à piquer leur curiosité. Il y a toujours des jeunes qui ont envie de s'échapper.

Fidèle aux prédictions de Tante May, la pluie s'était arrêtée, et le ciel prenait cet aspect cotonneux, impénétrable, annonciateur d'une chute de neige. En bas des marches de l'église, Beth regarda d'un air impassible le cercueil que l'on chargeait à l'arrière du corbillard. Du coin de l'œil, elle vit les gens sortir de l'église et se rassembler derrière la famille pendant que la cloche sonnait le glas.

L'entrepreneur des pompes funèbres se glissa à côté de Beth, et lui mit un œillet rouge dans les mains.

« Pour la tombe, chuchota-t-il, en réponse à son regard interrogateur. Vous le déposerez sur le cercueil.

— Oh ! » fit Beth.

Elle prit ses lunettes noires dans son sac à main. Elle préférait rester à l'abri des regards des curieux.

M. Sullivan distribua également un œillet à May et à Francie, et leur fit signe de monter dans la vieille Lincoln qui suivrait le corbillard jusqu'au cimetière, pendant que l'assistance se dispersait vers les autres voitures comme un vol de corbeaux.

Le silence dans la Lincoln était oppressant. Le conducteur, manifestement un fermier du coin qui prêtait ses services à Sullivan, mastiquait son chewing-gum avec un mouvement lent et régulier de la mâchoire.

« Qu'est-ce qu'on attend ? demanda Beth impatiemment.

— Oncle James », répondit May.

Beth regarda son oncle par la vitre teintée de la voiture. Sa chasuble gonflée par le vent, le visage et les mains rougies par le froid, il hochait la tête en s'entretenant à voix basse avec quelques retardataires.

« Ce fut une belle cérémonie », dit May.

Francie remonta ses lunettes sur son nez après s'être essuyé les yeux.

« J'ai horreur de ce genre de réunion », dit-elle.

Beth soupira et détourna tristement la tête, heureuse de pouvoir dissimuler son regard derrière ses lunettes noires. Elle sentit quelque chose de visqueux sur ses doigts et baissa les yeux. Elle avait machinalement écrasé les pétales de l'œillet.

« Ne t'inquiète pas, murmura sa tante au moment où l'oncle James montait dans la voiture, nous en trouverons un autre. »

La voiture démarra lentement et prit la direction suivie par le corbillard.

Lorsqu'ils arrivèrent au presbytère après l'inhumation, la table de la cuisine était déjà dressée, chargée d'assiettes et de plats. Beth s'étonna d'un tel étalage de nourriture, étant donné qu'elle n'avait pas reconnu plus de deux ou trois personnes à l'enterrement. *C'est moi qui ne suis pas charitable*, pensat-elle. *C'est moi qui les juge, et non le contraire.*

Un brouhaha venait du salon bondé et Beth fut accueillie par des poignées de main et des embrassades. Elle répondit le plus poliment qu'elle put et monta au premier étage, désireuse d'arranger son maquillage avant d'affronter à nouveau les invités. En sortant de la salle de bains, elle aperçut une jeune femme, assise sur la banquette de la fenêtre, qui attendait son tour. Elle avait un visage rond, couronné de cheveux roux et bouclés. Beth la reconnut sur l'instant.

« Cindy ? »

La jeune femme se leva, hocha la tête, tendant une main vers Beth avec un sourire de circonstance.

« Je suis désolée pour ton père, dit-elle.

— Cindy Ballard », dit Beth en lui serrant la main. Elle se souvenait de leur dernière année de collège, du trajet qu'elles faisaient ensemble en revenant de l'école, de leurs mémorables réunions du samedi soir. « Je suis bien contente de te voir. C'est gentil de ta part d'être venue. Cela fait des années...

— Je sais. Comment vas-tu ? Tu es superbe.

— Merci », dit Beth sans lâcher sa main. Elle examina les yeux clairs de Cindy, sa silhouette fine dans une robe unie bleu marine. « Je peux te retourner le compliment. Pour te dire la vérité, tu ne sauras jamais à quel point je suis heureuse de voir enfin un visage connu. Je ne connais pratiquement personne parmi tous ces gens.

— J'ignore qui ils sont. Des vieux amis de ton père, je présume.

— Je suppose que certains d'entre eux travaillaient avec lui.

— Probablement, fit distraitement Cindy. Alors, raconte, ajouta-t-elle. Comment as-tu...

— Toi d'abord, dit Beth. Que deviens-tu ? Comment va ta famille ?

— Bien, répondit fièrement Cindy. Je suis mariée. »

Elle fit admirer son alliance à Beth.

« Je le connais ?

— C'est Billy McNeill, dit Cindy. Il était deux classes au-dessus de nous.

— Un des grands ! Comment t'es-tu débrouillée ? Nous n'arrivions jamais à attirer leur regard sur nous. »

Cindy rougit.

« La chance m'a souri.

— Est-ce que tu travailles ?

— J'enseigne à l'école. C'est la raison de ma présence ici. Francie est dans ma classe. Deux de ses camarades d'école ont également tenu à venir à l'enterrement. Elles sont intimidées. Tu connais les jeunes... »

Préférant ne pas avouer qu'elle n'avait pas beaucoup d'idées sur la question, Beth se contenta de hocher la tête.

« Écoute, Beth, il y a quelque chose que j'aimerais... Hum, il faut que te parle de... à propos de Francie. As-tu une minute ? Je sais que je ne choisis pas le meilleur moment, mais... je suis ennuyée, c'est assez sérieux. »

Beth haussa les épaules.

« Je t'écoute.

— Beth, les interrompit Tante May, qui venait à l'instant de monter au premier étage. Oh, bonjour, ma chère Cindy.

— Bonjour, madame Traugott.

— Beth, ma chérie, dit May, peux-tu m'accorder une minute? J'ai quelque chose à te demander. Vous n'y voyez pas d'inconvénient, Cindy? »

Cindy secoua la tête.

« Non, bien sûr, je vous en prie... Nous parlerons plus tard ou un autre jour », ajouta-t-elle à l'intention de Beth avant de la quitter avec un geste de la main.

Beth se tourna vers sa tante.

« Que se passe-t-il? As-tu besoin de moi en bas?

— Non, non. Nos invités se débrouillent très bien sans nous. Je voulais seulement te demander ton avis. J'essaie de décider dans quelle chambre installer Francie. »

A contrecœur, Beth suivit sa tante dans le couloir tapissé d'un papier bleu myosotis fané.

« Je ne pense pas que tu aies besoin de prendre la décision à cette minute même, dit-elle.

— La chambre de Tommy est plus grande », dit May en jetant un coup d'œil dans la chambre qui comportait deux lits jumeaux, encore décorée de photos de joueurs de base-ball et des trophées que Tom avait gagnés au collège.

Beth regarda par-dessus l'épaule de May, se rappelant son cousin. Il était marié et vivait dans le Colorado, à présent. Elle lui trouvait beaucoup d'allure quand elle était adolescente.

« La chambre de Tommy est très bien, reconnut-elle patiemment.

— Celle de Peggy est plus petite, mais elle est charmante et très ensoleillée », dit May en traversant le couloir d'un pas hésitant.

Elle ouvrit la porte de la chambre rose et blanche avec un lit à baldaquin et des rideaux plissés.

« Pourquoi ne laisses-tu pas Francie choisir elle-même? proposa Beth. Les deux chambres sont très jolies. »

May serra les lèvres, et se tapota la joue d'un doigt, les yeux toujours fixés sur la chambre de sa fille, aujourd'hui elle-même mère de famille.

« Nous voulons que Francie soit heureuse avec nous.

— Je suis sûre qu'elle le sera », dit machinalement Beth.

Sa tante eut un sourire désolé.

« La pauvre petite n'a pas eu la vie facile. Martin se débrouillait comme il pouvait, mais il y avait trop à faire pour garder la maison en état en plus de son travail. C'était sur ta sœur que cela retombait. Grandir sans mère a dû être terrible pour elle.

— A qui la faute ? » fit Beth d'un ton sec.

Bouche bée, May dévisagea sa nièce appuyée contre le mur.

« Comment peux-tu dire une chose pareille ? »

Son visage s'était empourpré, comme si elle allait se remettre à pleurer. Elle regarda Beth en secouant la tête.

« La mort de ta mère fut un accident. Tu ne crois tout de même pas Francie responsable... »

Beth lui tapota l'épaule, essayant de la rassurer.

« Non, affirma-t-elle. Je ne voulais pas dire ça. Je t'en prie, Tante May. Je voulais seulement dire... Ce sont des choses qui arrivent. Ce n'est la faute de personne.

— C'est la volonté de Dieu, dit May, et Il nous accorde toujours la force de supporter les fardeaux dont Il nous charge. »

Sur ce, elle regagna le couloir et alla rejoindre les invités. Beth la suivit, saluant les différentes personnes qu'elle croisait sur son passage, répondant vaguement aux présentations. Elle n'aurait su dire si May avait réellement cru en ses explications. Que ne s'était-elle mordu la langue avant de parler !

« As-tu mangé quelque chose ? demanda May lorsqu'elles se retrouvèrent dans la cuisine.

— Je n'ai pas faim », dit Beth, en acceptant machinalement le sandwich que lui tendait une femme en tablier imprimé.

Indifférente à ce qui se passait autour d'elle, debout près de la table de la cuisine, elle mâchait consciencieusement son sandwich quand le son d'une guitare dans le jardin emplit soudain la maison. May interrompit poliment sa conversation avec un voisin et se dirigea vers la porte de derrière, cherchant d'où venait la musique. Beth posa son sandwich et lui emboîta le pas.

Pressés les uns contre les autres dans leurs gros manteaux, chuchotant, gloussant, se poussant du coude, quelques adolescents se tenaient dehors, dans le froid de la tombée du jour. Assis sur le capot de l'une des voitures garées dans l'allée, Beth reconnut le jeune homme du garage, ses longs cheveux embroussaillés retenus par un élastique sur la nuque, d'où s'échappaient des mèches qui volaient au vent. Sa guitare posée sur un genou, il semblait enfermé dans un cocon, seul avec son instrument qu'il grattait distraitement en chantant de sa voix nasale. Un peu à l'écart, un coude appuyé contre le capot de la voiture, le col de son manteau râpé remonté jusqu'à ses oreilles rougies par le froid, Andrew tenait Francie contre lui. Beth remarqua le bas déchiré de la robe de sa sœur qui dépassait sous sa parka. Par moments, elle se haussait vers lui et lui murmurait quelque chose à l'oreille, et Andrew hochait la tête d'un air ennuyé.

May contempla la scène avec un froncement de sourcils désapprobateur qui n'échappa pas à Beth. Elle sentit la moutarde lui monter au nez devant le culot du guitariste. Ce type profitait visiblement de toutes les occasions pour se donner en spectacle. Francie leva les yeux et aperçut sa tante et sa sœur dans l'embrasure de la porte. Beth lui fit signe de venir les rejoindre.

Francie s'approcha, l'air interrogateur.

« Qui est ce type ? demanda Beth à voix basse.

— C'est Noah. Un ami d'Andrew. Il joue bien, non ?

— Dis à Noah que c'est un enterrement, on n'est pas à Woodstock.

« — A quoi ?

— Qu'importe. » Beth soupira : « Dis-lui de cesser de jouer de la guitare. C'est très grossier de sa part. »

Une moue d'amertume déforma le visage de Francie.

« Nous ne faisons rien de mal, dit-elle.

— Je croyais que tu ne voulais pas de réception après l'enterrement. »

Francie lui lança un regard furieux, mais le coup avait porté. La jeune fille lui tourna le dos et alla parler à Noah. Le garçon reposa sa guitare comme si elle lui brûlait les doigts, et releva la tête avec un air contrit. Les autres se dispersèrent comme une volée de moineaux apeurés.

Beth jeta un coup d'œil dans la direction de May. Sa tante fronçait toujours les sourcils, mais il y avait plus d'inquiétude que de mécontentement dans ses yeux.

Beth s'efforça de prendre un ton léger :

« Ce sont des gosses, tu sais. Ils ne savent pas, ils sont souvent inconscients...

— Oui. »

May paraissait avoir l'esprit ailleurs. Beth examina le visage creusé de rides de sa tante, se demandant comment elle allait s'y prendre avec une gosse de l'âge de Francie. *Il faut s'attendre à ce qu'ils se comportent comme des idiots, parfois*, se dit-elle.

May secoua la tête et regagna le salon. Il sembla à Beth qu'elle était un peu plus voûtée que tout à l'heure. Elle la vit s'éloigner avec un pincement au cœur et regarda à nouveau dans le jardin. Francie et Andrew se tenaient toujours près de la voiture. Francie leva la tête, surprit le regard de Beth et lui tourna le dos.

Beth les contempla pendant quelques instants, hésita, puis décrocha un vieux manteau près de la porte et sortit les rejoindre, s'efforçant de ne pas enfoncer les talons de ses bottes dans la boue.

Les deux adolescents se redressèrent à son approche, comme s'ils s'armaient pour la bataille.

« C'est plein de boue, dehors », dit Beth.

58

Andrew hocha légèrement la tête, mais son visage étroit était tendu, et il la regardait avec méfiance. Francie leva les yeux au ciel en soupirant.

Beth se mordit la lèvre et serra les poings au fond de ses poches.

« Andrew, dit-elle, je... je crois que je vous dois des excuses pour la façon dont je me suis comportée, hier soir. Je ne voulais pas me montrer désagréable envers vous. »

Francie se tourna vers sa sœur, les yeux légèrement agrandis. Andrew inclina la tête sur le côté, les paupières plissées.

« C'est pas grave, dit-il.

— Ce sont des moments difficiles, ajouta Beth, consciente de son attitude affectée, mais incapable de trouver les mots justes.

— Ouais, dit-il. Bien sûr. C'est sans importance.

— Sans rancune, alors ? »

Elle n'attendit pas sa réponse, fit demi-tour et reprit le chemin de la maison. Elle les entendit chuchoter derrière elle.

C'est mieux comme ça, pensa-t-elle en pénétrant à nouveau à l'intérieur. Elle accrocha son manteau et se souvint brusquement que Cindy avait quelque chose à lui dire. Elle chercha dans toutes les pièces, examina l'assistance, et conclut que Cindy était déjà partie.

L'air lui parut soudain étouffant dans la maison et elle se laissa tomber sur une chaise, enviant Francie, serrée contre son petit ami. Une profonde tristesse l'envahit, une impression de solitude, l'envie de revoir Mike. Elle aurait aimé pouvoir lui téléphoner, lui parler. *Plus tard*, se dit-elle en fermant les yeux. On chuchotait autour d'elle, des bribes de conversation lui passaient au-dessus de la tête, mais elle resta sans bouger, appuyée contre le dossier de sa chaise. Il lui semblait que respirer lui prenait toute son énergie.

5

Beth se réveilla brusquement dans le lit étroit et défoncé, et resta immobile pendant une minute, sentant la sueur perler sur son front pendant qu'elle essayait de se souvenir de l'endroit où elle se trouvait. Puis la chambre de son enfance lui redevint familière, et elle se laissa aller sur son oreiller avec un soupir.

Les cloches de l'église carillonnèrent au loin, annonçant la fin d'un service religieux. Une lumière blafarde entrait par la fenêtre. Beth se retourna et enfonça son visage dans l'oreiller. *Il faut te lever*, se dit-elle. *Tu as du pain sur la planche. Il faut ranger la maison*. Perspective si déprimante qu'elle referma les yeux.

Le sommeil l'avait quittée, cependant, et malgré son engourdissement, elle se força à se lever. *Tôt ou tard, il faudra bien t'y atteler*, pensa-t-elle. Elle ouvrit la porte de la salle de bains et entendit du bruit en bas. Elle espéra que Francie s'apprêtait à sortir.

Une fois prête, elle descendit au rez-de-chaussée, et s'étonna de trouver sa sœur dans la cuisine. Il était presque midi, mais elle se sentait épuisée comme si elle n'avait pas fermé l'œil.

« Bonjour, dit-elle.

— B'jour.

— Tu as bien dormi?

— Très bien. J'étais crevée.

— La journée a été longue », reconnut Beth avec un bâillement. Elle ouvrit le réfrigérateur. « Seigneur, il n'y a donc rien à manger dans cette maison!

— Désolée », dit Francie d'un ton ironique.

Ignorant le sarcasme qui perçait dans la voix de sa sœur, Beth examina les restes qui s'offraient à ses yeux.

« Le petit libre-service dans Main Street est-il ouvert aujourd'hui? demanda-t-elle. Je voudrais acheter deux ou trois choses.

— Pas le dimanche, répondit Francie avec un air

incrédule, comme si Beth lui demandait si c'était un bon jour pour la plage aujourd'hui.

« — C'est bien ce que je pensais », soupira Beth.

Elle prit un carton de lait dans le réfrigérateur et le renifla.

« Il est frais, s'indigna Francie.

— Écoute, dit Beth, personne ne s'attend à ce que tu aies pensé au ravitaillement à un moment pareil. »

Francie bougonna quelque chose entre ses dents, mais Beth aurait parié que sa colère s'était émoussée.

« Et il n'y a rien d'ouvert à Harrison ? »

Francie hocha la tête.

« Il y a un centre commercial avec un supermarché. Il ne ferme jamais. »

Beth secoua la tête.

« Les temps ont changé. »

Francie alla mettre son assiette dans l'évier pendant que Beth versait un reste de céréales dans un bol.

« Le "Sept à Onze" aussi est ouvert le dimanche, dit Francie.

— Il y a davantage de choix au supermarché. J'ai envie d'y faire un saut en voiture. Veux-tu m'accompagner ? »

Francie se balança d'un pied sur l'autre dans l'embrasure de la porte, hésitante.

« Je veux bien, dit-elle.

— Parfait. Je serai prête dans quelques minutes. »

Habituée à se ravitailler succinctement dans l'épicerie du coin de sa rue, Beth trouva presque luxueux de faire ses courses en voiture au centre commercial de Harrison. Elle se faisait livrer ses achats à domicile lorsqu'elle recevait des amis à dîner, mais en règle générale, elle n'avait pas besoin de grand-chose.

« Tout est de taille familiale ! » s'exclama-t-elle en soulevant un énorme pot de sauce tomate.

Francie, qui traînassait à l'arrière, détourna la tête et fit une grimace.

« Très drôle, marmonna-t-elle.

— Ce n'était pas une plaisanterie », répliqua Beth, poussant son chariot dans l'allée.

La musique jouait avec entrain dans le magasin, couvrant leur manque de conversation. De temps à autre, Beth demandait à sa sœur ce qui lui ferait plaisir, mais Francie s'obstinait à répondre qu'elle s'en fichait.

« Était-ce Papa qui faisait des courses ? demanda Beth.

— Non, répondit brièvement Francie. C'était moi. Pendant qu'il allait à la laverie automatique. »

Beth crut entendre la voix de la jeune fille s'étouffer dans sa gorge, mais Francie s'était déjà dirigée vers le rayon des journaux et feuilletait un magazine de rock.

Lorsque Beth s'avança vers elle, Francie contempla le chariot à moitié plein.

« Pouvons-nous partir, maintenant ? » demanda-t-elle.

Réalisant soudain que ce supermarché banal et bien achalandé lui rappelait douloureusement son père, Beth éprouva un élan de pitié pour la jeune fille, et une envie soudaine de faire quelque chose qui lui fît plaisir, bien qu'il fût difficile de savoir quoi, puisque Francie ne voulait même pas dire ce qu'elle préférait manger. Elle pensa l'emmener voir un film. Il y avait une salle de cinéma dans le centre commercial, et cela retarderait le moment de se retrouver en tête à tête dans la triste atmosphère de la maison. Mais que faire des provisions pendant la séance ? Beth eut une idée soudaine. La soirée serait moins sinistre si elles avaient de la compagnie.

« Pourquoi ne pas demander à Andrew de venir dîner ce soir ? »

Francie la regarda avec circonspection.

« Tu veux vraiment qu'il vienne dîner ? »

Beth mit tout l'enthousiasme nécessaire dans sa voix :

« Bien sûr. Je crois que ce serait gentil. »

Le visage de Francie s'éclaira.

« D'accord, dit-elle. Je pense qu'il acceptera. »

Beth repartit en direction de la boucherie et des volailles.

« Bon, dit-elle, enchantée de l'effet produit par sa proposition. Que crois-tu qu'il aimerait manger ? »

Francie fronça pensivement les sourcils et prit de la viande hachée sur le comptoir.

« Il aime les hamburgers, dit-elle.

— Parfait, dit Beth. Des hamburgers, et quoi d'autre ? »

Avec un but plus précis cette fois-ci, les deux sœurs refirent le tour du magasin.

A l'aide d'une spatule en caoutchouc, Francie remplit consciencieusement un fond de tarte de crème instantanée et fit un pas en arrière pour admirer son œuvre.

Beth fouilla dans le placard et finit par se tourner vers Francie.

« Où ranges-tu les herbes et les épices ? »

Francie détourna son regard de la tarte et lécha la spatule.

« Quelles épices ?

— Tu sais bien. L'origan, le basilic, l'ail. Ce genre de choses.

— Nous n'avons rien de tout ça. Il y a du sel et du poivre sur la table », répondit Francie en soulevant sa tarte pour la déposer d'un air satisfait sur une claie du réfrigérateur.

Beth hocha la tête et referma le placard.

« Veux-tu que j'ajoute de l'oignon ou de la chapelure dans les hamburgers ?

— Non. Pourquoi ?

— Je ne sais pas. Pour leur donner un peu plus de goût.

— Nous les aimons nature, dit Francie. Qu'y a-t-il de mal à cela ? »

Une note aiguë perçait dans sa voix.

« C'est très bien », soupira Beth, se rappelant que leur invité était le petit ami de Francie.

Pendant quelques instants, le silence régna dans la cuisine. Beth dressa le couvert pour trois, Francie sépara la viande en trois tas.

« Tu utilises des épices à Philadelphie ? » demanda-t-elle brusquement.

Beth retint un sourire devant la façon dont la question était posée.

« Je travaille beaucoup, et il m'arrive souvent de ne pas faire de cuisine. Je suis trop fatiguée. »

Francie fronça les sourcils, tout en s'appliquant à donner une forme aux hamburgers, et le silence retomba.

« Ça doit être bizarre de vivre en ville », dit-elle soudain.

Beth posa la fourchette et la serviette qu'elle tenait à la main.

« J'aime beaucoup Philadelphie. C'est une ville agréable.

— Je parie que tu as déjà envie d'y retourner, insinua Francie tandis qu'elle disposait soigneusement la viande sur la plaque du grilloir.

— Pas encore », répondit Beth.

Mais au moment où elle prononçait ces mots, elle pensa à Mike. Il lui avait semblé très loin au téléphone, hier. Il s'était montré préoccupé à son sujet, mais elle avait eu l'impression qu'il y avait des mois, et non deux jours, qu'elle ne l'avait pas vu. Elle éprouva soudain le désir de se retrouver chez elle, comme avant.

Peut-être devrais-je le rappeler, songea-t-elle en coupant les feuilles de laitue dans un grand bol en pyrex. Mais elle se ravisa. *Non, ne lui casse pas les pieds. Règle tes affaires ici, et tu pourras retourner chez toi. Il n'y a rien d'autre à faire.*

Beth finit de préparer la salade et la remit sur le comptoir.

« A quelle heure as-tu dit à Andrew de venir ?

— A six heures.

— Six heures ? Seigneur, n'est-ce pas un peu tôt ?

— C'est l'heure à laquelle nous dînons habituellement.

— Très bien. Va pour six heures. Je vais faire du rangement en attendant. »

Laissant Francie dans la cuisine, Beth prit un sac à provisions vide, et se dirigea à contrecœur dans la chambre que ses parents avaient partagée. Elle eut

64

l'impression de pénétrer comme une intruse dans la pièce noire à l'odeur de renfermé. La chambre était en ordre, à l'exception d'une chemise de son père, posée au pied du lit; deux stylos dépassaient de la poche de poitrine. Beth jeta un coup d'œil autour d'elle. Rien n'avait changé depuis la mort de sa mère. Pendant un moment, l'idée la traversa qu'il ne s'était peut-être jamais soucié de débarrasser les affaires de sa mère, et elle se sentit remplie d'épouvante. Elle se dirigea vers la penderie et l'ouvrit avec appréhension. Seuls des vêtements d'homme y étaient suspendus. Elle poussa un soupir de soulagement avant de regarder plus attentivement. Il faudrait trier et plier ces affaires dans des cartons, mais le courage lui manquait pour s'y attaquer maintenant. Elle attrapa une boîte à chaussures sur l'étagère supérieure de la penderie et entendit le contenu se déplacer avec un bruit de cliquetis quand elle la souleva. Il y avait peu de chances pour qu'il s'agisse de chaussures. Elle posa la boîte sur le lit et ouvrit le tiroir du bureau de son père. Il était plein d'un incroyable pêle-mêle d'articles divers qu'elle déversa sur le couvre-lit, à côté de la boîte à chaussures.

La sonnette de l'entrée tinta, les pas de Francie résonnèrent bruyamment dans l'escalier. *Messire Lancelot est arrivé*, pensa Beth avec un sourire.

Assise sur le lit, elle souleva le couvercle de la boîte. Elle était remplie d'un maigre choix de bijoux masculins, des souvenirs militaires, et autres babioles comme des cure-dents, des boîtes d'allumettes, et de la menue monnaie. Une vague de faiblesse s'empara de Beth à la pensée de faire un choix dans ce fatras. Qu'est-ce qui était ancien ou neuf? Sans valeur ou précieux? En or ou en cuivre? Il y avait des montres cassées, des médailles avec leurs rubans. Elles représentaient quelque chose, mais quoi? Soudain terriblement lasse, Beth eut envie de refermer la boîte et de tout laisser en plan. Mais il valait mieux se débarrasser de la corvée une fois pour toutes.

Elle commença à trier, jetant les choses dont elle ignorait la valeur dans le sac en papier brun, s'efforçant de garder uniquement celles qui présentaient un certain intérêt. Une odeur de hamburgers se répandit tout à coup dans la maison et son estomac gargouilla, lui rappelant qu'elle avait faim, mais elle préféra terminer la tâche qu'elle avait entreprise avant de descendre dîner. Elle contempla le réveil sur la table de chevet, l'ajouta à la pile d'affaires qu'elle destinait à la paroisse. Six heures! L'heure à laquelle ils mangeaient lorsqu'elle était enfant.

Ouvrant un autre tiroir, Beth trouva le vieux portefeuille usé de son père. Il était fermé par un élastique. On avait dû le ranger là après que l'entrepreneur des pompes funèbres l'eut ôté du veston du défunt. Il y avait quelques dollars froissés dans le porte-billets, son permis de conduire et deux cartes dans une poche. Sa carte de sécurité sociale et une carte de la compagnie d'électricité avec une photo sur laquelle il avait l'air d'un détenu. Il y avait aussi la carte de visite d'un agent d'assurances, et Beth se souvint vaguement que cet homme était venu la trouver après l'enterrement, essayant de lui expliquer les clauses de la petite assurance sur la vie de son père. Le portefeuille contenait également un reçu jaune provenant du plombier local, et une photo. Une photo de classe de Francie. La seule photo qu'il portât sur lui. Comme si Beth et sa mère n'existaient pas, n'avaient jamais existé.

Beth la fixa pendant un moment, sentant monter en elle un vieux ressentiment. Elle sortit l'argent du portefeuille, le déposa sur le bureau. « Broutilles », murmura-t-elle, en jetant le portefeuille et son contenu dans le sac en papier.

Soudain consciente que les odeurs de cuisson s'étaient dissipées dans la maison, elle ouvrit la porte de la chambre, écouta. Les voix d'Andrew et de Francie s'élevaient dans la cuisine, accompagnées de bruits de couverts.

Ulcérée, Beth referma la porte de la chambre derrière elle, longea le couloir et entra dans la cuisine. Assis à la table, Francie et Andrew finissaient leur repas. Il restait un hamburger et des pommes de terre dans un plat. Le jus des hamburgers se figeait peu à peu autour de la viande. La salade que Beth avait préparée était encore sur le comptoir, flétrie et intacte.

C'est moi qui ai eu l'idée de ce dîner, pensa Beth. *L'idée d'inviter Andrew, pour faire plaisir à Francie.* Comme la sorcière qui ne fut pas invitée au baptême de la Belle au Bois Dormant, elle eut envie de se venger.

« Noah est persuadé que Kenny Rogers va accepter ses chansons et l'envoyer à Nashville, disait Andrew avec un ricanement.

— Veux-tu de la tarte ? demanda Francie. C'est moi qui l'ai préparée. »

Elle remarqua la présence de sa sœur dans la pièce.

« Salut », dit-elle, en se retournant vers Andrew.

Andrew regarda tour à tour Francie et Beth, droite comme un piquet dans l'embrasure de la porte. Puis il haussa les épaules.

« Oui, j'en veux bien. Comment va ? demanda-t-il à Beth, sur ses gardes devant l'expression glacée de la jeune fille.

— Bonsoir, Andrew », dit Beth d'un ton acerbe.

Elle traversa à grands pas la cuisine et se plaça devant Francie qui coupait la tarte sur le comptoir. Sans un mot, elle prit brusquement une assiette dans le placard au-dessus de la tête de sa sœur, referma la porte du placard en la claquant et se servit de salade. Une tranche de concombre lui échappa et tomba sur le bord de la tarte. Beth ignora le cri de protestation de Francie et s'assit à table, suivie du regard noir de sa sœur qui déposait deux assiettes de tarte, l'une devant Andrew et l'autre à sa place.

« Ils sont trop cuits », dit Beth, en attaquant son hamburger.

Deux taches rouges apparurent sur les joues de Francie, mais elle ne répondit rien.

Andrew se mit à manger goulûment son dessert.

« C'est bon, dit-il la bouche pleine.

— C'est une tarte que je faisais toujours pour mon...

« — Dans quelle classe êtes-vous, Andrew? » l'interrompit Beth tout en pelant sa pomme de terre.

Andrew avala son morceau de tarte comme s'il s'était transformé en une boule de papier mâché et s'essuya la bouche avec sa serviette. Il jeta un rapide coup d'œil vers Francie, qui fixait son assiette, les lèvres pincées.

« Je suis en... en seconde année », dit-il.

Beth hocha la tête comme un officier de police en train d'examiner un certificat périmé.

« En seconde année, répéta-t-elle.

— Oui », dit-il.

Il jeta un regard inquiet vers Francie, mais les yeux de la jeune fille étaient rivés sur la bouteille de lait. Les deux taches rouges sur ses joues tranchaient sur la blancheur de son visage.

« Vous travaillez en même temps, si je comprends bien?

— Que voulez-vous dire? dit Andrew, pliant et dépliant nerveusement le coin de sa serviette.

— Vous êtes employé au "Sept à Onze", n'est-ce pas?

— Ouais.

— A mi-temps », s'écria Francie d'une voix suraiguë. Elle frappa de la main sur la table. « Mêle-toi de tes affaires. »

Beth reposa sa fourchette et braqua un regard froid sur sa sœur.

« J'alimentais seulement la conversation. Cela peut te surprendre, mais figure-toi que les gens civilisés parlent à table. »

Les yeux de Francie étincelèrent derrière ses lunettes, et elle serra tellement sa fourchette que ses articulations blanchirent.

Andrew se leva de table.

« C'était très bon, mon chou. Mais je dois m'en aller, maintenant.

— Non, ne pars pas, gémit Francie.

— Merci de m'avoir invité », dit-il à Beth avec une pointe d'ironie dans la voix.

Beth hocha la tête avec raideur, incapable de le

regarder en face. Francie se leva et heurta sa chaise contre la table. Sans plus s'occuper de sa sœur, elle suivit Andrew hors de la cuisine.

« Bonsoir, Andrew », dit Beth. Personne ne lui répondit. Restée seule dans la cuisine, les yeux fixés sur la salière, elle se força à terminer son dîner. Au bout d'une minute, elle entendit la porte d'entrée se refermer et les pas de sa sœur se diriger vers l'escalier.

« Francie », appela-t-elle.

Il y eut un moment de silence, puis une voix renfrognée répondit :

« Quoi ?

— Viens ranger la cuisine. Je n'ai pas l'intention de faire la vaisselle pour toi et ton petit ami. »

Francie entra d'un pas lourd dans la pièce et empila sans ménagement les assiettes dans l'évier.

« Quelle garce ! murmura-t-elle.

— Pardon ? dit Beth, je n'ai pas bien entendu.

— Je ne te parlais pas.

— Je n'ai pas entendu non plus lorsque tu m'as appelée pour le dîner, dit Beth.

— Je n'avais pas à t'appeler.

— Ah bon ?

— Merci d'avoir tout gâché », dit Francie. Elle se détourna et tourna les robinets à fond. « Garce !

— Je laverai mon couvert plus tard », dit Beth en quittant la cuisine.

Elle entra dans le living-room, prit un livre et s'assit dans le fauteuil près de la fenêtre. Son cœur battait trop fort dans sa poitrine, les mots se brouillaient sur la page.

Bravo, se dit-elle. *Tu t'es débrouillée comme un manche. Tu aurais dû leur lancer leurs assiettes à la figure, pour que tout le monde sache ce que tu ressentais. Qu'est-ce qu'un accès de colère sans un peu de vaisselle cassée ? Tout ça parce qu'ils mangeaient leurs hamburgers sans t'avoir attendue.*

Beth posa son livre ouvert sur ses genoux et regarda le ciel par la fenêtre. Les étoiles semblaient flotter dans un brouillard devant ses yeux.

Le robinet s'arrêta de couler dans la cuisine. Quelques minutes plus tard, Beth entendit Francie marcher dans le couloir. Elle eut envie de l'appeler, de tenter de se réconcilier avec elle. Elle n'aurait pas dû gâcher la soirée, obliger Andrew à partir pour la seconde fois. Mais elle ne put trouver les mots qui convenaient et regarda Francie monter dans sa chambre.

« Bonne nuit, Francie », dit-elle d'un ton qu'elle aurait voulu moins cassant.

Francie ne répondit pas.

6

Tête baissée, penché en avant, Andrew avançait dans la nuit, sentant le froid pénétrer à travers son manteau. Il avait l'impression que des mains glacées lui enserraient la poitrine, l'empêchant de respirer. Marcher ne l'avait jamais fatigué. Il marchait tout le temps. Mais il était pressé de rentrer; ce détestable dîner lui était resté sur l'estomac, prêt à lui remonter aux lèvres.

Les phares d'une voiture éclairèrent la route loin derrière lui, et Andrew se retourna précipitamment, le pouce levé. La voiture le dépassa sans ralentir. « Enculé », cria-t-il dans sa direction, fourrant à nouveau ses poings dans ses poches.

Il accéléra le pas, piquant parfois un cent mètres, jusqu'à se sentir en nage malgré la température. La nuit était calme et silencieuse, menaçante. Les arbres bruissaient, et il lui sembla entendre des paroles d'avertissement qu'il ne parvenait pas à distinguer. Il avait hâte de se retrouver chez lui.

Lorsqu'il atteignit enfin la maison, il aperçut une silhouette sombre qui bougeait derrière les voilages dans le coin de la fenêtre en façade. Elle disparut à son approche. Fouillant du regard de tous côtés, Andrew se dirigea vers l'arrière de la maison, mais évita l'entrée de la cuisine et souleva la porte inclinée qui servait d'accès à la cave. Il dévala les marches en parpaings. La cave était sombre et sentait le moisi. Il se dirigea par habitude jusqu'au cordon de la lumière et le tira. Une ampoule s'alluma, jetant une vague lumière verdâtre dans la pièce froide et humide.

Machinalement, Andrew commença à ôter ses vêtements, les pliant en ordre sur une table en émail blanc placée contre un mur. Il se tint ensuite immobile, nu et grelottant, sous une pomme de douche qui sortait d'un tuyau le long d'un mur. Claquant des dents, il tourna les robinets et attendit que le jet d'eau tiède vînt frapper sa peau hérissée par le froid. Il se préparait à se savonner avec le savon posé dans une coupelle fixée à l'un des tuyaux quand il crut entendre des bruits à l'étage au-dessus. On aurait dit que quelqu'un l'appelait d'une voix forte et effrayée. Andrew arrêta l'eau et cria d'une voix en colère : « Quoi ? »

Il n'y eut pas de réponse. Il rouvrit le robinet, se rinça rapidement et sortit de la douche. Le silence régnait dans la maison.

Andrew se sécha avec la serviette de toilette rêche accrochée sur un autre tuyau. Puis il enfila les vêtements qu'il avait posés sur la table émaillée, ses chaussures, tira sur la chaîne pour éteindre la lumière, et se dirigea à tâtons vers les marches qui montaient au rez-de-chaussée. Il frappa deux coups à la porte, tambourinant d'impatience sur la rampe de l'escalier.

Une voix douce s'éleva derrière la porte :

« C'est toi, Andrew ?

— Ouvre, cria-t-il. Bien sûr que c'est moi. »

Je t'ai vue à la fenêtre, pensa-t-il. *Tu guettais mon retour.*

« Une minute. »

Il l'entendit tirer le verrou, et la porte s'entrebâilla. Elle passa sa tête dans l'embrasure. Ses cheveux blondasses retenus par un ruban informe dégageaient une odeur de renfermé.

« Coucou », dit-elle.

Andrew voulut ouvrir la porte en grand, mais Leonora Vincent leva le bras pour regarder sa montre, lui barrant le passage. Andrew s'apprêta à la repousser brutalement.

« Sept heures, fit-elle. Bon Dieu!

— Laisse-moi passer, Maman. »

Leonora baissa le bras et son fils se glissa devant elle, prenant garde de ne pas l'effleurer en passant.

« J'ai dû rester plus tard au magasin, dit Andrew en se dirigeant vers la cuisine. M. Temple avait un empêchement. »

Il sortit une bouteille d'eau fraîche du réfrigérateur et remplit un verre.

Leonora resta sur le seuil de la porte. Elle portait un long chandail informe sur des pantalons collants en tissu élastique et des pantoufles trouées.

« Je trouve que ce cher M. Temple te retient trop longtemps, dit-elle.

— Ça m'est égal, lâcha-t-il en s'apprêtant à quitter la pièce.

— Attends! Pas si vite », fit-elle en le repoussant d'une main.

Il eut un mouvement de recul à son contact.

« Je t'ai préparé à dîner. »

Elle s'avança en traînant les pieds jusqu'à la cuisinière et sortit du four une assiette où trônait un mélange grisâtre et peu ragoûtant de poisson et de macaronis.

« J'ai mangé un sandwich au magasin », protesta Andrew.

Elle fit une moue.

« Je l'ai gardé pour toi, dit-elle. Il faut que tu manges.

— Je n'ai pas faim, rétorqua-t-il d'une petite voix tendue, en lui tournant le dos.

— Je ne pense pas que nous soyons suffisamment riches pour nous permettre de jeter la nourriture », déclara-t-elle d'un ton réprobateur tout en plaçant l'assiette dans le réfrigérateur.

Andrew sortit précipitamment de la pièce, mais elle le rejoignit.

« Je vais avoir une petite conversation avec M. Temple, dit-elle. Il profite de ta bonne volonté. La prochaine fois que je le vois, je vais lui dire...

— Tu ne vas rien lui dire du tout », gronda Andrew en entrant dans le living-room.

Il s'affala dans un fauteuil et alluma la télévision.

« J'ai bien l'intention de lui parler, au contraire », s'entêta-t-elle. Elle se cala dans les coussins du divan. « Je ne sais même pas où te joindre, parfois.

— Te mêle pas de ça, dit Andrew d'une voix basse. C'est mon boulot.

— J'ai téléphoné deux ou trois fois, ce soir, dit Leonora. Je parie qu'il ne te laisse même pas utiliser le téléphone. C'est Mme Temple qui m'a répondu et elle a prétendu que tu n'étais pas là. »

Andrew était sur le point de lui répondre sèchement, quand il réalisa le sens de ses paroles. Elle savait qu'il ne se trouvait pas au magasin. Il sentit un nœud lui serrer l'estomac et regarda la télévision comme s'il n'avait pas entendu ce qu'elle venait de lui dire. Des types bondissaient derrière des voitures, brandissaient d'énormes revolvers. Andrew se raidit dans son fauteuil, les yeux rivés sur l'écran, feignant d'être pris par l'action.

« Est-ce exact, Andrew ? demanda-t-elle.

— Oui », répondit-il machinalement.

Leonora se renfonça davantage dans les coussins, mais il sentait ses yeux le scruter, son silence peser dans la pièce, jugulant les voix des personnages qui se démenaient sur l'écran. Il aurait aimé se lever, monter se réfugier dans sa chambre, mais il avait peur. Il n'était pas certain que ses jambes le porteraient.

« C'est ta dernière chance, disait l'homme sur l'écran, pointant son arme vers le ventre de son adversaire. Dis-moi où se trouve le fric. »

« Je dois savoir où tu es pendant la journée », continuait Leonora.

Andrew fixa l'écran.

« Entendu », dit-il.

L'homme jurait qu'il ne savait rien, quand l'autre

tira. La tête d'Andrew eut un soubresaut lorsque le type s'effondra avec un grognement.

« On ne va pas rester pendant des heures à regarder la télé, déclara brusquement Leonora. Je dois partir tôt chez le Dr Ridberg, demain matin. Nous avons une semaine chargée. »

Elle était hygiéniste dans un cabinet dentaire à Harrison. Elle s'y rendait en bus parce qu'elle n'aimait pas conduire, arrivait toujours à l'heure, et ne s'absentait jamais. L'hygiène dentaire était à ses yeux une matière que l'on aurait dû enseigner à l'école. C'était un sujet sur lequel elle avait des opinions bien tranchées.

« J'ai reçu un patient, vendredi, dit-elle. Je ne crois pas t'en avoir parlé. »

Andrew serra les mâchoires, cherchant à entendre ce que disait le flic à la poursuite du tueur.

« Cet homme avait les incisives inférieures complètement cariées, et c'est un miracle qu'il n'ait pas perdu toutes ses dents. En le soignant, je suis tombée sur un plombage effrité. Ce type prétendait qu'il n'avait pas besoin d'un nouveau plombage, mais j'ai tiré un bon coup dessus, et il a poussé un hurlement... »

Andrew se redressa d'un bond, comme s'il était le malheureux patient, et augmenta au maximum le volume du son.

« Je n'entends rien », protesta-t-il.

Leonora se leva à son tour, passa devant lui et éteignit la télévision d'un geste rapide. Le son mourut. L'image disparut.

Ils se regardèrent fixement par-dessus le vieux poste.

« Inutile de te mettre en colère, dit-elle à voix basse. Ça ne servira à rien. »

Les mains agrippées au rebord du poste, Andrew la dévisagea pendant un long moment. Puis il lui tourna le dos, sans dire un mot, courut à l'escalier, et se précipita dans sa chambre. Une fois à l'intérieur, il claqua la porte et s'appuya au chambranle comme s'il venait d'échapper à un danger. Un poids lui serrait la

74

poitrine. Il se dirigea péniblement vers la fenêtre et l'ouvrit brusquement, inspirant profondément.

L'air lui fit du bien, malgré les bruits de la nuit qui paraissait se moquer de le voir enfermé. « Pas pour longtemps », dit-il dans l'obscurité.

Il se demanda si Francie se tenait devant la fenêtre, elle aussi, si elle songeait à s'enfuir. Est-ce qu'elle pensait à lui ? Les contours de son visage s'adoucirent à cette idée. Elle était drôlement chouette, et elle lui appartenait. Elle passait son temps à lui dire qu'il était beau, qu'il était formidable. Il n'avait pas aimé ça, au début, persuadé qu'elle se fichait de lui comme toutes les autres filles, mais il s'était rendu compte qu'elle était sincère. Elle le lui avait même juré, en ajoutant qu'elle le prouverait, s'il le désirait.

Les voix moqueuses de la nuit s'étaient tues. Andrew se mit à marcher de long en large dans sa petite chambre, se souvenant des premiers jours. Elle était entrée dans le libre-service et n'avait pas cessé de lui parler, interrompant sa lecture. Ça l'avait fichu en rogne, sur le coup, parce que les filles se payaient sa tête à l'école, riaient de lui à voix haute avec leurs copines, quand il essayait de se montrer gentil avec l'une d'entre elles. Mais Francie venait au magasin, s'attardait près de la caisse, lui posait des questions. Elle n'avait pas l'air de se moquer de lui. Un jour, Noah lui avait dit : « Tu lui plais. » Ça l'avait rendu furieux et il lui avait crié de la fermer, mais il s'était demandé si c'était vrai. Plus tard, elle lui avait apporté un cadeau. C'était un cadeau stupide, un porte-clés avec un oiseau. Il ne l'avait pas remerciée, mais il s'était mis à penser qu'elle pourrait devenir sa petite amie. Il l'avait trouvée en train de rôder, un soir, à la sortie de son travail, et il l'avait accompagnée jusqu'au bout de sa rue. C'est ce soir-là qu'il lui avait demandé si elle voulait être sa petite amie. Et elle avait accepté.

Sa petite amie. Une bouffée d'orgueil l'envahit à cette pensée. Elle faisait tout ce qu'il voulait.

Andrew entendit le bruit des pas de sa mère dans l'escalier. Brusquement figé, oubliant Francie pour l'instant, il prit un livre sur l'étagère et se ramassa en boule contre la tête de son lit. Il compta les pas, feuilletant les pages en tremblant, espérant qu'elle passerait devant sa chambre sans s'arrêter. Mais ils s'immobilisèrent devant sa porte. Il leva les yeux et vit le bouton tourner. Il se leva, se tint entre le lit et le mur, après avoir caché le livre sous son oreiller. Leonora passa la tête dans l'entrebâillement de la porte et se glissa dans la pièce.

« Andrew, dit-elle doucement, je ne voulais pas me fâcher contre toi. Nous avons partie liée, toi et moi. Je me fiche en rogne quelquefois, mais tu sais que je t'aime beaucoup. Plus que tout. Je ferais tout au monde pour toi. Il faut que tu le saches. »

Andrew hocha la tête, mais il resta le dos pressé contre le mur, les yeux agrandis, le souffle court.

« Ne t'inquiète pas, mon chéri, dit-elle en s'approchant du pied du lit. Tu sais que je ne laisserai personne te faire du mal. Tu peux toujours compter sur moi. »

Elle s'avança dans l'espace étroit entre le lit et le mur. Andrew secoua la tête, s'efforça de détourner son visage. Elle sentait la menthe. Elle suçait toujours un bonbon à la menthe entre les repas. « Les obligations du métier, aimait-elle à dire. Je dois garder l'haleine fraîche. »

« Ne sois pas fâché, dit-elle. Embrasse-moi, sinon je ne pourrai pas dormir. »

Andrew retint sa respiration et posa ses lèvres froides sur la joue molle de sa mère.

« Voilà qui est mieux. Oh, ferme cette fenêtre, s'exclama-t-elle, en se dirigeant vers elle de son pas traînant. Tu vas attraper la crève. »

La fenêtre fermée, elle se tourna vers lui avec un sourire de satisfaction.

« Bonne nuit, mon chéri. »

Elle disparut. Andrew fixa la porte, retenant sa respiration. L'air était oppressant dans la chambre. Il flottait une odeur de peppermint.

7

Beth paya l'addition et rejoignit Francie dans le parking du petit restaurant où elles venaient de déjeuner. Elles avaient rendez-vous avec le notaire de la famille à Harrison et Beth avait proposé de déjeuner en chemin. Elles étaient restées silencieuses pendant toute la durée du repas, évitant de se regarder.

Soulagée d'en avoir terminé, Beth se dirigea vers la voiture. Francie l'attendait, les mains enfoncées dans ses poches. Beth ouvrit la porte du côté du conducteur, jeta un coup d'œil à sa montre et parcourut du regard les environs. Ils étaient peu attrayants.

« Qu'est-ce que tu as ? dit Francie.

— Il est à peine midi, et le notaire ne nous attend pas avant une heure trente. Je me demande quoi faire en attendant.

— J'en sais rien.

— J'ai remarqué une boutique d'antiquités un peu avant d'arriver ici. Nous pourrions peut-être y jeter un coup d'œil ? »

Francie haussa les sourcils et lui jeta un regard vide d'expression.

« Tu veux faire des achats ? »

Beth serra les lèvres, se souvenant de la façon dont elle avait empêché Francie de sortir faire un tour, la veille de l'enterrement de leur père. A peine deux jours plus tard, elle s'apprêtait à partir à la chasse aux antiquités.

« Il faut bien tuer le temps. »

Francie haussa les épaules.

« Comme tu veux », dit-elle.

Beth se glissa au volant et lui ouvrit la porte.

Elle roula à peine quelques kilomètres avant de retrouver la vieille grange qui portait l'inscription BROCANTE. Elles longèrent à pied l'allée qui menait à l'entrée. Les portes étaient ouvertes. Beth n'ignorait pas que ce genre de commerce n'attirait pas grand monde en hiver, et espérait trouver deux ou trois bibelots. La plupart des objets qui meublaient la maison de son père lui rappelaient de mauvais souvenirs. Mais en fouillant dans ce bric-à-brac, elle dénicherait peut-être quelque chose qui lui plairait.

Francie, qui était restée silencieuse et renfrognée pendant toute la matinée, s'anima soudain en pénétrant dans la grange. Beth eut vite fait de constater qu'il n'y avait rien de vraiment intéressant mais elle vit sa sœur examiner les vieilleries qui s'offraient à ses yeux comme si elle se trouvait devant une armoire pleine de trésors.

« Combien cela vaut-il ? demanda Beth en soulevant un vieux pichet en faïence pour vérifier s'il n'était pas fêlé.

— Dix dollars, répondit d'un ton ferme le brocanteur, un vieil homme moustachu, vêtu d'une chemise en velours côtelé grise et tachée sur le devant.

— Il est très beau, dit Beth, sachant qu'il valait sans doute beaucoup plus mais qu'elle n'en avait pas l'utilité.

— Regarde comme c'est joli », s'écria Francie au fond de la remise.

Elle tenait un collier de pierres rouges. Beth s'approcha. Délicatement serties dans une monture en argent filigrané, les pierres taillées à l'ancienne étincelaient. Francie les regardait comme si elle était hypnotisée.

« Il appartenait à ma femme, dit fièrement le vieil homme. Elle le portait quand elle était à peine plus âgée que vous. C'est plus un collier pour une jeune fille que pour une vieille femme. »

Francie le regarda d'un air grave.

« Vous ne voulez pas le garder en souvenir d'elle ? »

L'homme parut déconcerté, puis il éclata de rire :

« Mais c'est elle qui veut le vendre. Elle n'est pas morte. Elle prépare le repas dans la cuisine, en ce moment même. »

Francie parut soulagée.

« Tu le veux ? » demanda Beth.

Francie reposa le collier au milieu des autres bijoux.

« Non, je n'en ai pas besoin.

— Combien en demandez-vous ? demanda Beth.

— J'en voudrais quarante dollars. C'est une pièce de valeur.

— Essaie-le », dit Beth à Francie.

La jeune fille eut un mouvement de recul.

« Non, je n'aurai pas l'occasion de le mettre. C'est trop luxueux.

— Je suis sûre que tu le mettras un jour. »

Beth sortit son portefeuille et compta quarante dollars dans la main du vieil homme, sans s'occuper des protestations de sa sœur.

L'homme prit un vieux pot en terre sur une étagère près de la porte et y fourra les quarante dollars.

« Portez-le pour le plaisir », dit-il.

Francie tenait le collier avec soin.

« Il... il est vraiment joli.

— Tant mieux s'il te plaît », dit Beth, avec le sentiment inexplicable d'avoir remporté une victoire.

Pourquoi avait-elle tenu à offrir ce collier à sa sœur ? Elle comprit soudain qu'elle avait voulu faire mieux que son père, se montrer généreuse, ne pas regarder à la dépense, contrairement à lui. Elle eut honte d'avoir tenté de se mesurer à un mort. Mais Francie rangeait précieusement le collier au fond de sa poche sans paraître rien remarquer.

La femme qui les introduisit dans la salle d'attente du notaire était d'un âge moyen, souriante, et presque élégante pour l'endroit, songea Beth. Elle leur proposa de s'asseoir et retourna à sa machine à écrire.

Quelques instants plus tard, la porte s'ouvrit. Un homme de petite taille, portant des lunettes, vêtu d'un costume gris anthracite avec un nœud papillon, apparut, le visage grave.

« Mesdemoiselles Pearson, dit-il en leur serrant chaleureusement la main. J'ai été navré d'apprendre la mort de votre père. Voulez-vous entrer. Aimeriez-vous une tasse de café ? »

Beth refusa d'un signe de tête. Elles suivirent le notaire dans son cabinet et prirent place en face de son bureau encombré de papiers. Beth croisa les jambes et s'appuya au dossier de son fauteuil, les bras nonchalamment étendus dans une attitude étudiée.

M. Blount regarda par-dessus ses lunettes.

« Allons droit au but, dit-il. A dire vrai, ce testament fut écrit du vivant de votre mère. Je n'ai jamais réussi à persuader votre père de venir le mettre à jour après sa mort.

— Cela signifie-t-il qu'il n'est pas valide ? s'exclama Beth.

— Pas du tout. Il est tout à fait légal. Il couvre toutes les éventualités. Le fait que les décès de vos parents soient survenus à quelques années d'intervalle n'affecte en rien sa validité.

— Dieu merci ! dit Beth. Cela me déplairait beaucoup d'avoir des démêlés avec les tribunaux.

— Il n'y a aucun problème, murmura le notaire, en feuilletant les pages du document. Tout ceci n'est qu'une question de forme et je vous en épargnerai la lecture, à moins que vous n'y teniez. »

Beth se souvint alors de sa sœur. Droite et immobile, Francie avait l'air de s'agripper aux bras de son fauteuil. Elle regardait le notaire avec intensité.

« Beth, poursuivit M. Blount, étant donné que vous êtes âgée de plus de vingt et un ans, vous avez été désignée comme exécutrice testamentaire de votre père. »

Beth s'y attendait.

« Ses biens, la maison et tout ce qu'elle contient, sont à partager équitablement entre vous deux. Naturellement vous êtes aussi responsable des dettes, des frais d'enterrement et des frais légaux. Comme vous le savez, vous serez imposée sur votre héritage mais non sur les assurances qu'il pourrait avoir contractées. »

Beth hocha la tête, calculant mentalement les dépenses à prévoir.

« Vous paraissez troublée, dit gentiment M. Blount en se tournant vers Francie.

— Je ne comprends rien à tout ça, dit Francie.

— Cela signifie, ma chère enfant, que votre sœur

aînée a été désignée par vos parents pour gérer les affaires de la famille. Elle aura à s'assurer que toutes les factures dues par votre père sont payées et vous vous partagerez équitablement le reste. Parce que vous êtes mineure, nous mettrons de côté l'argent qui vous revient jusqu'à ce que vous ayez atteint l'âge de dix-huit ans.

— Oh! dit Francie, je comprends.

— Je suis certain que votre sœur s'occupera très bien de tout ça. D'autres questions?

— Monsieur Blount, dit Beth, combien de temps nous faudra-t-il attendre avant de mettre la maison en vente?

— Il n'y a aucune raison d'attendre. Vous ne recevrez les documents qu'une fois le testament enregistré, mais ce n'est qu'une question de formalité.

— Attendez, s'écria Francie. Pourquoi parlez-vous de vendre la maison? »

Beth se tourna vers sa sœur, qui la regardait bouche bée.

« Je ne vois aucune raison de la garder, dit-elle.

— Mais où allons-nous vivre?

— Tu iras vivre chez Tante May. Je dois retourner à Philadelphie.

— Je ne veux pas vivre avec eux.

— Tante May ne t'a donc pas parlé? Ils ont proposé de te prendre chez eux.

— C'est toi qui devais rester avec moi. Je croyais que nous allions nous installer à la maison, toutes les deux. »

Le notaire regarda Beth d'un air désolé.

« Je pensais que vous auriez déjà parlé de tout cela avec votre sœur.

— Tout est arrivé si vite, expliqua Beth d'un air gêné.

— C'est à vous qu'il revient de prendre certaines dispositions. Vous êtes la tutrice légale de votre sœur.

— Je suis sûre que nous arriverons à une solution », dit Beth d'un ton mal assuré.

Francie se redressa dans son fauteuil et jeta un regard furieux à sa sœur. Elle se leva et, sans un mot, sortit du bureau du notaire.

Beth la suivit.

« Il faudra que je revienne vous voir », dit-elle au notaire avant de se précipiter à la suite de sa sœur.

La femme qui les avait introduites dans la salle d'attente voulut aimablement les raccompagner jusqu'à la porte, mais Francie traversa son bureau à grands pas, l'air hors d'elle, et claqua la porte au nez de Beth. Elle traversa la rue sans regarder, manquant de se faire renverser par un camion de livraison.

Mal assurée sur ses bottes à talons hauts, Beth se hâta à sa poursuite.

« Écoute, lui dit-elle lorsqu'elle l'eut rattrapée, je suis désolée. Je croyais que tu étais au courant.

— Personne ne m'a rien dit. Comment l'aurais-je su ?

— J'aurais dû t'en parler. Tante May et Oncle James veulent que tu restes avec eux. Tante May t'a déjà préparé une chambre. Je sais que tu ne désires pas quitter Oldham, tes amies, l'école... et Andrew. »

Francie continua à marcher sans dire un mot.

« Ils sont très gentils. Tu t'entendras bien avec eux. Tu pourras finir tes années d'école ici. Ensuite, tu auras l'argent de la vente de la maison si tu veux aller à l'université.

— Tu as déjà tout combiné, hein ? murmura Francie.

— Si nous retournions à la voiture, soupira Beth. Nous pourrons discuter tranquillement à l'intérieur. »

Francie fit demi-tour et rebroussa chemin en direction du bureau du notaire.

« Francie, continua Beth, j'ignore qui t'a raconté que j'allais venir m'installer ici. J'ai mon travail à Philadelphie. Une maison. »

Elle était sur le point d'ajouter : « Un fiancé », mais elle s'arrêta court. Elle ne voulait pas rentrer dans ce genre de considération, pour l'instant.

« Il m'est impossible de venir vivre avec toi. »

Francie avait un visage tendu, comme si elle s'efforçait de cacher ce qu'elle ressentait.

« Tu le pourrais, si tu voulais », dit-elle.

Beth se sentit rougir sous son ton accusateur. « Ce n'est pas possible, voilà tout. J'aurais préféré que tu ne te mettes pas cette idée en tête. Je t'aurais prévenue tout de suite, si j'avais su. Franchement, ce n'est pas comme si je t'abandonnais en plein désert. Tu vas rester chez des gens qui prendront soin de toi, là où tu as toujours vécu. »

Elles étaient arrivées à la voiture, Francie ouvrit la portière et se laissa tomber sur le siège avant sans un mot. Beth fit le tour et s'installa au volant.

« Je suis désolée, Francie. Vraiment. Je suis certaine que dans un jour ou deux...

— Il avait dit que tu t'occuperais de moi. Que tu resterais avec moi s'il lui arrivait quelque chose. »

Beth blêmit. Elle fixa Francie.

« Qui a dit ça ?

— Papa. »

Beth eut l'impression qu'un poids énorme lui écrasait le cœur. C'était une sensation qu'elle connaissait bien. Voilà bien son père ! Il dictait à chacun sa conduite. Sans se soucier des désirs ou des sentiments de personne. *Que lui importaient mes projets ? Il donnait ses ordres et que le ciel vous vienne en aide si vous ne considériez pas les choses comme lui...*

« On peut s'en aller ? » murmura Francie.

Beth fit démarrer la voiture sans ajouter un mot, et elles revinrent à la maison en silence, sans se regarder.

Francie monta directement dans sa chambre. Beth la suivit d'un pas las. La maison était silencieuse. Elle alla s'asseoir dans le living-room, essaya de lire le journal local. Il n'y avait rien de bien intéressant. La pièce lui parut lugubre. Elle éprouva soudain une envie désespérée de revoir sa maison, de parler à Mike. Elle entra dans la cuisine, referma la porte derrière elle et composa son numéro, espérant le trouver chez lui.

« Bonsoir.

— Bonsoir. Est-ce que je te dérange ?

— Tu ne me déranges jamais. »

Beth sentit une bouffée de bonheur l'envahir et se

blottit confortablement dans le rocking-chair, enroulant le fil du téléphone autour de son poignet.

« Comment vas-tu ? »

Mike lui fit un compte-rendu de sa journée, des cas qu'il avait soignés, comme s'ils étaient tous les deux assis ensemble dans la cuisine, à Philadelphie. Il avait la voix de quelqu'un qui a passé une rude journée.

Elle imaginait ses traits forts, tirés par la fatigue, ses yeux remplis d'inquiétude pour elle.

« Nous ferons une sacrée paire lorsque nous nous retrouverons, lui dit-elle. Nous n'aurons qu'une envie : dormir.

— Tu verras comme je récupérerai vite, dès que je te tiendrai dans mes bras, répliqua-t-il. Raconte-moi. Comment t'en tires-tu ?

— Il y a eu un petit problème, aujourd'hui.

— Oh ?

— Il semble que ma petite sœur et moi n'ayons pas tout à fait la même conception de l'avenir.

— C'est-à-dire ?

— Apparemment Francie s'est imaginée que j'avais l'intention d'abandonner ma vie à Philadelphie et de m'installer avec elle dans notre bon vieux foyer », dit Beth d'un ton sarcastique.

Elle attendit la réaction de Mike, mais il n'y eut qu'un silence à l'autre bout du fil. Elle poursuivit, soudain moins assurée :

« J'ai dû lui annoncer que j'étais là uniquement pour donner un coup de balai, que je repartirais le plus tôt possible, et qu'elle allait vivre avec sa tante et son oncle.

— Oh !

— C'est mon père qui est responsable de cette histoire. Il lui avait dit que je viendrais vivre avec elle s'il lui arrivait quelque chose. C'est tout à fait lui.

— Comment a-t-elle réagi ? N'est-elle pas trop bouleversée »

La colère de Beth éclata :

« Bien sûr qu'elle est bouleversée. Mais je n'y peux rien. Mon père a proposé mes services sans me demander mon avis.

— Je sais. Mais elle comptait sur toi.

— D'accord. Peut-être devrais-je laisser tomber mon travail, vendre ma maison et venir vivre ici. Avec un peu de chance, je pourrais même reprendre le job de mon père à la compagnie d'électricité...

— Personne ne te demande cela, Beth, mais on peut envisager d'autres possibilités. »

Beth se mordit les lèvres en regardant par la fenêtre.

« Pourquoi ne pas la ramener avec toi à Philadelphie ? Elle pourrait vivre avec nous.

— Vivre avec nous ? Magnifique ! A présent, c'est toi qui disposes de mes services. Formidable ! T'est-il jamais venu à l'esprit que je ne voulais pas en entendre parler ?

— J'essayais seulement de chercher une solution. Je ne dispose pas de toi. J'ai dit "nous", et je le pensais. Francie fera partie de notre famille.

— C'est à peine croyable, dit Beth en bondissant du rocking-chair et en parcourant la pièce de long en large. Tu raisonnes comme lui. Tu me dictes ce que je dois faire. Quelqu'un se rend-il compte que c'est de ma vie qu'il s'agit ? »

Beth entendait le son aigu que prenait sa voix. Elle était incapable de refréner le flot de paroles acerbes qui jaillissait de sa bouche. Comme s'il avait appuyé sur un bouton qui libérait toute l'amertume contenue en elle.

« Je ne comprends pas ton attitude, dit-il calmement. C'est ta sœur, après tout. D'accord, tu ne t'entendais pas avec ton père. Et je peux comprendre pourquoi la façon dont il a arrangé toute cette histoire t'irrite, mais comment peux-tu te montrer si hostile à l'égard de Francie ? Ce n'est qu'une enfant. Elle est orpheline maintenant.

— En effet, dit Beth. Tu ne comprends pas.

— De quoi s'agit-il ? D'un reste de jalousie enfantine ? Tu es adulte. Elle a besoin de toi. »

Beth sentit des larmes de colère lui jaillir des yeux.

« Te parler m'a été d'une grande aide », dit-elle d'une voix étouffée et pleine de rancune.

Mike soupira :

« Laissons tomber cette discussion pour l'instant. Nous la reprendrons lorsque tu te sentiras mieux. »

Beth garda obstinément le silence et entendit le bruit d'un récepteur que l'on remettait en place. « C'est incroyable, dit-elle en éloignant l'écouteur de son oreille. Il a raccroché.

— Beth, je suis toujours là », dit Mike.

Elle sentit son visage s'enflammer. S'il était toujours en ligne cela signifiait que quelqu'un d'autre avait raccroché l'autre téléphone dans la maison. Francie avait entendu toute la conversation.

« Qui était-ce ? Ta sœur ?

— Ne t'inquiète pas de ça, dit Beth avec une indifférence forcée.

— Nous n'avons plus rien à nous dire maintenant, dit-il d'un ton las.

— En effet. »

Elle reposa brutalement l'appareil et se laissa aller dans le rocking-chair. Elle ne savait si elle avait envie de pleurer ou de jeter quelque chose en travers de la pièce. Elle fixa le téléphone, espérant qu'il allait sonner à nouveau, que Mike allait rappeler. Mais il resta silencieux. Cela n'avait rien de surprenant. Elle souleva le récepteur, entendit des voix. Elle raccrocha sans écouter et se rassit, regardant le crépuscule qui s'assombrissait.

8

Francie était déjà partie lorsque Beth descendit à la cuisine le lendemain matin. La maison était silencieuse. Il restait des miettes de pain et des peaux de mortadelle sur le comptoir, preuve que Francie avait préparé le déjeuner qu'elle emportait chaque jour en classe.

Beth se força à nettoyer la cuisine et se fit du café. Elle avait à peine dormi. De sombres pensées lui avaient trotté dans la tête jusqu'au petit matin. Était-ce vraiment la fin de son histoire avec Mike ? Il aurait à présent trop mauvaise opinion d'elle pour vouloir renouer leur relation. Il ne l'avait pas rappelée. Et, pour sa part, Beth ne pourrait jamais épouser un homme qui lui dictait sa conduite. Elle s'était endormie d'un sommeil troublé aux premières lueurs grises de l'aube.

Elle ne voulait plus y penser. Elle voulut téléphoner à son bureau pour avoir des nouvelles, mais n'en fit rien. Maxine avait son numéro de téléphone. S'il y avait des problèmes, Beth les apprendrait suffisamment tôt.

Elle jeta un coup d'œil dégoûté autour d'elle. Elle avait du pain sur la planche. La perspective du nettoyage qui l'attendait lui paraissait plus accablante que la construction d'un immeuble de vingt étages. *Cela t'empêchera au moins de penser. C'est déjà ça.* Prenant une pile de sacs en papier brun dans le placard à balais, elle décida de s'attaquer en premier lieu à la penderie de l'entrée.

Elle se mit à la tâche sans enthousiasme. Accroupie dans les placards poussiéreux, elle tria les affaires d'une vie entière. Elle remplit un sac destiné à la kermesse de la paroisse. Un autre, plus petit, de choses à garder ou à donner à sa tante et à son oncle. Le reste à jeter aux ordures.

Après deux heures de triage méthodique, Beth se redressa, le dos douloureux, aussi lasse mentalement que physiquement. Elle avait dû se montrer sans pitié à l'égard du passé, refouler les sentiments de culpabilité qui vous forcent à conserver les souvenirs familiers.

Elle finit par vider tous les placards du rez-de-chaussée, excepté ceux de la cuisine, et la plupart des penderies du premier étage. Elle brossa la poussière sur son chandail et ses jeans. Les placards étaient ce qu'il y avait de pire à débarrasser, le dernier refuge de l'indécision.

Il lui restait encore la chambre de ses parents, mais elle manquait de cartons. Elle regarda par la fenêtre.

La neige tombait, légère, à peine perceptible dans le gris pâle du ciel. Après un instant d'hésitation, Beth enfila sa vieille parka d'étudiante, qu'elle avait retrouvée dans son placard, et prit les clés de la voiture sur le haut du réfrigérateur. Le gérant du « Sept à Onze » lui donnerait peut-être des cartons.

Après avoir passé la matinée enfermée dans des réduits clos et sans lumière, elle se sentit revigorée par le froid. Elle décida de se rendre au magasin à pied. Les flocons lui effleuraient doucement le visage tandis qu'elle remontait la rue vers le centre de la ville.

Marchant d'un pas pressé, Beth passa devant plusieurs magasins avant d'arriver au « Sept à Onze » au bout de la route. *S'ils n'ont pas de cartons, je pourrais toujours m'arrêter chez Hale au retour*, se dit-elle.

La vitre de la devanture était embuée. Il y avait très peu de voitures devant le magasin. Une bouffée d'air chaud enveloppa Beth lorsqu'elle entra, lui rougissant les joues. L'homme à la silhouette trapue qu'elle avait aperçu le jour de son arrivée l'accueillit aimablement. Beth lui expliqua le motif de sa visite.

« Sans problème, dit-il en secouant sa solide main rose. J'ai des cartons en pagaille dans l'arrière-boutique. Je vais vous en chercher quelques-uns. J'en ai pour une minute, ajouta-t-il à l'intention d'un client qui se dirigeait vers la caisse.

— Prenez votre temps », dit une voix familière.

Beth se retourna. Cindy McNeill s'approchait du comptoir, chargée de yaourts et d'une bouteille de limonade non sucrée.

« Salut, Beth », dit-elle.

Beth hocha la tête à la vue des aliments basses calories. Cindy désirait visiblement garder la ligne.

« Je présume que c'est l'heure du déjeuner, dit-elle. J'ai été occupée pendant toute la matinée.

— Comment se sent Francie ? » demanda Cindy.

Beth secoua la tête.

« Bien, je suppose. Elle est partie avant que je ne me lève.

— Oh, fit Cindy. Elle n'est donc pas malade.

— Pourquoi ? Elle n'est pas venue en classe ? »

Cindy secoua la tête.

Beth tenta d'excuser sa sœur : « Elle a traversé des moments difficiles ces jours derniers. »

Cindy fronça les sourcils.

« Je sais.

— Je lui parlerai ce soir. Je suis sûre qu'elle viendra demain. »

M. Temple revint avec quatre cartons empilés les uns dans les autres. Beth le remercia, expliquant à Cindy qu'elle était en train de ranger les affaires de la maison.

Les deux femmes quittèrent ensemble le magasin.

« As-tu un moment ? dit soudain Cindy. J'aurais aimé te parler de Francie. »

Mal à l'aise, Beth se préparait à refuser, prétextant la quantité de travail qui l'attendait, mais elle revit l'expression de désapprobation sur le visage du notaire et se sentit rougir. Elle proposa à Cindy de venir chez elle.

« En fait, dit Cindy en ouvrant la portière d'une petite voiture rouge dans le parking, je me rendais chez ma mère pour déjeuner avec elle et ma petite fille. Pourquoi ne m'accompagnerais-tu pas ? Tu n'as pas vu ma mère depuis des siècles. Je lui ai dit que tu étais ici, et elle aimerait beaucoup te voir.

— Tu as une petite fille ? s'exclama Beth.

— Un bébé de dix-huit mois, qui s'appelle Dana. Ma mère la garde pendant la journée, ce qui me permet de travailler. »

Beth se glissa à côté de Cindy, jetant ses cartons sur le siège arrière.

« J'ai peine à le croire. Depuis combien de temps Billy et toi êtes-vous mariés ? »

Sur le trajet de la maison de la mère de Cindy, les deux anciennes amies rattrapèrent le fil de leurs vies. La voiture pénétra dans l'allée de la vieille maison des Ballard, et Beth ressentit une certaine émotion à se retrouver dans cet endroit familier.

La mère de Cindy vint à leur rencontre sur le porche de l'entrée. Elle tenait par la main une toute petite fille aux cheveux d'un blond éclatant, qui poussa des cris à la vue de sa mère et s'élança dans ses bras avec un éclat de rire.

« Voulez-vous déjeuner? demanda Mme Ballard. Impossible de lui faire avaler quelque chose », ajouta-t-elle avec une moue en direction de sa fille.

Cindy se contenta de sourire.

Beth n'avait pas faim et Mme Ballard les laissa toutes les deux avec le bébé, sentant qu'elles avaient à discuter.

« Bien, dit alors Beth. Parlons de ma sœur qui fait l'école buissonnière.

— De cela, et d'autres choses aussi.

— Cindy, avant de commencer, je dois te prévenir que je n'ai pas beaucoup de contrôle sur les allées et venues de Francie. Néanmoins, je suis sûre que la mort de son père l'a profondément bouleversée. Je ne sais pas... peut-être a-t-elle simplement besoin d'un jour supplémentaire de congé.

— Son père... » Cindy soupira. « C'est une autre question. »

Dana s'était emparée d'une balle munie d'un grelot à l'intérieur, qu'elle se mit à agiter avec la plus grande application. Beth regarda Cindy se lever précipitamment, prendre la balle des mains de Dana et la remplacer par une poupée pour prévenir un accès de larmes. La jeune femme resta ensuite silencieuse, les yeux tournés vers l'enfant.

« Connais-tu Andrew? » finit-elle par demander.

La question surprit Beth, mais elle hocha la tête.

« Le petit béguin de ma sœur. Laisse-moi deviner. Andrew a fait l'école buissonnière, lui aussi. C'est cela? »

Cindy lui lança un regard singulier.

« Et tu crois qu'ils sont partis faire Dieu sait quoi?

— Ce n'est pas la première fois, dit Cindy.

— Si c'est le cas, j'espère que Francie sait ce qu'elle fait. Seigneur! j'étais complètement ignorante à quatorze ans. Les gosses semblent grandir plus vite de nos jours.

— Beth, il faut que tu saches que ton père se tourmentait terriblement à leur sujet.

90

— Cela ne m'étonne pas. »

Cindy enroulait distraitement une boucle de Dana sur son doigt, le regard assombri. « Francie est une gentille gosse. Et c'est une excellente élève. Peut-être n'aurais-je pas dû m'en mêler, mais il m'a semblé de mon devoir de prévenir ton père. Ce n'est pas toujours facile, en tant que professeur, de savoir ce qu'il faut faire. Bref, je m'inquiétais déjà depuis longtemps lorsque je me suis décidée à lui parler. Je savais qu'il était sévère avec Francie. Elle représentait tout pour lui.

— Je sais, fit sèchement Beth.

— Aujourd'hui, j'ai l'impression d'avoir fait une terrible erreur.

— Il a dû crier, tempêter, dit Beth, mais cela ne semble pas avoir affecté nos amoureux outre mesure.

— Justement. Il s'est mis hors de lui lorsque je lui ai raconté ce qui se passait. J'ai essayé de le calmer, mais il était dans une telle rage... »

Beth pouvait imaginer la fureur de son père en apprenant les frasques de Francie.

« Il était comme ça, dit-elle.

— Et ensuite, ce fut fini, dit Cindy d'une voix bouleversée.

— Ce fut fini ?

— Je ne l'ai plus revu. Deux jours plus tard, il a eu une crise cardiaque. Et il est mort. »

Cindy fixa sur Beth des yeux agrandis par l'émotion. Dana se mit à pleurer.

Beth prit une boîte de Kleenex sur le canapé et la tendit à Cindy, qui essuya les larmes de sa fille.

« C'est navrant, mais ce n'est certes pas de ta faute.

— Je suis soulagée de t'en avoir parlé. Je gardais ce poids sur la conscience.

— C'est une coïncidence, dit Beth. Je parie que les parents d'Andrew n'en mourraient pas si tu leur annonçais que leur fils manque l'école. »

Cindy fronça les sourcils :

« Qu'est-ce que tu racontes, Beth ? Andrew ne va plus à l'école. Il travaille au libre-service du "Sept à Onze". Il ne s'y trouvait pas aujourd'hui lorsque je suis allée acheter mes yaourts. C'est pourquoi je suis pratiquement certaine qu'ils sont ensemble.

— Il a laissé tomber ses études ?

— Beth, Andrew a presque vingt et un ans. Il y a des années qu'il ne va plus à l'école.

— Quoi ?

— Ne le savais-tu pas ? »

Beth secoua la tête.

« C'est la raison pour laquelle je me faisais tant de soucis pour Francie. Andrew est... Il y a quelque chose de douteux chez ce garçon. Il n'a jamais été comme les autres. Les gosses se moquaient de lui, même quand il était petit. Je l'ai eu dans ma classe. Il était mauvais élève. Il n'avait pas d'amis et passait son temps à se bagarrer. Il a fait une succession de petits boulots depuis qu'il a quitté l'école. Incapable de rester longtemps au même endroit. Il est... Je ne sais pas. C'est un garçon qui n'est pas très équilibré.

— Un garçon, tu parles, dit Beth. Vingt et un ans ! Bonté divine !

— Je ne voulais pas t'inquiéter, mais Francie est une enfant, et elle est très seule, vulnérable. Je crois que plus tôt tu l'éloigneras d'ici, mieux ce sera pour elle. Comptes-tu l'emmener avec toi à Philadelphie ? »

Beth fut immédiatement sur ses gardes.

« Non. Elle va rester ici, avec son oncle et sa tante. »

Cindy hocha la tête.

« C'est ce que je craignais.

— Je vais essayer de lui parler », dit Beth. Mais tout en prononçant ces mots, elle doutait que Francie veuille écouter ce qu'elle avait à lui dire. « Je n'arrive pas à y croire, ajouta-t-elle. Il a l'air d'un gosse. »

Cindy eut un sourire sans joie.

« A nos yeux, c'est un gosse, en effet.

— Mais pas pour Francie. Écoute, Cindy, tu as bien fait de me parler. Sincèrement.

— Je dois retourner à l'école, dit la jeune femme. Puis-je te déposer chez toi ? »

Beth enfila pensivement sa veste et se dirigea vers la porte. Se souvenant du bébé, elle s'arrêta, fit demi-tour. Cindy serrait son enfant sur son cœur, comme s'il lui en coûtait de la reposer à terre. Beth se pencha et embrassa la petite fille sur la joue.

« Sois bien sage, dit-elle.

— Elle est toujours sage », dit fièrement sa mère.

Beth sourit avec indulgence tandis que Cindy faisait sauter Dana dans ses bras.

« Tu sais, dit Cindy, je me souviens de Francie, lorsqu'elle n'était pas plus haute que Dana. Te rappelles-tu ? Nous avions l'âge qu'elle a aujourd'hui.

— Je m'en souviens, dit Beth d'une voix sourde.

— Je t'enviais tellement d'avoir un bébé avec qui jouer à la maison. C'était une adorable petite chose.

— Cela me paraît si lointain », soupira Beth.

9

« Je parie que tu ne reconnais pas l'endroit où nous sommes, hein ? » Andrew s'appuya au dossier de son siège, serrant les doigts sur le volant. Francie secoua la tête en regardant tomber la neige d'un air préoccupé. Elle savait exactement où ils se trouvaient, près d'un jardin public, à plusieurs kilomètres de la ville, mais ignorait le sens de sa question.

« C'est bien ce que je pensais, dit-il avec un sourire satisfait en appuyant sur l'accélérateur.

— Pas si vite, Andrew, je t'en prie. »

Andrew se tourna vers elle.

« C'est moi qui conduis. »

Francie se recroquevilla dans son siège, les mains crispées.

« Il y a de la neige sur la route. C'est dangereux.

— J'ai déjà eu du mal à avoir la voiture, dit-il. Après ton coup de téléphone, hier soir, j'ai fait tout un numéro à ma mère. J'ai dû lui raconter que j'en avais besoin pour mon travail. Tout ça pour pouvoir t'emmener, aujourd'hui. Et tout ce que tu trouves à faire, c'est gémir.

— Je ne gémis pas, se récria Francie. Pourquoi ta mère ne te permet-elle jamais de prendre la voiture ? »

Andrew fit marcher les essuie-glace, la neige disparut du pare-brise.

« Parce que c'est une vieille vache », dit-il.

Il accéléra à nouveau. Francie étouffa un cri au moment où la voiture faisait une embardée et se redressait toute seule sur la route déserte. Andrew donna un brusque coup de volant et appuya sur le frein. Dans un crissement de pneus, la voiture s'arrêta dans une petite clairière dans les bois.

Il se tourna et sourit :

« Nous y sommes. »

Francie hocha la tête, le visage blanc dans sa parka bleue.

Andrew se glissa à côté d'elle sur le siège et commença à lui caresser les cheveux.

« De quoi ma petite fille avait-elle peur ?

— Tu le sais très bien, dit Francie. J'ai peur du verglas. Je t'ai dit ce qui était arrivé.

— Oh, d'accord ! dit-il en se redressant. Toi et ta mère. Elle a perdu le contrôle de la voiture, ou je ne sais quoi.

— Je te l'ai raconté plusieurs fois.

— Eh bien, tu ne risques plus rien, maintenant », dit-il.

Francie regarda par la fenêtre. Les arbres se dressaient, noirs et dépouillés, vers le ciel plombé.

« On ne voit même pas le lac avec la neige, dit-elle.

— Comment sais-tu qu'il y a un lac ? Je croyais que tu n'étais jamais venue ici. »

Francie se mordit la lèvre, eut une seconde d'hésitation.

« C'est pas sorcier. Ce sont les seuls arbres des environs. Il y a sûrement de l'eau.

— Petite maligne !

— Alors, où se trouve ta cachette ? Tu m'as parlé d'un endroit secret.

— Tu vas voir, dit-il en sortant de la voiture. Viens. »

Il s'avança d'un air important à travers les arbres, suivi de Francie chargée du sac en papier brun qui contenait les sandwiches préparés avant de partir.

Andrew choisit son chemin, évitant les pierres et les branches dissimulées sous la neige. Les bois enserraient le lac comme un grand rideau blanc et trompeur jusqu'au bord de l'eau. Il n'y avait pas âme qui vive autour de la nappe gelée qui s'étendait devant eux. A quelques mètres sur leur droite, un pont cintré auquel il manquait quelques planches enjambait le lac jusqu'à une petite île. Là se trouvait une vieille baraque en bois. C'était le rendez-vous des patineurs.

« C'est beau, dit Francie, en saisissant Andrew par la manche de son manteau.

— Viens, dit-il. Je vais te montrer ma cachette. »

La neige étouffa le bruit de ses pas lorsqu'il franchit le petit pont branlant. Il atteignit la maison, inspecta la porte, craignant qu'on eût ôté le cadenas qu'il s'était donné la peine d'y placer.

« Personne ne vient jamais ici », dit-il.

Il se retourna, s'attendant à voir Francie, mais elle ne se trouvait pas derrière lui.

« Francie », appela-t-il.

Sa voix se répercuta sur la surface du lac, mais la jeune fille ne répondit pas. Son silence l'irrita. Il n'allait pas marcher dans son jeu. Andrew prit la clé sous la marche en bois, l'inséra maladroitement dans la serrure, dégagea le cadenas et tira le verrou.

Il ouvrit la porte d'un coup de pied et entra. Les deux caisses qu'il avait retournées en guise de sièges étaient toujours là. Des lucarnes dans le mur laissaient passer la lumière. Il restait des cendres dans le foyer de la cheminée, et un petit sac poubelle qu'il avait déposé le jour où il avait découvert l'endroit. Voilà, c'était la cachette qu'il avait aménagée pour elle, et elle ne se donnait même pas la peine de venir la voir. Il claqua la porte derrière lui et se laissa tomber lourdement sur l'une des caisses.

« Andrew, cria une voix joyeuse à l'extérieur. Viens me regarder. »

Il s'avança lentement hors de la maison et entendit un gloussement sous le pont. Francie pointait la tête, les yeux levés vers lui.

« Regarde, cria-t-elle. Je fais du patin. »

Elle s'éloigna, se mit à glisser sur la glace, riant, poussant des cris, les bras étendus tout en tournoyant sur ses bottes en caoutchouc.

« Amène-toi, dit Andrew d'une petite voix sèche. Je t'attends.

— Je m'envole, criait Francie. Viens me rejoindre, c'est amusant. »

A peine eut-elle prononcé ces derniers mots qu'elle trébucha, tombant brutalement sur le dos. Il y eut un craquement menaçant autour d'elle.

« Andrew, hurla-t-elle. Au secours.

— Débrouille-toi », dit-il.

Lui tournant le dos, il rentra à l'intérieur de la maison.

« Andrew », gémit-elle.

Ça lui apprendra, pensa-t-il. Il referma la porte, s'assit sur l'une des caisses et sortit son livre de la poche de son manteau. Il y avait un homme en smoking sur la couverture, en train d'étrangler un type à l'air mauvais deux fois plus grand que lui. Andrew se plongea dans sa lecture, indifférent aux gémissements de Francie, au bruit de ses pas sur le pont.

Elle ouvrit la porte, s'essuyant le nez à la manche de sa parka, s'approcha silencieusement et s'assit sur l'autre caisse, posant le sac en papier brun entre eux. Les bras serrés contre sa poitrine, elle se mit lentement à se balancer d'avant en arrière. Andrew continua à lire.

« Andrew », dit-elle doucement.

Il ne répondit pas.

« Je suis désolée.

— Tu fais bien, murmura-t-il, sans quitter son livre des yeux.

— Ne sois pas fâché. Je voulais juste m'amuser. »

Andrew leva la tête vers elle.

« Tu me téléphones, tu me supplies de venir te voir. Je t'emmène ici, et tu ne trouves qu'une chose à faire, te comporter comme une gamine de deux ans. Tu es une femme, nom de Dieu ! »

Francie se précipita vers lui et s'agenouilla à ses pieds sur le sol glacé.

« C'est un endroit merveilleux, dit-elle. Et tu es formidable. Je t'en prie, ne sois pas fâché. Tu es tout au monde pour moi. »

Andrew s'efforça de dissimuler son sourire, mais il ne put s'empêcher de rougir de satisfaction.

« Tu ne penses pas ce que tu dis, déclara-t-il.

— Si, je le pense. Tu es beau et intelligent. J'adore tes taches de rousseur. »

A travers sa moufle, elle posa un doigt sur le bout de son nez, mais il lui saisit le poignet, la repoussa, recouvrant son visage de sa main. Francie éclata de rire.

« Allez, dit-elle. Tu sais très bien que tu es beau. »

Andrew haussa les sourcils, et la scruta d'un regard soupçonneux à travers ses doigts. Francie rit à nouveau et il l'attira vers lui, enfouit son visage dans ses cheveux, respirant leur odeur.

« Tes cheveux sentent bon, murmura-t-il.

— Je les ai lavés hier soir. »

Il la serra de toutes ses forces contre lui. Son cœur cognait dans sa poitrine. Il craignit qu'elle ne s'en aperçût. Elle allait s'imaginer qu'il avait envie d'elle. Il posa ses lèvres froides sur son front. Elle essaya de se relever, mais il la retint.

« Andrew, protesta-t-elle. Tu m'étouffes. »

Il la relâcha, et elle se redressa brusquement, le visage écarlate, les lunettes de travers. Elle lui sourit fièrement, une expression possessive sur le visage et, se penchant vers lui, l'embrassa sur les lèvres.

Il la saisit par les bras, lui rendit son baiser avec une avidité maladroite, et le battement tant redouté se propagea soudain dans tout son corps, l'emplissant d'un vertige qu'il s'efforçait en vain de refouler.

Elle lui prit doucement la main pour la poser sur le devant de sa veste, et il la laissa faire, impuissant, sentant l'affolement le gagner. Il savait ce qui allait arriver, le débordement qu'il serait incapable de contrôler, l'humiliation atroce, la tache s'étalant sur son pantalon... Francie s'en apercevrait, elle comprendrait. Il devait empêcher ça. Il la repoussa violemment.

Elle se cogna le coude contre le bord de la caisse en bois en tombant, et resta assise par terre, se frottant le bras avec une moue de reproche.

« Si tu ne veux pas m'embrasser, tu n'as qu'à le dire », dit-elle.

Andrew alla vers la fenêtre, pressant son corps contre la paroi froide du mur, comme s'il voulait apaiser l'agitation qui s'était répandue en lui.

« Bien sûr que je veux t'embrasser, dit-il d'un ton irrité. Mais on aura tout le temps quand on sera partis d'ici.

— Partis d'ici ? »

Francie dégrafait sa parka et dégageait son bras douloureux pour s'assurer qu'il n'y avait pas de sang sur son coude.

Andrew lui jeta un coup d'œil en biais. Le léger gonflement de ses seins pointait sous son chandail.

« Rhabille-toi, ordonna-t-il avec colère. Tu vas attraper froid. »

La jeune fille obéit, renfila sa manche à contrecœur, étonnée qu'il se souciât d'elle.

« Pourquoi as-tu dit : "quand on sera partis d'ici" ? » répéta-t-elle.

Andrew revint vers elle.

« Donne-moi un sandwich. »

Elle lui tendit l'un des paquets enveloppés d'une feuille d'aluminium et le regarda mordre à belles dents dans son sandwich, attendant un compliment.

« Le temps est venu de faire des plans, dit-il en froissant le papier en boule.

— Des plans pour quoi ?

— Tu le sais très bien, dit-il. Donne-moi un autre sandwich. Ils sont très bons. » Il la regarda plonger la main dans le sac en papier et poursuivit : « De quoi est-ce que je te parle depuis le début ? Il est temps pour nous de nous tirer d'ici.

— Nous enfuir ? dit-elle doucement.

— Exactement. Partir. Filer. Se tirer de cet endroit. Toi et moi. On prend la route et on s'en va. »

Francie soupira :

« C'est que... Je suis tellement... je ne sais pas, c'est de la folie de s'en aller tout de suite.

— Alors, ça rimait à quoi toutes tes jérémiades, hier soir ? "Andrew, ma sœur ne veut pas rester avec moi. Elle va m'obliger à vivre avec ces vieux"...

— Je sais.

— Tu me téléphones en pleurant, tu cries que tu les détestes, elle, eux, la terre entière. Tu sais bien que c'est une ville de merde. On se tire. Un point c'est tout.

— Et l'école ?

— L'école ? » Il la regarda d'un air incrédule. « Qui se soucie de l'école ? Tu te prends pour une lumière, ou quoi ?

— Tu as terminé tes études, toi.

— Tu pourras y retourner ailleurs.

— Mais où allons-nous aller ?

— Facile, fit-il en claquant des doigts pour la faire sourire. On file sur la Côte. »

Elle fronça les sourcils.

« En Californie. Mon vieux vit là-bas. Il m'a envoyé des cartes postales. Ma mère n'en sait rien, mais il m'a écrit. Il a trouvé un endroit sympa. Il dit que je pourrais y trouver facilement du boulot. Il m'aidera.

— Qu'est-ce qu'il fait ?

— J' sais pas au juste. Il est plutôt réservé sur la question. Je pense qu'il travaille dans les casinos ou dans l'administration. Il dit qu'il va beaucoup à Las Vegas.

— Tu crois que c'est un joueur professionnel ?

— Comment veux-tu que je le sache ? s'énerva Andrew. On le saura sur place. »

Francie se recroquevilla sur sa caisse, les mains serrées entre ses genoux.

« Je ne sais pas, dit-elle.

— "Oh, Andrew, chantonna-t-il d'une voix haut perchée, tu es si merveilleux. Je ferais tout au monde pour toi." » Il secoua la tête, l'air méprisant. « Je t'en fiche, termina-t-il en reprenant un ton normal.

— Ce n'est pas une chose qu'on décide comme ça, se récria-t-elle. Pourquoi ne t'es-tu jamais enfui avant ? Je parie que tu as eu mille fois l'occasion de le faire. »

Andrew la dévisagea pendant un long moment.

« Parce que je t'attendais. »

Cela ne voulait rien dire, et Francie le savait au fond d'elle-même, mais la façon dont il avait prononcé ces mots la fit frissonner.

« Je ne peux pas me décider aussi vite », dit-elle d'une voix plaintive.

Andrew se renfrogna et se détourna d'elle. Elle le regarda. Elle avait l'impression de flotter seule dans l'espace.

« Peut-on faire un feu ? demanda-t-elle humblement.

— Non, répondit-il sèchement. Le bois est humide.

— Andrew, il ne faut pas m'en vouloir. Je t'en prie. »

Il sortit le dernier sandwich du sac, le lui jeta aux pieds, nettoya les restes et les vieux papiers, et ramassa son livre comme s'il s'apprêtait à partir.

« Écoute, tenta-t-elle d'expliquer, comment pourrions-nous partir ? Nous n'avons ni voiture, ni argent. Tu ne peux aller nulle part sans argent. Nous n'aurions même pas de quoi manger. Peut-être devrions-nous économiser un peu d'argent pendant quelque temps. Je ferais du baby-sitting, tu pourrais travailler...

— J'ai mis de l'argent de côté, dit-il. Sur ma paie.

— Mais nous n'avons pas de voiture.

— Nous prendrons la voiture de ma mère ! Elle ignore que j'ai le double des clés. Tu te souviens du porte-clés que tu m'as donné ? »

Francie ouvrit de grands yeux.

« On ne peut pas faire ça, dit-elle.

— Bien sûr que si.

— Elle peut avoir besoin de la voiture, balbutia-t-elle.

— Non, elle n'en a pas besoin. Je t'ai dit que c'était une vieille vache. Les vieilles vaches ne conduisent pas de voiture. » Il éclata de rire, mis en joie par sa boutade. « Ça lui fera les pieds. Je donnerais cher pour voir sa tête quand elle s'apercevra qu'on a filé avec la voiture. » Il pivota sur lui-même et regarda Francie. « Tu crois que Noah pourrait la prendre en photo, à ce moment-là ? »

Francie secoua lentement la tête.

Andrew haussa les épaules.

« Qu'elle aille se faire foutre. Plus elle en bavera, plus je serai content. »

Francie se tortilla sur son siège.

« C'est voler, dit-elle.

— Voler ? Ce vieux débris ? C'était la voiture de mon père, de toute façon, et il l'a probablement laissée pour moi. » Andrew se pencha vers Francie, lui saisit les bras. « Cette bagnole me revient. Ma mère me la doit... Elle me doit bien plus que ça. »

Ses yeux prirent soudain une expression hébétée, lointaine.

« Il faut beaucoup d'argent pour aller en Californie », dit Francie.

Andrew revint soudain sur terre.

« Nous en aurons. Pas de problème. On en trouvera en chemin. Il y a des tas de magasins et de garages. Des maisons particulières, même. »

Francie le regarda avec stupéfaction. L'expression qu'elle vit se refléter dans ses yeux lui fit peur.

« Des maisons particulières ?

— On aura un revolver, ma petite. Avec une arme, on peut obtenir tout ce qu'on veut. Il suffi d'entrer quand il n'y a personne dans les parages. On se sert et on se tire. C'est facile, ajouta-t-il. Drôlement facile. On arrive, on dit : Filez-nous votre fric, et ils le donnent. Personne ne dit non en face d'une arme. Et s'ils refusent, tant pis pour eux... on leur tire dessus. On prend ce qu'on veut, quand on veut. Tu piges ? C'est notre tour d'avoir la belle vie. On y a droit. Depuis qu'on est nés, on nous a traités comme des moins que rien. C'est pourquoi on s'entend tellement bien, toi et moi. Tout le monde nous humiliait, nous disait ce qu'il fallait faire. » Il se redressa, comme animé par sa vision de l'avenir. « Qu'ils me courent après, si ça les amuse. Je cours plus vite. Et s'ils veulent m'arrêter, ils devront d'abord me tuer. Je mens pas, Francie. Je les tuerai. Le sang peut couler, je m'en fiche. Personne ne nous prendra. Toi et moi... loin d'ici, loin de tous ces cons. Personne ne nous fera du mal. »

Francie porta les mains à ses oreilles.

« Tais-toi. Ne parle pas comme ça, dit-elle, tu me fais peur. »

Il s'arrêta net, comme un chien au bout d'une laisse. La lueur s'éteignit dans ses yeux. Il la regarda d'un air inquiet, émit un petit rire saccadé.

« Ne fais pas cette tête, mon chou, dit-il. Je plaisantais.

— Comment peux-tu dire des choses pareilles ? »

Il vint s'asseoir près d'elle, passa sa main dans ses cheveux. Elle eut un mouvement involontaire de recul.

« Je ne parlais pas sérieusement, dit-il.

— Tu ne plaisantais pas.

— T'inquiète pas. Je trouverai un moyen d'avoir de l'argent. Tu verras. »

Mais elle garda un air méfiant. Son regard s'était assombri, tout à coup.

Il chercha à l'adoucir.

« Je sais où on peut trouver du bois sec. On va faire un bon feu. »

Francie resta assise sur le bord de la caisse, raidie, le regard lointain. Andrew la contempla d'un air inquiet, ôta sa main de ses cheveux, sentant l'irritation monter en lui en la voyant détourner les yeux.

« Oui ou non ? » cria-t-il.

Francie sursauta au son de sa voix.

« Quoi ? demanda-t-elle.

— Tu veux que je fasse du feu, oui ou non ? » répéta-t-il. Francie remonta ses lunettes sur son nez et le fixa.

« Oui. Merci », dit-elle dans un murmure.

10

Dès que Cindy l'eût déposée avec ses cartons dans l'allée, Beth se mit à ressasser ce qu'elle venait d'apprendre. Elle eut beau s'efforcer de reprendre ses travaux de rangement, elle ne cessait de se représenter Andrew, d'entendre ses mensonges. Il avait menti en déclarant qu'il ne connaissait pas Francie, en disant qu'il était en deuxième année à l'école. La pensée qu'ils avaient filé ensemble, qu'ils s'étaient fichus d'elle, la mettait hors d'elle. Prise d'une inspiration, elle fourra le reste des affaires de son père dans un carton sur le lit, traversa la cuisine, saisit son manteau et monta dans la voiture.

La neige tombait dru, la route était glissante. Beth conduisit avec prudence jusqu'à la station-service et s'arrêta devant le garage, à côté d'un camion-remorque. Elle aperçut Noah à l'intérieur, appuyé contre un baril d'huile. Il grattait sa guitare. *Est-ce qu'il dort avec son instrument?* se demanda Beth.

Remontant le col de son manteau, elle sortit de la voiture et se hâta vers l'intérieur du garage. Noah leva la tête. Il lui adressa un sourire hésitant.

« Désirez-vous de l'essence ? »

Beth secoua la tête. Il y avait quelque chose d'obtus et de naïf chez ce garçon. Elle s'en voulut presque de venir le surprendre. Il ne devait pas être difficile de lui tirer les vers du nez.

« Vous êtes un ami d'Andrew, n'est-ce pas ? interrogea-t-elle avec une amabilité feinte.

— Ouais, dit Noah. On est copains. »

La façon dont il prononça ces mots souleva en Beth un élan de compassion. Elle doutait que Noah eût beaucoup de « copains ».

« Je suppose donc que vous savez qu'il sort avec ma sœur. »

Noah tordit sa bouche et baissa les yeux, répugnant visiblement à dénoncer son ami.

« Je ne veux pas ruser avec vous, Noah. Je suis au courant de leur histoire. »

Noah haussa les épaules.

« Alors ?

— Alors, ma sœur n'est pas allée à l'école, ce matin, et il se trouve qu'Andrew ne s'est pas rendu à son travail. Je veux savoir où ils sont.

— Vous avez l'air furieux, constata Noah en lui jetant un regard en biais.

— Je ne suis pas furieuse. Je suis simplement curieuse.

— Eh bien, demandez-le à Francie quand elle rentrera.

— Je veux lui parler maintenant. »

Noah haussa les épaules, pinça une corde.

« J'ignore où ils sont.

— Très bien. Alors dites-moi autre chose. Où habite Andrew ? Peut-être sont-ils chez lui ? »

Noah fit une grimace.

« Ça m'étonnerait. Sa mère est drôlement sévère.

— Je vais y aller. Où habite-t-il ? »

La bouche de Noah prit un pli buté.

« Avez-vous un annuaire du téléphone ici ? demanda posément Beth.

— Il habite sur Berwyn Road, au bout de la route. C'est une vieille maison peinte en vert. Savez-vous où se trouve Berwyn Road ? demanda-t-il, espérant manifestement qu'elle l'ignorerait.

— Non loin de l'arrêt du bus, près du château d'eau », répondit Beth en faisant un vague geste de la main derrière elle.

Noah hocha la tête. Une femme vêtue d'un loden arrêta sa voiture avec un bruit de casserole et entra dans le garage.

« Avez-vous un pot d'échappement ? » demanda-t-elle.

Noah lui fit signe d'avancer sa voiture à l'intérieur du garage.

« Bon, merci, dit Beth.

— Andrew est un chic type, vous savez. Y a rien de mal à être son amie.

— Je suis sûre que vous l'aimez beaucoup », dit Beth, et elle regagna la voiture de son père.

Laissant le garçon aux prises avec les problèmes de pot d'échappement de sa cliente, elle prit la direction du château d'eau. *Je vais juste voir où il habite*, pensa-t-elle. *J'aurai au moins l'impression d'avoir fait quelque chose. S'ils ne sont pas chez lui, j'attendrai le retour de Francie pour mettre les choses au clair. Je ne peux pas parcourir la planète à leur recherche.*

Berwyn Road se trouvait à plusieurs kilomètres du garage et Beth songea au trajet que devait accomplir Andrew pour se rendre à son travail. Peut-être son patron lui permettait-il d'utiliser la voiture du « Sept à Onze ». Pourquoi un jeune homme de son âge n'avait-il pas de voiture ? Elle passa devant quelques fermes délabrées, longea le bas d'une piste de ski abandonnée qui s'enorgueillissait d'un remonte-pente et avait eu son heure de gloire lorsque Beth était enfant. Elle semblait n'avoir plus servi depuis des années. Après l'arrêt du bus, sur la route principale qui menait à Harrison, Beth tourna sur Berwyn Road et ralentit. Il y avait une caravane dans un parking, une ferme en face d'un champ à l'abandon. Au bout de la rue se dressait une vieille maison entourée de quelques arbres nus et rabougris.

Beth reconnut le vert décrit par Noah et roula lentement dans l'allée sillonnée d'ornières. La maison semblait déserte. En gravissant les marches du porche, Beth crut, néanmoins, apercevoir une lumière à l'arrière.

Elle frappa deux fois à la porte principale, tapant du pied pour chasser la neige de ses bottes. Elle frissonna en attendant, contemplant le jardin mal entretenu, frappa à nouveau, risquant un coup d'œil à l'intérieur par l'entrebâillement des rideaux de la fenêtre près de la porte. La maison semblait inhabitée. *Ils ne sont pas là.* Cela prouvait au moins qu'ils ne s'étaient pas terrés dans la chambre d'Andrew. Beth poussa un soupir de soulagement, réalisant soudain combien cette perspective l'avait rendue mal à l'aise. Elle s'apprêtait à faire demi-tour quand la porte d'entrée s'entrouvrit de quelques centimètres. Une femme apparut.

« Que voulez-vous ? »

Beth sursauta.

« Excusez-moi, dit-elle, cherchant à refréner les battements sourds de son cœur avec sa main. Je m'appelle Beth Pearson. Je cherchais... euh... Andrew est-il chez lui ?

— Non, dit la femme derrière la porte d'un ton légèrement condescendant. Andrew est à son travail.

— Êtes-vous la mère d'Andrew ? demanda Beth.

— Oui. »

Beth se mordit la lèvre.

« Puis-je vous parler un instant ? »

La femme parut déconcertée par sa demande et chercha à se dérober.

« Je viens de rentrer de mon travail... je n'ai même pas eu le temps de me changer. Il faisait mauvais, et le docteur a insisté pour que je parte plus tôt. Les gens avaient annulé leurs rendez-vous.

— Je n'en ai pas pour longtemps, insista Beth.

— Juste une minute alors », dit Leonora Vincent, et elle lui referma la porte au nez.

Surprise, Beth fronça les sourcils. *Elle doit être en train de ranger les journaux et d'arranger les coussins*, pensa-t-elle en tapant des pieds sur le porche pour se réchauffer. Ses jeans ne la protégeaient pas suffisamment du froid.

La porte s'ouvrit à nouveau, en grand cette fois, et Beth s'avança, mais la femme la repoussa en arrière et la rejoignit sur le porche, refermant la porte derrière elle. Elle portait un costume blanc d'infirmière et des chaussures blanches, et elle avait enfilé un chandail grossièrement tricoté.

Leonora remarqua la stupéfaction inscrite sur le visage de Beth et fit un vague signe de la main.

« C'est à cause des microbes, dit-elle. Je fais très attention de ne pas les laisser pénétrer dans la maison. »

Beth ne voulut pas paraître vexée. Elle se demanda si ce comportement avait un rapport avec la condition d'infirmière. Peut-être y avait-il quelqu'un de malade dans la maison ? Voyant le pli d'impatience qui tirait la bouche de Leonora, elle ne s'attarda pas sur la question.

« Je suis désolée de vous importuner, madame... euh... Vincent. Mais on m'a appris que votre fils sort avec ma petite sœur. Je ne vis pas ici. Je suis seulement venue pour l'enterrement de mon père. Bref, le professeur de Francie m'a dit qu'Andrew et ma sœur se voyaient beaucoup, et je ne suis pas certaine d'approuver ce genre de relations. »

Beth s'attendait à ce que son interlocutrice lui répliquât vertement de se mêler de ses affaires, et elle resta sans voix devant le bouleversement qui déforma brusquement les traits de Leonora Vincent. La mère d'Andrew était devenue pâle comme la mort, ses yeux brillaient d'un éclat sauvage qui rappela étrangement à Beth le regard de son fils. Elle remua à peine les lèvres lorsqu'elle parla :

« Qu'est-ce que vous racontez ? Je ne suis pas au courant de cette histoire. Qui est cette fille ? »

Beth eut brusquement l'impression que sa propre irritation était peu de chose en comparaison de la fureur éprouvée par cette femme. Elle décida de mettre la pédale douce.

« J'ignore s'ils se rencontrent souvent. Mais Francie n'a que quatorze ans, et votre fils est beaucoup plus vieux qu'elle. Je suis certaine que c'est un gentil garçon, mais... »

Leonora ne parut pas entendre. Elle haussa les sourcils, le regard perdu dans le lointain.

« Mensonge et duperie, dit-elle. Conduite ignoble, immonde, à l'égard d'une jeune fille. »

Andrew allait passer un mauvais quart d'heure en rentrant chez lui. Beth se sentit coupable.

« Je ne dis pas qu'ils se conduisent mal. C'est uniquement leur différence d'âge qui m'ennuie.

— J'ai toujours dit que le fruit était véreux, poursuivit Leonora. J'ai fait ce que je pouvais, mademoiselle Pearson, pour essayer d'endiguer le mal. Mais une mère ne peut pas grand-chose. Même avec toute la meilleure volonté du monde. Malgré l'éducation et les punitions, la tare reste là. Dans le sang. »

Beth commençait à se sentir terriblement mal à l'aise.

« Il vaudrait mieux ne pas donner trop d'importance à tout cela, dit-elle.

— Saviez-vous que le père d'Andrew était comme lui ? Quand Andrew n'était qu'un petit garçon, son père courait après une jeune traînée. Comme votre sœur. Il nous a abandonnés. Oh ! ce fut un beau scandale. Je suis surprise que vous ne soyez pas au courant. »

Beth sentit qu'elle allait en apprendre plus qu'elle ne le désirait sur les ascendants d'Andrew. Leonora braquait sur elle des yeux fulminants et Beth s'attendit à une diatribe contre le mari dévoyé et son fils. Elle décida de couper court :

« J'ai l'intention de parler à Francie, de lui conseiller de trouver des amis de son âge. Je voulais seulement vous prier d'agir de même avec Andrew. »

Visiblement interrompue au beau milieu de son accès de rage, Leonora fit un effort pour comprendre ce que lui disait Beth.

« Je parlerai à Andrew », dit-elle enfin.

Beth la remercia et s'éloigna. Elle fit une grimace à la pensée de l'accueil qui attendait Andrew. Démesuré peut-être. *Mais cela mettrait fin à cette histoire.* Elle sentit le regard de Leonora qui la suivait tandis qu'elle montait dans sa voiture.

Rester calme, se dit Beth en soulignant ses yeux d'un trait d'eye-liner dans la glace. *Elle va se mettre dans tous ses états, pleurer, protester que c'est le grand amour. Il faudra la prendre de front avec une froide logique.* Elle appliqua un peu de rouge sur ses joues, se souvenant de ce que lui avait dit Cindy, que son père était sorti de ses gonds en apprenant cette histoire. Elle imaginait le genre de scène qu'il avait dû faire, tapant du poing, hurlant à tue-tête. Elle se rappelait trop bien ses colères. Mais visiblement cela n'avait pas empêché Francie de continuer à voir Andrew. Peut-être avait-elle cessé de le rencontrer sur le moment, mais son père disparu, elle estimait sans doute que la voie était libre. Beth fit une moue et passa un rouge cuivré sur ses lèvres. Il était temps de régler cette affaire.

Elle recula pour examiner son maquillage dans la glace. Sans raison apparente, elle avait éprouvé le besoin de se farder en vue de cet entretien avec sa sœur. Il lui semblait que les traits de son visage étaient plus résolus. Elle leva la tête et se regarda de biais dans la glace. *Tu lui expliqueras que ça ne va pas se passer comme ça. C'est tout.*

Le claquement de la porte d'entrée la fit sursauter. Elle regarda sa montre. A peu près l'heure à laquelle Francie rentrait de l'école. Prenant une profonde inspiration, Beth descendit l'escalier et pénétra dans la cuisine. Assise à la table, Francie mangeait une pomme. Elle était en chaussettes, mais n'avait pas ôté sa parka. Ses lunettes étaient embuées par la chaleur de la pièce.

« Est-ce qu'il neige toujours ? demanda Beth.

— Un peu moins. »

Francie croqua un morceau de pomme sans enthousiasme.

« Comment s'est passée la journée à l'école ?

— Bien.

— Ah ! fit Beth en tournant le dos à la jeune fille pour remplir un verre d'eau au robinet de l'évier. Comment peux-tu le savoir ? »

Francie laissa tomber la pomme sur la table. Elle leva un regard interrogateur vers sa sœur.

Beth se retourna avec un large sourire.

« Figure-toi que j'ai appris que tu n'étais pas à l'école aujourd'hui, que tu avais passé la journée avec ton ami Andrew. »

Francie poussa un grognement et se leva. Laissant sa parka sur la chaise, elle se dirigea vers le living-room.

« Attends un peu, dit Beth. Reviens ici.

— D'accord, dit Francie. J'ai manqué l'école.

— Ce n'est pas le problème. Tout le monde manque l'école de temps en temps. Ce n'est pas ça qui m'ennuie.

— Je me fiche de ce qui t'ennuie.

— C'est Andrew qui est le problème, Francie.

— Qu'y a-t-il avec Andrew ? »

Francie s'appuya contre une chaise, la main sur la hanche.

« Écoute, Francie. Je sais qu'il est beaucoup trop vieux pour toi. Qu'il a plutôt mauvaise réputation...

— Je vais te dire une chose, répliqua Francie. Je me fiche complètement de ce qu'on t'a dit. Ou de ce que tu penses. »

Beth serra les lèvres, s'efforçant de parler aussi calmement que possible.

« Tu n'as rien à faire avec un garçon de cet âge.

— Tu n'as pas à me dire ce que je dois faire ou non. »

Francie tourna le dos.

Beth s'élança, l'attrapa par le bras, pointant un doigt vers elle.

« Maintenant, tu vas m'écouter. Quoi que tu en dises, tu n'as pas le droit de faire ce qu'il te plaît. Ce qui signifie que tu ne peux pas rater l'école et courir je ne sais où avec un type qui ferait mieux de voir des amies de son âge au lieu de s'intéresser aux petites filles. »

Francie retroussa les lèvres.

« Retourne chez toi, dit-elle. Fous le camp de ma vie.

— Francie, ce n'est pas un conseil que je te donne. C'est un ordre. Je suis ta tutrice légale et je ne veux pas que tu revoies ce garçon.

— Ce n'est pas toi qui commandes, cria Francie en soulevant la chaise de quelques centimètres pour la reposer brutalement sur le sol. Je fais ce que je veux. Tutrice légale ! Laisse-moi rire.

— Non, tu ne vas pas rire », répliqua Beth sur le même ton. Elle sentait la moutarde lui monter au nez devant le mépris de sa sœur, mais s'évertua à rester calme. « En réalité, je suis allée voir la mère d'Andrew, et je peux t'assurer qu'elle va lui parler. »

Francie recula d'un pas et dévisagea sa sœur, les yeux agrandis par la stupeur.

« Tu as fait ça ? »

Voyant qu'elle avait pris le dessus, Beth lui adressa un petit sourire satisfait.

« En apprenant que tu avais manqué l'école, je suis allée demander à Noah l'adresse d'Andrew. Je voulais voir si tu te trouvais chez lui. Sa mère était rentrée. Je lui ai tout raconté.

— Pauvre conne ! Pourquoi ne t'occupes-tu pas de tes affaires ? »

Beth serra les poings, résistant à l'envie de gifler sa sœur.

« Ce sont mes affaires, dit-elle d'un ton sévère.

— Non ! cria Francie.

— Mon père a eu une crise cardiaque grâce à toi, dit froidement Beth. Alors, il me semble que ça me regarde. »

C'était un coup bas, et elle le savait. Elle aurait préféré ne pas le porter, en tout cas pas de cette façon, mais c'était fait. Elle se rassura en se rappelant les paroles de Cindy : son père s'était vraiment montré bouleversé. Furieux. C'était la vérité.

Francie parut assommée pendant un moment. Vacillante, elle s'appuya contre la table, les yeux baissés, fixes, comme si elle contemplait une fosse pleine de démons. Beth ressentit un petit pincement de plaisir, comme si une voix intérieure chantait victoire. Mais elle fut prise de remords, ouvrit la bouche pour s'excuser.

Francie s'était reprise et relevait la tête, les yeux pleins de mépris.

« Vraiment ? dit-elle. Tu t'inquiètes de la raison pour laquelle Papa a eu une crise cardiaque ? Ne me fais pas rire. Tu t'es souciée de lui comme d'une guigne pendant toutes ces années. Tu ne lui as jamais téléphoné. Tu n'as jamais demandé de nos nouvelles. Et tu prétends savoir ce qu'il ressentait ? Arrête ton char, veux-tu ?

— Ne change pas de sujet, rétorqua Beth d'une voix cassante. J'ai appris qu'il était furieux à propos d'Andrew.

— Ce n'est pas ça qui a provoqué sa crise cardiaque, hurla Francie. Il en aurait eu une de toute

111

façon. Le docteur lui-même me l'a dit. Ça devait arriver... depuis longtemps. Il était fatigué. Malade. Comment l'aurais-tu su? Tu ne téléphonais jamais. Tu crois peut-être qu'il ne s'inquiétait pas, qu'il ne souffrait pas à cause de toi...? »

Beth voulut étouffer les protestations de Francie.

« Admettons. Mais la colère qu'il a piquée à propos d'Andrew l'a achevé.

— Arrête, gronda Francie. Arrête d'essayer de me rendre responsable. Ce n'est pas moi.

— Non. Tu n'es responsable de rien, comme toujours. Tu te trouves simplement là par hasard, quand les dégâts sont faits. D'abord Maman. Ensuite lui. »

Francie l'arrêta court, le visage blême.

« Maman? » murmura-t-elle.

Beth tremblait de la tête aux pieds, incapable de soutenir le regard de Francie.

« Je n'avais que six ans, dit Francie. La direction de la voiture s'est bloquée. D'après toi, c'est de ma faute? »

Beth ne pouvait plus s'arrêter. Les mots jaillissaient d'elle comme des épines depuis longtemps enfoncées au plus profond de son cœur et qu'elle retirait, une à une.

« Tu savais qu'elle était blessée, mais tu es restée sans bouger près de la voiture. Si tu avais seulement cherché du secours, appelé quelqu'un, elle ne serait pas morte. Tu étais assez grande pour le faire.

— J'avais peur, hurla Francie. J'avais peur de la quitter. Peur du noir. »

Mais Beth n'écoutait pas. Les larmes emplissaient ses yeux.

« Papa ne t'a jamais rien dit. Sa petite chérie. Peut-être était-il heureux que ce soit Maman, et non toi, qui ait été tuée. Et s'il ne s'était pas montré aussi radin, s'il s'était occupé de faire réviser la voiture...

— Oh! mon Dieu, gémit Francie.

— C'est la vérité, cria Beth. Il l'a laissée rouler de nuit dans ce tas de ferraille... »

Elle se souvint d'avoir eu la même discussion, autrefois, avec lui. Il avait refusé toute responsabilité,

112

refusé de gronder Francie qui avait laissé sa mère perdre son sang sans bouger. Il avait dit à Beth de ne jamais répéter ces accusations. Sinon elle pouvait partir. Elle était partie, pour ne plus revenir. Jusqu'à aujourd'hui.

« Tu es dégueulasse », dit Francie.

Beth essuya les larmes de colère qui roulaient sur ses joues.

« Ferme-la, dit-elle d'une voix tremblante.

— Comme si tu étais la seule à avoir perdu quelque chose. Tu ne t'intéresses à personne d'autre qu'à toi. Tu me dégoûtes. »

Beth se tourna vers elle, trop brisée pour répondre. La sonnerie du téléphone les fit sursauter. Francie décrocha brutalement le récepteur, écouta.

« Salut », dit-elle, soudain adoucie.

Beth sut immédiatement qui était à l'autre bout du fil.

Francie resta silencieuse pendant quelques minutes.

« Autant te prévenir, annonça-t-elle soudain. Ma sœur est allée voir ta mère. » Sa voix siffla en prononçant le mot « sœur ». « C'est Noah qui lui a donné ton adresse. » Francie regarda Beth d'un air de défi avant d'ajouter : « Attends-moi. J'arrive dans un instant. »

Elle raccrocha, se dirigea vers la porte, enfila ses bottes.

Beth ouvrit la bouche, mais Francie eut le dernier mot.

« Salope », dit-elle en ouvrant la porte qui donnait sur le jardin.

11

Andrew raccrocha le téléphone de la cabine près des toilettes et se dirigea vers le garage derrière les pompes à essence. Le dos de la salopette graisseuse de Noah penché sur le moteur d'une vieille Mustang jaune apparaissait sous le capot.

Andrew s'avança par-derrière, attrapa Noah par l'épaule et le força à se relever, lui cognant la tête contre le capot.

Noah poussa un cri de surprise, lâcha la clé plate qu'il tenait à la main. L'outil fit un bruit métallique en tombant, manquant de près le pied d'Andrew. Celui-ci coinça Noah contre la voiture.

« Qu'est-ce qui te prend, vieux ? glapit Noah.

— Je voulais seulement parler de Francie. Il paraît que tu as envoyé cette salope voir ma mère.

— Quelle salope ?

— Sa sœur. Qu'est-ce que tu lui as raconté ? »

Noah eut l'air gêné.

« Oh... Elle s'est amenée ici comme une folle. Mais je lui ai rien dit. Elle était au courant de tout. Elle m'a demandé où tu étais. J'ai dit que j'en savais rien.

— Comment a-t-elle atterri chez ma mère ?

— Comment veux-tu que je le sache ?

— Menteur, cria Andrew. C'est toi qui lui as donné mon adresse.

— Elle l'aurait trouvée de toute façon. Dans l'annuaire. J' suis désolé, vieux.

— Ne dis pas "vieux" tout le temps. Tu as l'air d'un débile quand tu dis ça. »

Pivotant sur lui-même, Andrew buta sur la guitare de Noah, appuyée contre une pile de pneus neige. Il la saisit par le manche, la cogna violemment contre le châssis de la porte.

Noah pâlit et poussa un cri étranglé : « Hé ! tu es malade. » Il s'élança, le poing en avant, mais manqua l'épaule d'Andrew. Andrew lâcha la guitare qui heurta le sol avec un craquement sinistre, accompagné de sons discordants. Avant que Noah pût le frapper, Andrew sortit à grands pas du garage.

Il se dirigea dans le noir vers la voiture de sa mère, garée dans le parking. Il avait fait le plein, voulant cacher qu'il avait roulé plus que prévu. Tant qu'elle ne vérifiait pas le kilométrage, il était tranquille. *Elle est au courant maintenant. J'aurais pu économiser le fric de l'essence. Merci à Noah et à cette garce de sœur.* Il eut un haut-le-cœur à cette pensée, s'efforça de refouler les vagues de nausée qui montaient à ses lèvres. En vain. Penché sur le côté de la voiture, il vomit. Il lui sembla que son estomac se révulsait, que tout son sang affluait dans sa tête. Ses tempes battaient. Il regarda sa main. On aurait dit une main de vieillard avec ses doigts recourbés, crispés sur l'arrière de la voiture, les veines saillantes. Il chercha à contenir les spasmes qui le secouaient, la fureur qui l'habitait. Ses pensées bouillonnaient dans son cerveau. Elle allait lui interdire de voir Francie maintenant. Le boucler. Le surveiller de près. Il y aurait de nouvelles règles. Il le savait.

« Andrew, dit doucement une voix. Ça va ? »

Andrew se redressa. Elle était devant lui, ses cheveux blonds l'entouraient d'un halo dans la lumière du réverbère. Elle ouvrait de grands yeux derrière ses lunettes.

« Tu étais malade ? demanda Francie.

— C'est passé, dit-il. Monte. »

Il ouvrit la portière de la voiture. L'air inquiet, Francie se glissa sur le siège.

De l'autre côté de la rue, les bras ballants, Noah les regarda partir.

« Où allons-nous ? demanda Francie.

— Je ne sais pas », dit Andrew d'un ton morne.

Il sortit lentement du parking, le regard fixé devant lui, perdu dans ses pensées.

« Andrew, dit-elle, je ne peux plus la supporter. Elle a d'abord piqué une crise à cause de nous. Ensuite, elle a dit que c'était ma faute si mon père avait eu une crise cardiaque, si ma mère était morte dans un accident de voiture quand j'avais six ans. Elle l'a vraiment dit. J'en croyais pas mes oreilles. Elle est timbrée.

— Elle a tout raconté à ma mère, dit Andrew d'un ton presque surpris. Ma mère sait que je me trouvais avec toi.

— C'est différent pour toi. Tu es adulte, tu as un travail. Tu peux faire ce que tu veux. Pas moi. Je n'ai plus la permission de te revoir. C'est comme si je lui appartenais, même si elle me déteste.

— Elle se rend pas compte, dit Andrew.

— Je la déteste, cria Francie. Elle va tout raconter à mon oncle et à ma tante, et ce sera la même chose avec eux. Pourquoi est-elle venue ? Je ne peux pas croire que mon père ait voulu qu'elle s'occupe de moi. Elle est mauvaise...

— Arrête », dit Andrew.

Francie se tourna vers lui, une expression blessée dans le regard.

« J'essaie de réfléchir... », murmura-t-il d'un ton d'excuse.

Il n'aimait pas qu'elle parlât autant. Cela l'empêchait d'avoir les idées claires. Il avait besoin qu'elle restât silencieuse, qu'elle lui obéît. Il continua à rouler, évitant de regarder ses doigts crispés sur le volant. Les bruits de la nuit semblaient se moquer de lui. Il vérifia la fermeture des vitres à l'arrière. Il flottait une légère odeur de menthe dans la voiture.

« Andrew, j'ai réfléchi, annonça Francie d'une petite voix. Je suis décidée. Je suis prête à m'enfuir avec toi, si tu le veux toujours. »

Il tourna brusquement la tête vers elle. Il avait l'air hébété, comme s'il émergeait d'un rêve.

« Partons, dit-elle. Tout de suite. On a la voiture. On peut s'en aller. Ce soir. Si nous restons, on ne me permettra plus de te voir. » Elle regarda l'obscurité par la fenêtre. « Je déteste cet endroit. »

S'enfuir. Combien de fois en avait-il rêvé, l'avait-il envisagé ? Il l'avait suppliée de s'en aller avec lui. C'était aujourd'hui ou jamais. Elle le regardait avec des yeux pleins d'espoir. C'était trop beau pour être vrai. Des gouttes de sueur perlèrent sur son front. Il sentit ses mains trembler sur le volant.

« C'est impossible », dit-il en secouant la tête. Sa voix lui parut étouffée. « C'est impossible. Nous n'avons pas d'argent. » Il avait dit la première chose qui lui venait à l'esprit. Était-ce la raison véritable de la peur qui le paralysait ? « Nous ne pouvons aller nulle part, sans argent.

— On pourrait demander à Noah, dit-elle vivement. On pourrait lui demander de prendre un peu d'argent pour nous dans le tiroir de la caisse. On le lui rembourserait, après avoir rejoint ton père et trouvé du travail. »

Andrew secoua la tête.

« Non. On ne peut pas le demander à Noah. »

Francie se renversa dans le siège, sans plus rien dire.

Andrew baissa la vitre et respira profondément.

Pourquoi pas ce soir ? murmuraient les arbres. Il s'imagina dans la peau d'un animal, filant par la porte ouverte de sa cage. Son moral remonta. Puis il vit le chasseur, la lunette du fusil pointée sur son arrière-train. Pourquoi pas ce soir ? se moquaient les arbres.

« Je sais où trouver de l'argent », dit-elle.

Leurs yeux se rencontrèrent dans l'obscurité. Il eut l'impression soudaine d'être enveloppé d'un halo, comme si les cheveux de Francie irradiaient une lumière dorée vers lui.

« Où ? » murmura-t-il.

Sur la route de Harrison, Francie lui parla de la grange du brocanteur et du pot en terre sur l'étagère. Andrew écouta sans rien dire, perdu dans d'autres pensées. Parfois, elle le priait de ralentir, baissait la vitre en scrutant la nuit.

Arrivée à la hauteur du restaurant où elle avait déjeuné avec Beth, elle s'écria :

« On a dépassé l'endroit !

— Tu es sûre que ta grange existe ?

— Oui. Mais je ne m'y suis rendue qu'une seule fois, de jour. »

Avec un soupir, Andrew fit demi-tour et repartit en sens inverse. A une courte distance, Francie lui dit de s'arrêter :

« C'est là. »

Andrew se gara sur le bas-côté de la route et éteignit les phares. Ils contemplèrent la vieille ferme et sa grange à une centaine de mètres de la route. Les lumières étaient allumées dans la maison, mais la grange était plongée dans le noir.

« Tu vas avoir du mal à te diriger, dit Francie.

— C'est toi qui vas y aller.

— Moi ? Mais je croyais... »

Andrew se rebiffa. « Dis donc, c'est ton idée. C'est toi qui as vu où ce bonhomme planquait son fric.

— Mais...

— Mais quoi ?

— Tu es un garçon. »

Andrew la dévisagea.

« Tu veux t'enfuir, oui ou non ?

— J'ai peur, dit Francie. Je préférerais que tu y ailles. Je te dirai exactement où se trouve le pot.

— Je dois conduire la voiture. Je ne peux pas tout faire. »

Francie se tassa dans son siège, fixant le tableau de bord.

« J'aime mieux y renoncer, dit-elle.

— Parfait », dit Andrew, furieux. Il mit le moteur. « Retourne avec ta sœur. Je m'en irai de mon côté. »

Francie resta silencieuse pendant un moment.

« Tu t'en irais sans moi ?

— Puisque je ne peux pas compter sur toi, il vaut mieux que je parte seul.

— Je vais y aller », murmura-t-elle.

Andrew poussa un soupir de soulagement.

« Tu surveilleras ? Au cas où il arriverait quelque chose.

— Bien sûr. Vas-y maintenant. Je laisse le moteur tourner. »

Francie se glissa hors de la voiture, referma doucement la portière, regarda autour d'elle avant de traverser la route et de s'engager dans l'allée de la ferme.

Elle s'avança vers la grange, le cœur battant. L'herbe sèche crissait sous ses pieds. Le bâtiment se dressait devant elle dans le noir, menaçant. Pendant un moment, elle espéra que la porte serait fermée à clé. Elle agiterait la poignée et regagnerait la voiture, expliquant à Andrew qu'elle n'avait pas pu entrer.

Un simple loquet de bois fermait la porte. Francie jeta un regard en arrière dans la direction de la voiture. L'argent leur permettrait d'être heureux... toute leur vie. Elle respira profondément, souleva le loquet. La porte pivota lentement en grinçant sur ses gonds.

Tremblant de la tête aux pieds, elle se glissa dans la grange, resta immobile un instant, les lunettes remontées sur son nez, essayant de s'habituer à l'obscurité. *Tout va bien se passer*, se persuada-t-elle. *Tu vas prendre l'argent, et tu pourras t'enfuir. En Californie*. Elle s'imagina avec Andrew, dans une petite maison sous les palmiers, avec un jardin plein de fleurs. *Peut-être pourrons-nous avoir un chat? Nous vivrons ensemble*. Cette perspective l'apaisa.

Elle y voyait plus distinctement maintenant. Il y avait de la vaisselle en porcelaine sur une table, une vieille pendule de cheminée contre le mur du fond. Accrochés dans un coin, des vêtements usagés ressemblaient à des épouvantails dans le noir. Elle eut soudain mauvaise conscience en s'avançant au milieu des vieilleries du fermier. Mais elle repoussa ce sentiment. Le vieux bonhomme avait eu sa chance. C'était son tour à présent.

Lentement, avec précaution, elle traversa la grange comme si c'était un champ de mines. Elle retint à temps une cage à oiseaux qu'elle avait heurtée en passant. Rien ne tomba. Rien ne se cassa. Elle atteignit le mur où se trouvait l'étagère, se haussa sur la pointe des pieds, tâtonnant à la recherche du vase en terre. Il était trop haut pour elle. Elle monta sur une chaise rangée dans un coin, et atteignit le vase. Un cliquetis à l'intérieur prouvait qu'il était plein, qu'elle n'était pas venue pour rien. Elle le saisit à deux mains.

Serrant son trésor contre sa poitrine avec un sentiment de triomphe, Francie prit appui sur le dossier de la chaise, s'apprêtant à sauter. Elle avait un pied en l'air quand la porte de la grange s'ouvrit en grand. Dans le clair de lune, Francie vit se dresser la silhouette du fermier. Il tenait un fusil.

« Qui est là? » cria-t-il.

Le cœur battant, Francie s'efforça de ne plus bouger, mais elle était en déséquilibre, et tomba en avant. Le vieil homme pivota sur lui-même, visa.

« Non... », hurla Francie.

Il ne l'entendit pas. Le coup partit.

12

Andrew regarda sa montre. C'était une montre digitale d'un goût douteux qu'il avait commandée au *Magazine du Mercenaire*. Il avait posté un mandat et avait été livré au magasin. Sa mère ne lui permettait pas de lire ce genre de revue. S'il s'était fait envoyer la montre chez lui, elle aurait su d'où elle venait.

Il lui faudrait jouer serré. Imaginer ce qu'il allait lui dire. Comme pour la montre. Il devait la convaincre. Il l'avait déjà dupée auparavant. Il lui suffisait de le faire une fois de plus. Ensuite, c'est lui qui serait le maître.

Andrew conduisait vite, sachant que le temps comptait. Il aurait préféré ne pas abandonner Francie, mais il n'avait pas eu le choix. Pendant qu'il l'attendait, il avait vu la porte de la ferme s'ouvrir et le vieil homme sortir sur le porche, tenant à la main quelque chose qui ressemblait à un manche à balai. L'homme avait regardé en direction de la voiture. Longuement. Il devait se demander pourquoi il y avait une voiture garée sur la route, à cette heure de la nuit.

Voilà pourquoi Andrew avait dû s'en aller. Si le vieux s'était approché pour lui poser des questions, les ennuis n'auraient pas tardé.

En démarrant, il l'avait vu traverser le champ qui brillait sous le clair de lune, et se diriger vers la grange.

Il s'était éloigné avec l'intention de rouler pendant quelques kilomètres avant de revenir chercher Francie. Puis, il s'était mis à réfléchir.

Sa mère devait se trouver sur le sentier de la guerre, en ce moment. Elle était peut-être en train d'appeler la police. Si les flics se mettaient à leur recherche, ils ne pourraient jamais sortir de ce pays, même avec l'argent du vieux. Et il connaissait sa mère. Elle leur dirait tout. Voler était une chose... un meurtre en était une autre. Une fois la police au courant...

Andrew approchait de Berwyn Road. Le moment était mal choisi, voilà le problème. Il était heureux que Francie fût prête à s'enfuir avec lui, mais elle s'y était prise trop tôt. Des trucs comme ça, il fallait les planifier. Se montrer intelligent, commencer par le commencement.

Tout allait se jouer ce soir. Il devait d'abord convaincre sa mère que la sœur de Francie lui avait raconté des bobards. Ensuite, il établirait ses plans. Il ne laisserait rien au hasard. *Elle ne saurait jamais qui l'avait frappée.*

Elle ne l'attendait pas à la fenêtre. C'était inhabituel de sa part. La nausée le reprit, comme dans le parking. Il sortit à la hâte de la voiture, aspira une goulée d'air frais, et descendit quatre à quatre à la cave pour prendre sa douche. La vue de ses vêtements pliés sur la table le calma. Il devait s'en tenir à sa résolution. Elle n'était pas plus maligne que lui. Elle pouvait l'accuser de n'importe quoi, il se tiendrait prêt. Il gravit l'escalier, frappa doucement à la porte, tournant machinalement le bouton. La porte s'ouvrit toute seule.

« Je suis rentré, cria-t-il, prenant une intonation insouciante.

— Je suis ici. »

La voix venait du salon. Elle était assise dans le fauteuil à bascule, les doigts repliés comme des griffes sur les bras râpés du siège. Dans ses yeux brillait ce regard halluciné qu'il connaissait trop bien. Elle allait le questionner d'un ton frémissant, le laisser s'enferrer dans des explications vaseuses, avant de lui assener ce qu'elle avait appris. Ce soir, il était prêt à lui répondre. Il savait quoi dire. Il ne s'était jamais senti aussi résolu, même si la peur lui tenaillait l'estomac.

« As-tu été retenu tard au magasin ? demanda-t-elle.

— Pas vraiment. »

Elle resta silencieuse pendant un moment, déjà surprise.

« Alors, où étais-tu ?

— C'est... un secret.

— Un secret ?

— Ouais.

— Je sais tout, Andrew.

— Au sujet de Noah ? demanda-t-il.

— Noah ? Qu'est-ce que Noah vient faire dans cette histoire ?

— J'étais avec lui. Pour le tirer d'embarras.

— Ne me raconte pas d'histoires, Andrew. J'ai eu une visite aujourd'hui. Veux-tu savoir de qui ?

— Si tu veux. Je m'en fiche », fit-il calmement.

Leonora se redressa brusquement, pointant un doigt dans sa direction.

« Tu as tort. J'ai reçu la visite de la sœur de ta petite amie. La petite Pearson. Elle m'a tout raconté. Quand je pense que tu cours après cette gamine ! »

Andrew se sentit un peu moins sûr de lui, mais il se força à sourire.

« Elle s'est gourée, dit-il. Elle est complètement idiote. Ce n'est pas moi, c'est Noah qui court après sa sœur. J'essaie de lui éviter des embêtements. »

Leonora le fusilla du regard et s'approcha, lui soufflant son haleine à la menthe à la figure. Il retint sa respiration.

« Ne mens pas, Andrew, dit-elle, soudain plus hésitante. Elle a dit que c'était toi. J'avais honte en l'écoutant. Honte de ta conduite ignoble, dépravée... avec une enfant. Cela ne m'étonne pas. Tu es une ordure. Comme ton père. Une ordure. »

Andrew lui tint tête hardiment, s'accrochant mordicus à son histoire.

« Elle s'est trompée, répéta-t-il. C'est Noah.

— Écoute-moi, Andrew. Je n'ai pas consacré ma vie entière à te protéger pour te voir courir comme ton père après les petites filles. »

Elle levait tout près du sien son visage au teint terreux. Ses yeux brillaient d'un éclat sauvage.

« Ce n'est pas moi », dit-il.

Elle fixa son front, comme si elle essayait de lire dans ses pensées. Elle paraissait moins assurée, tout à coup.

« Cette histoire m'a torturée toute la journée. »

Il eut un sourire sans expression.

« Tu n'aurais jamais dû te mettre dans un tel état. Je suis incapable de faire ce genre de choses.

— Je l'espère », dit-elle. Puis elle ferma à demi les yeux. « Écoute-moi bien, Andrew. Que je n'entende jamais dire que tu vois cette gamine. Une fois suffit. Je ne le tolérerai pas, crois-moi. Je t'ai toujours protégé. S'il ne tenait qu'à moi, tu serais en prison ou en maison de santé. Je suis certaine que tu ne l'as pas oublié.

— Non, dit Andrew en enfonçant ses ongles dans la paume de ses mains. Je t'en suis reconnaissant. »

Elle lui saisit l'avant-bras.

« Je t'ai protégé, Andrew. Je t'ai sauvé d'une existence que tu ne peux même pas imaginer. Je ne le regrette pas. Tu es mon fils, et je le referais. Une autre mère agirait de même. Mais je ne me laisserai pas humilier par toi. Je ne te permettrai pas de courir les rues, d'étaler tes goûts pervers. Sûrement pas. » Elle accentua sa prise. « Je peux encore amener les autorités à jeter un coup d'œil sur le corps de ton père. Je peux leur montrer le revolver. Il n'est pas trop tard. »

Andrew la regarda. Il avait la tête qui tournait, comme si sa mère exhalait de l'éther. Elle pouvait le menacer. Demain, il serait parti. Il n'aurait plus jamais cet affreux visage à regarder. La liberté était à portée de sa main. Lui et Francie allaient partir, et ils ne reviendraient jamais.

« Tu t'es fait tout ce souci pour rien, dit-il. Cette salope s'est trompée.

— Andrew, dit-elle en le relâchant, n'emploie pas ce mot.

— Je suis crevé. Je vais me coucher. »

Elle le regarda partir sans dire un mot de plus. Il monta dans sa chambre et s'affala sur son lit, envahi d'une sensation de soulagement. Elle l'avait cru. Il lui restait toute la nuit pour mettre au point son plan. Mais sa tranquillité fut de courte durée. Il l'entendit monter dans l'escalier, frapper doucement à sa porte.

« Chéri, dit-elle. Je t'ai apporté quelque chose à manger.

— Je n'ai pas faim.

— Andrew, je tiens le plateau, je ne peux pas ouvrir la porte. Viens le prendre avant que le potage ne refroidisse. »

Il hésita, puis une idée lui vint à l'esprit. Il se leva précipitamment de son lit et ouvrit la porte en grand.

« Donne-moi cette soupe », cria-t-il en lui prenant le plateau des mains, si brutalement que le contenu du bol se répandit sur elle.

Elle hurla sous le coup de la douleur, se rua dans la salle de bains en se tordant les mains. Andrew entendit l'eau couler.

« Désolé, dit-il, enchanté en lui-même d'être parvenu à l'attaquer en traître. Ne t'inquiète pas pour la soupe. Je n'en veux pas de toute façon. »

Il claqua sa porte sans lui laisser le temps de répondre. Au bout d'un moment, il l'entendit gagner sa chambre. Il ne regarda pas l'heure, mais attendit d'être sûr qu'elle fût endormie. Il se leva, songeant aux commandos de guérilla qui se préparent au cœur de la nuit. Il avait lu des tas d'histoires sur le sujet dans le *Magazine du Mercenaire*. Silence, approche en tapinois, ruse. Voilà les qualités qui faisaient leur valeur. Et la résolution d'accomplir leur mission à tout prix.

Il se dirigea vers le rayonnage de ses livres, y prit son atlas qu'il ouvrit à la carte des États-Unis. Il y avait mille endroits où disparaître, des milliers de villes où l'on pouvait vivre libre dans le pays de la liberté. Cette pensée amena un sourire sur ses lèvres. Il avait dit à Francie que son père vivait en Californie. Il parcourut du doigt la côte Ouest. Aucun problème. Une fois arrivés là-bas, il lui dirait simplement qu'il avait perdu l'adresse, ou autre chose. Il roula l'atlas et le maintint avec un élastique.

Allongé par terre sur le dos, il passa ensuite la main sous la commode et détacha du fond un paquet enveloppé dans du plastique. Il en sortit un sac kaki, bien plié, qu'il avait commandé à la même revue que la montre et caché sous la commode. Il lui avait fallu faire preuve d'une prudence de Sioux pour introduire le paquet dans sa chambre, sachant qu'elle le lui prendrait si elle le voyait, en déclarant qu'il n'en avait pas besoin étant donné qu'il n'allait jamais nulle part.

Il ouvrit le sac, tira les tiroirs de la commode sans les faire grincer, en sortit les quelques affaires qui lui seraient nécessaires. Il n'avait pas besoin de grand-chose, puisqu'ils avaient l'intention d'aller vivre sous des climats chauds.

« Le principal, maintenant », murmura-t-il en remontant la fermeture Éclair du sac.

Il souleva la semelle intérieure de ses vieilles chaussures de tennis. Il était là. Le porte-clés que Francie lui avait offert, avec un oiseau gravé sur le dessus, deux clés accrochées à l'anneau en métal, l'une pour le contact, l'autre pour le coffre. Il avait fait faire un double des clés pendant que sa mère était chez le coiffeur, un samedi où il l'avait accompagnée en voiture à Harrison.

Il contempla les clés avec un sentiment de pouvoir enivrant. Elle emporterait sûrement ses clés, demain, avant de partir à son travail. Pour le punir d'être rentré si tard avec la voiture. Il ferait semblant de partir à pied au « Sept à Onze », comme d'habitude, mais il irait chercher Francie à l'école et la convaincrait de venir avec lui. Il reviendrait ensuite chercher ses affaires et la voiture. Ils seraient loin lorsqu'elle rentrerait de chez le Dr Ridberg.

Tout en formulant mentalement son plan, il trouva la dernière chose dont il avait besoin. Une enveloppe bourrée de billets, dissimulée dans un livre dont il avait coupé les pages, comme il l'avait vu faire dans les films. Il avait mis cet argent de côté pour acheter une voiture, mais ils n'en auraient plus besoin maintenant. Il ouvrit la fermeture du sac, y fourra les clés et l'argent et fixa soigneusement le sac au sommier du lit afin qu'on ne pût le voir sous les montants en bois. Il se mit à réfléchir au problème de la voiture. Elle allait probablement la décrire aux flics. Tôt ou tard, Francie et lui seraient obligés de s'en débarrasser et d'en voler une autre. L'argent filerait vite, il leur faudrait rapidement en trouver davantage. Ils auraient besoin d'une arme. Il savait qu'il y avait un revolver dans cette maison. Elle n'avait cessé de lui rebattre les oreilles avec ça! Demain, il chercherait jusqu'à ce qu'il le trouve. Même s'il devait mettre la maison sens dessus dessous. Il n'aurait même pas besoin de ranger. Elle pourrait crier tant qu'elle voudrait après son départ.

Andrew sentit une vague de bonheur le submerger. Demain, ils seraient partis. Libres. Il n'avait jamais pu le faire seul. C'était Francie qui lui en avait donné la force.

Il se coucha, mais ne put s'endormir, et le livre qu'il lisait ne l'intéressait plus. Il avait l'impression qu'un euphorisant lui coulait dans les veines. Il allait être libre. La voix de sa mère, son odeur, cette maison — tout ça n'existerait plus.

Elle pourrait toujours le dénoncer. Ils ne l'attraperaient jamais. Francie serait avec lui, et il n'y avait pas de limites à ce qu'ils pourraient faire. Ils prendraient ce qu'ils voudraient et agiraient comme bon leur semblerait.

Il resta éveillé, assis dans son lit, jusqu'à l'aube. Les yeux ouverts, il ne voyait pas sa chambre délabrée. Il s'imaginait avec Francie, au volant de la voiture, éliminant tout ce qui se mettrait en travers de leur chemin. Les images dansèrent dans sa tête, toute la nuit durant, comme des visions de Noël.

13

Beth monta les quelques marches du porche et frappa. Une vieille dame d'apparence frêle et au regard sévère ouvrit la porte.

« Bonsoir, dit Beth. Je suis Beth Pearson. Je viens chercher ma sœur. »

D'un geste impatient, la vieille dame la pria d'entrer.

« Frank, appela-t-elle, c'est la sœur. » Elle lui désigna un fauteuil rigide dans le coin du living-room sombre et lugubre. « Asseyez-vous, dit-elle. Je vais chercher mon mari. »

Sans un mot de plus, elle tourna le dos et s'éloigna dans l'obscurité à l'autre bout de la maison.

Beth regarda autour d'elle. Des lampes anciennes aux abat-jour jaunis éclairaient faiblement la pièce. L'amoncellement de meubles permettait à peine de se déplacer. De vieilles photographies couleur sépia étaient posées sur le manteau de la cheminée. Seul l'énorme poste de télévision, en face du divan, n'avait pas l'air d'appartenir à un autre siècle. Le dessus du meuble était recouvert d'une épaisse couche de poussière.

Beth ferma les yeux et reposa sa tête contre le dossier en tissu râpé du siège. Une horloge de grand-père près de la cage de l'escalier carillonna huit coups. Beth s'étonna. Elle aurait cru qu'il était beaucoup plus tard. Il lui semblait que c'était l'une des journées les plus longues qu'elle eût vécues.

Après l'accès de colère de Francie, elle avait erré dans la maison, essayé en vain de téléphoner à Mike. Puis elle s'était assise dans le living-room, s'obligeant à revenir sur sa dispute avec sa sœur. Sa propre explosion de fureur l'avait stupéfiée. Elle n'avait jamais pris conscience de l'horrible ressentiment qui la rongeait depuis si longtemps. Elle avait réfléchi à la raison de sa présence ici, la mort de son père. Comme quelqu'un qui soulève un à un les pansements sur une plaie, elle avait revu la mort de sa mère, la naissance de Francie, se frayant un chemin dans un enchevêtrement de vieux sentiments, de vieilles rancunes. Elle avait cru qu'elle était une fille bien, au début. Rien n'était plus aussi certain, à présent.

Elle se rongeait les sangs depuis plusieurs heures

en attendant le retour de Francie, lorsque le fermier avait téléphoné. Affolée, elle s'était ruée hors de la maison.

Beth entendit un raclement de pieds dans le couloir, l'homme dire : « Allez. Avance. »

La femme entra en premier, secouant la tête, comme si elle était confrontée à un problème insoluble. Beth se leva.

« Ces jeunes sont mauvais, disait-elle. Ils n'ont aucune moralité. D'où sortent-ils pour tourner aussi mal ? » Elle s'assit sur le divan, sans regarder Beth. « C'est une fille, qui plus est, continua-t-elle. De nos jours, elles sont pires que les garçons.

— C'est terrible, murmura Beth, mais je suis sûre que c'est la première fois qu'elle fait une chose pareille.

— Elle est mauvaise, répéta la femme. On aurait dû la mettre en prison. »

Beth essaya de dissimuler son exaspération. Elle se préparait à mettre en avant l'existence difficile de Francie pour sa défense, quand elle entendit d'autres pas se rapprocher.

Elle se tourna. Le vieil homme poussait Francie du bout de sa canne, et la jeune fille avançait en traînant les pieds, les yeux baissés, les mains liées devant elle avec un bout de corde.

Beth étouffa un cri de protestation à cette vue.

« Francie, que s'est-il passé ? »

Francie la regarda pendant un moment et s'efforça de relever le menton d'un air de défi. Mais son geste manquait de conviction. Elle baissa de nouveau les yeux.

« Je vais vous dire ce qui s'est passé, dit le dénommé Frank d'une voix irritée. Je l'ai surprise dans ma grange en train d'essayer de déguerpir avec le pot où je mets mon argent. Elle le tenait dans sa main, inutile de raconter des histoires. Elle a de la chance que je ne l'aie pas tuée. J'étais assez furieux pour le faire, je peux vous l'assurer.

— Vous avez essayé », murmura Francie.

L'homme lui donna un petit coup.

« Qu'est-ce que ça veut dire ? »

Beth l'interrompit précipitamment :

« Je voulais vous remercier de m'avoir téléphoné au lieu d'appeler la police. Je pense que c'est une histoire que nous pouvons régler entre nous.

— Il semble que vous ne vous occupez pas trop de cette gamine. »

Beth aurait aimé que l'homme dénouât les poignets de Francie, mais elle ne voulut pas le contrarier. Mieux valait faire preuve de diplomatie.

« Vous avez raison, dit-elle. Ce n'est pas une excuse, bien sûr, mais notre père vient de mourir et nous avons perdu notre mère il y a des années. Notre foyer est plutôt bouleversé. »

Le fermier ne broncha pas. Il se tourna vers Francie et la poussa à nouveau du bout de sa canne.

« C'est comme ça que tu respectes la mémoire de ton père, en venant voler les économies des gens ?

— C'est un péché », dit la femme avec véhémence.

Francie secoua la tête.

« Je regrette. »

Beth refoula l'envie d'écarter le vieil homme et de dénouer la corde. C'était un moment délicat. Il ne semblait pas pressé de laisser partir sa prisonnière.

« Je suis sûre que Francie ne recommencera jamais, affirma-t-elle.

— Il faut la punir, insista l'homme. Elle ne peut pas se tirer indemne d'une histoire comme ça. Je ne veux pas passer pour une poire.

— Elle sera punie », dit Beth, se demandant ce qu'il désirait : il semblait de plus en plus certain que ce n'était pas la compassion qui l'avait empêché d'appeler la police.

« Je ne suis pas assuré, dit-il d'une voix plaintive. Je ne peux pas me permettre d'avoir des bandes d'individus qui font irruption chez moi, abîment les choses de valeur — sans mentionner tout ce qu'ils me volent.

— Avez-vous retrouvé l'argent ? demanda Beth.

— Oui, dit-il d'un ton irrité. Ce n'est pas le problème. Elle a cassé des choses irremplaçables à l'intérieur. Cela me prendra des jours avant de tout remettre en état. Sans parler de mes nerfs. Je ne pourrai sans doute pas retravailler tout de suite tellement je suis bouleversé par... »

Beth comprit soudain qu'il y avait une amende à la clé.

« Bien sûr, dit-elle, en prenant son portefeuille dans son sac, soulagée d'avoir de l'argent sur elle. Je me sentirais beaucoup plus à l'aise si vous me permettiez de vous dédommager... »

Elle sortit quelques billets et les plaça dans la main du fermier. Il calcula la somme en marmonnant et échangea un regard avec sa femme. D'un geste prompt, Beth délia les mains de Francie pendant qu'il empochait l'argent.

« Je me fiche de votre argent, dit la vieille. Rien ne peut nous payer pour tous ces ennuis. »

Beth commença à se diriger vers la porte en tirant Francie par la main.

« Je sais. Je regrette vraiment. Merci de m'avoir appelée », murmura-t-elle sur le seuil.

L'homme les suivit sur le porche.

« En toute justice, elle devrait aller en prison.

— Bonsoir », dit Beth.

Il claqua la porte et éteignit la lumière du porche. Beth et Francie regagnèrent la voiture en trébuchant dans le noir.

Une fois dans la voiture, Beth alluma la radio qui diffusa une musique douce pendant qu'elles roulaient, les dispensant de parler. Après quelques kilomètres, elle dit d'une voix calme :

« Je sais que cette idée ne venait pas de toi. Où est Andrew ? Est-ce qu'il s'est enfui en te laissant ?

— Ne commence pas avec Andrew, dit Francie d'une voix où perçait la lassitude.

— Ce n'est pas mon intention. »

Elles ne prononcèrent plus un mot jusqu'à la maison. Francie murmura qu'elle montait se coucher, mais Beth la retint et elle resta debout dans la cuisine, les yeux rivés au plancher, les épaules rentrées, comme si elle attendait le coup qui allait venir.

Beth s'éclaircit nerveusement la gorge. Elle se rendit compte qu'elle joignait les mains comme une enfant se préparant à entrer en scène à la représentation de l'école.

« J'essaierai de te rembourser l'argent, dit Francie d'une petite voix.

— Ce n'est pas... Ne t'inquiète pas de ça. Francie, j'ai beaucoup pensé à toi après ton départ, tout à l'heure. Je me suis sentie vraiment désolée d'avoir dit toutes ces choses. Je te dois des excuses, je le regrette vraiment. »

Francie la regarda d'un air surpris, restant malgré tout sur ses gardes.

« C'est vrai, dit Beth. Cette histoire à propos de l'accident de maman. C'était... » Elle secoua la tête. « Parfois, on ne se rend pas compte des pensées atroces qu'on a pu enfouir en soi. Pendant toutes ces années, j'ai été terriblement malheureuse et je t'en ai rendue responsable. Quant à Papa, je ne suis pas si sûre...

— Il était vraiment malheureux aussi, dit Francie. Tu ne le connaissais pas. »

Beth soupira :

« Tu as peut-être raison. Je ne sais pas. Il me semble que je ne sais plus tellement où j'en suis, depuis quelque temps. »

Francie fit une moue, les yeux toujours rivés au sol.

« Je crois que je vais monter, dit-elle.

— Je veux que tu saches que je regrette sincèrement », insista Beth.

Francie hocha la tête et quitta la pièce. Elle ne souriait pas, mais un peu de couleurs était revenu à ses joues.

Beth s'assit dans le rocking-chair, soulagée d'avoir tenté le premier pas. Au bout d'un moment, elle prit un porte-documents contenant des dossiers qu'elle avait emportés, et le posa sur la table. Elle avait besoin de fixer son esprit sur quelque chose de concret, d'émotionnellement simple, comme le travail. Elle entendit l'eau couler dans la salle de bains du haut. Elle se demanda si Francie redescendrait.

Une porte s'ouvrit au premier étage, et Beth entendit Francie l'appeler. Elle se dirigea vers l'escalier.

« Merci de m'avoir aidée, dit sa sœur.

— Je t'en prie. »

Francie n'avait pas bougé. Beth aurait voulu lui dire quelque chose de gentil ou de réconfortant, mais elle ne savait quoi. Les pas de la jeune fille s'éloignèrent dans le couloir, la porte de sa chambre se referma. Lentement, Beth grimpa les escaliers, déterminée à tendre un pont entre elles deux. Elle s'avança jusqu'à la porte de la chambre de Francie, entendit la jeune fille sangloter à l'intérieur.

Elle eut l'impression de découvrir soudain la détresse de sa sœur. Émue, elle posa la main sur le bouton de la porte. Elle aurait aimé entrer, la prendre dans ses bras, lui parler, expliquer qu'elle aussi se sentait seule.

Tu la connais si peu, se dit-elle. *N'essaie pas de forcer ses sentiments intimes*.

Les sanglots semblèrent se calmer. Beth lâcha le bouton de la porte et s'éloigna. A pas comptés, comme si elle ne voulait pas qu'on l'entendît, elle redescendit l'escalier.

14

Andrew gravit la côte au pas de course et coupa à travers champs. Il devait se presser s'il voulait rejoindre Francie avant le début des cours. Il savait que les gosses attendaient l'ouverture des portes dans la grande entrée.

Il se sentait en pleine forme, malgré sa nuit blanche. Sa mère s'était étonnée de le voir partir si tôt à son travail. Il lui avait raconté qu'il devait ranger le stock de marchandises qu'il avait laissé en plan, hier, à cause de Noah, et elle avait accepté son explication. Il aurait voulu hurler de joie en lui disant au revoir, sachant qu'il ne la reverrait plus jamais de toute sa vie. A imaginer son visage lorsqu'elle rentrerait à la maison et découvrirait qu'il avait disparu avec sa précieuse voiture, il sautilla gaiement sur le chemin.

Il était légèrement essoufflé quand il atteignit le bâtiment de l'école où se rendaient les élèves d'Oldham et de trois villes voisines. C'était un édifice de couleur ocre, construit dans les années cinquante, qu'Andrew connaissait bien pour y avoir passé ses années de scolarité. Un frisson de dégoût le parcourut lorsqu'il poussa les portes battantes en verre de l'entrée.

Les odeurs et les bruits familiers l'assaillirent. Une odeur de crayon et de colle fraîche sur fond de déodorant et d'after-shave. Agglutinés devant les portes intérieures, les élèves jacassaient dans un brouhaha assourdissant, riant, flirtant, se tortillant dans leurs jeans trop serrés.

Il n'avait jamais compris leur comportement, jamais pu se joindre à eux. Toutes ses tentatives maladroites avaient fait l'objet de leur risée. Dès les petites classes, les autres l'avaient rejeté, trouvé bizarre. Aujourd'hui, au milieu de cette foule d'adolescents excités, il sentit la sueur l'envahir, sa respiration s'accélérer. Il eut envie de repartir en courant. Et soudain, il se souvint. Il était venu chercher sa petite amie. Il avait une petite amie. Les battements de son cœur se calmèrent. Il regarda l'horloge au-dessus de la porte. Francie devait se trouver au milieu de cette cohue.

Un professeur vint ouvrir les portes du hall. Les étudiants se ruèrent pour entrer sans cesser de bavarder. Andrew aurait voulu en arrêter un, lui demander s'il avait vu Francie. Il aurait voulu prononcer les mots « ma petite amie ».

Il l'aperçut, au milieu d'une foule de gamins. C'étaient les plus petits, ceux que l'on bousculaient le plus. On aurait dit des galets roulés par la marée.

« Francie », appela-t-il, en agitant la main vers elle.

Elle regarda par-dessus les autres enfants, le vit en train de gesticuler dans sa direction. Elle remonta ses lunettes sur son nez, baissa la tête et poussa un peu plus fort pour passer la porte.

Andrew cria une seconde fois son nom, d'une voix rude. Mais elle se pressa au milieu des autres enfants. Il ne faisait pas de doute qu'elle l'ignorait, qu'elle voulait lui échapper.

Il joua du coude pour dépasser les autres élèves, l'attraper, prit la manche de son manteau dans la barrette qui retenait les longs cheveux d'une fille devant lui et vit Francie franchir la porte, disparaître.

La fille hurlait en portant la main à ses cheveux, tandis qu'une amie s'efforçait de détacher la barrette de la manche d'Andrew.

« Laissez-moi », gronda-t-il en tirant brusquement son bras, cherchant à repérer Francie derrière la porte. Trop tard. Elle avait disparu. Une mèche de cheveux resta accrochée à son manteau.

« Vous pourriez vous excuser, espèce de brute », lui cria la fille, mais Andrew se frayait déjà un passage parmi les derniers élèves qui s'acheminaient vers leur classe.

Le hall de l'école était grand et sombre. La salle de conférences donnait d'un côté, les bureaux administratifs de l'autre. Andrew regarda autour de lui, pestant, car il ne savait où retrouver Francie. Plusieurs couloirs donnaient dans le hall. Après un moment d'hésitation, il décida de les parcourir l'un après l'autre, cherchant l'indication de la classe de seconde sur les portes.

« Puis-je vous aider? demanda sèchement un professeur en le dévisageant de la tête aux pieds.

— Non, fit Andrew. Je cherche seulement ma... euh... une amie. » Il jeta un coup d'œil dans le couloir et aperçut l'inscription MCNEILL, CLASSE DE SECONDE sur une plaque au-dessus d'une porte. Haussant le cou, il vit Francie assise à un rang du fond, près de la fenêtre.

« Elle est là », murmura-t-il. Il se précipita vers la porte. Mme McNeill n'était pas encore arrivée dans la classe, et Andrew appela Francie du seuil. La fille qui était assise près d'elle la poussa du coude. Francie leva les yeux, aperçut Andrew et baissa immédiatement la tête, le visage blanc.

« Viens une minute, insista Andrew.

— Va-t'en, dit Francie.

— Amène-toi », ordonna-t-il.

Le bourdonnement cessa dans la classe au son de la voix furieuse d'Andrew. Francie hésita pendant une minute, puis se leva et sortit dans le couloir sous le regard de ses camarades. Le bavardage reprit instantanément.

« Qu'est-ce que tu veux? demanda Francie d'un air renfrogné.

— Souris, lui dit-il gaiement. C'est notre jour de chance.

— Sans blague!

— Écoute-moi, j'ai des choses à te dire. »

Francie le regarda avec colère.

« Andrew, où étais-tu passé, hier soir? »

Il la regarda d'un air surpris.

« Hier soir? De quoi parles-tu?

— Tu étais parti. Le vieux m'a surprise dans la grange.

— Vraiment? Qu'est-il arrivé? J'espère qu'il t'a laissée filer.

— Il a fini par me laisser partir. Mais d'abord il m'a lié les poignets, et il a téléphoné à ma sœur. Il a failli appeler la police.

— Mais tout va bien maintenant, non?

— Tu m'as laissée seule là-bas. Il avait un fusil, et il m'a tiré dessus. Comment as-tu pu me laisser? »

Andrew la regarda en fronçant les sourcils, comme s'il se concentrait sur la question.

« Je ne pouvais pas faire autrement, dit-il. Tu comprendras pourquoi quand je t'expliquerai.

— Compte là-dessus », dit Francie en se détournant de lui.

Il la rattrapa par le bras.

« Attends. J'ai tout arrangé. C'est pour ça que j'ai dû te laisser hier soir.

— Tout arrangé pour quoi faire?

— Pour nous enfuir! »

Elle surveillait le couloir du regard. Les élèves se dispersaient dans les classes.

« Pourquoi m'en irais-je avec toi ? »

Mais son ton était plus maussade qu'irrité.

« On avait mal calculé, hier. Je n'avais pas tout préparé. Maintenant j'ai pris ce qu'il fallait. J'ai le fric. Tout ce qu'il nous reste à faire, c'est d'aller chercher la voiture. Je suis venu te chercher. Nous pouvons partir maintenant.

— Je ne peux pas, dit Francie.

— Pourquoi ?

— Je ne peux pas quitter l'école. Le professeur téléphonera à ma sœur. »

Andrew lui jeta un regard furieux et relâcha son bras.

« J'ai tout préparé », insista-t-il.

Il avait pris une intonation qui lui serra le cœur. Elle se montra plus conciliante.

« Pourquoi pas plus tard ?

— Quand ?

— Après l'école.

— C'est trop tard.

— Je peux rater l'heure de l'étude, à la fin des cours. »

La porte des toilettes s'ouvrit, et Cindy McNeill apparut dans le couloir. Elle observa sévèrement les deux jeunes gens et s'adressa à Francie :

« Je croyais que tu devais être en classe. »

Andrew lui lança un regard noir. Francie hocha nerveusement la tête.

« Trois heures ? chuchota-t-elle.

— Devant le mur de pierre, près de la poste », dit-il.

Cindy le dévisagea.

« Je ne crois pas que votre place soit ici, Andrew, dit-elle d'un ton sec.

— Je m'en vais », dit-il hâtivement.

Trois heures. C'était trop tard. Tous ses plans étaient bousillés. Il traversa le hall d'un pas lourd, repoussa violemment la porte de l'entrée et sortit du bâtiment. Il irait travailler pendant quelques heures, piquer un peu d'argent dans la caisse. Trois heures. Ça ne leur laissait pas beaucoup de temps devant eux.

15

Beth souleva le couvercle de la vieille malle dont la serrure était cassée, ôta les toiles d'araignées, satisfaite d'être venue à bout du grenier. Demain, elle en aurait sans doute terminé avec les rangements.

Un carton plein de dentelles jaunies était posé sur le dessus et Beth reconnut immédiatement la robe de mariée de sa mère. Elle se souvenait de l'avoir essayée pour se déguiser lorsqu'elle était petite. Sa mère l'avait surprise et lui avait dit de ne pas la déchirer, ajoutant qu'elle aimerait peut-être la porter, un jour.

Elle l'a gardée pour moi, pensa Beth. *Elle voyait toujours les choses en rose.* Beth poussa un soupir. Sa mère avait toujours été sentimentale, pleurant comme une madeleine devant les vieux films en noir et blanc qui passaient le soir à la télévision. Elle se demanda si elle aurait aimé Mike, se représenta son regard doux et approbateur et sut qu'elle l'aurait trouvé formidable. Le mari idéal.

Beth contempla la robe en secouant la tête d'un air indulgent. Sa mère n'était précisément pas le meilleur juge en matière de mari.

Elle ne savait quoi faire. *Même si je me marie un jour*, pensa-t-elle, *je ne me vois pas vêtue de ces dentelles*. Mais elle n'avait pas le cœur de la jeter. Sa mère avait rêvé de la lui voir porter un jour.

Je trouverai bien un endroit où la ranger. Elle sortit de son carton la longue robe raidie par le temps, et commença à la plier soigneusement. En la retournant, elle remarqua un billet épinglé sur le corsage. Elle lut « Pour Beth et Francie. La robe de mariée de votre mère. » Tracé de la petite écriture serrée de son père.

Beth fixa le billet, stupéfaite. C'était lui qui avait étiqueté la robe, lui qui l'avait rangée dans la malle! Elle mit un moment à réaliser que la sonnerie qui tintait dans ses oreilles était celle du téléphone.

Elle laissa retomber la robe dans la malle, dévala l'escalier et souleva l'appareil. C'était Maxine.

« Comment ça va ?

— Pas trop mal, je pense être de retour dans deux jours.

— Je crains que tu ne sois obligée de rentrer plus tôt. Hanley vient d'appeler de Californie. Il prend l'avion demain et veut te voir avant de nous confier le projet. Il ne pourra rester qu'un seul jour.

— Il nous faut absolument ce contrat. Tu ne peux pas lui demander de retarder un peu son voyage ?

— J'ai essayé. Impossible.

— Si je comprends bien, je n'ai plus qu'à prendre l'avion ce soir, et à revenir ensuite à Oldham. Ce n'est pas la solution la plus économique... »

La sonnette de l'entrée retentit. Beth poussa une exclamation d'exaspération.

« Attends une minute, Maxine. Cette maison est devenue un véritable hall de gare. »

Beth alla ouvrir la porte en courant. Cindy McNeill se tenait sur le seuil, l'air embarrassé.

« Entre, dit Beth. Je suis au téléphone. J'en ai pour une seconde. »

Cindy entra dans le living-room, regardant autour d'elle d'un air désemparé.

« Enlève ton manteau, ajouta Beth. Pose-le sur un carton. »

Elle reprit le téléphone. « J'ai une visite, expliqua-t-elle à Maxine.

— Écoute, Beth, j'aurais voulu me charger de cette affaire à ta place...

— Ne t'en fais pas. Il faut que nous accrochions ce client. C'est une commande qui nous fera vivre pendant les six prochains mois. Je vais m'occuper des réservations d'avion. Je serai au bureau demain à neuf heures. Réserve-nous une table dans un bon restaurant pour le déjeuner. »

Elle raccrocha, et se tourna vers Cindy, assise sur le bord d'un fauteuil où s'entassaient des vêtements pliés et rangés sur leurs cintres.

« Il semble que ce soit l'affaire du siècle », fit remarquer la jeune femme.

Beth se laissa tomber sur le divan.

« C'est surtout un véritable casse-tête. Il faut que je sois à Philadelphie ce soir, et que je revienne ici après m'être occupée de mon client. » Elle soupira : « Ce n'est pas si mal, après tout. Cela me donnera l'occasion de voir mon... l'homme avec qui je vis. C'est impossible de s'expliquer au téléphone. J'ai vraiment cru que tout était fini entre nous, l'autre soir. »

Cindy hocha la tête.

« Je suis désolée d'ajouter à tes problèmes, mais j'ai préféré venir te voir.

— Ne me dis pas... Qu'a-t-elle encore fait ?

— Il ne s'agit pas de ce qu'elle a fait, à vrai dire...

— Sais-tu ce qui s'est passé hier soir ? demanda Beth.

— Que s'est-il passé ? »

Beth écarta sa question d'un geste.

« C'est une longue histoire... Elle a failli se retrouver en prison. J'ai dû discuter serré pour la sortir du pétrin.

— Tu auras peut-être à recommencer ce soir. » Cindy prit une profonde inspiration : « Ce matin, j'ai entendu ta sœur et Andrew parler dans le couloir de l'école.

— Andrew ? Que faisait-il à l'école ?

— D'après ce que j'ai entendu, il essayait de convaincre Francie de s'enfuir avec lui. Et je crains qu'il n'y soit parvenu.

— Oh, non ! » Beth se leva d'un bond et parcourut la pièce de long en large. Elle faillit trébucher sur un carton, qu'elle repoussa violemment du pied. « Ce type est une véritable calamité ! Un fléau ! C'est à cause de lui que Francie s'est fourrée dans le pétrin, hier soir. J'en ai par-dessus la tête, de ce salaud.

— Je suis navrée, Beth. J'ai l'impression que je passe mon temps à t'apporter de mauvaises nouvelles.

— Non. Je te remercie de m'avoir prévenue. Que diable vais-je faire ? Il faut que je parte à Philadelphie ce soir. Et Andrew qui vient faire son numéro ! Que se passe-t-il dans la tête de ce type ? Il est fou ou quoi ? Ne sait-il pas qu'il existe une loi contre le détournement des mineures ?

— Je ne sais pas, dit Cindy. Tout ça n'est pas bien clair dans leur tête, à cet âge.

— C'est une excuse valable pour Francie, peut-être, dit Beth. Mais pas pour lui. Il est assez vieux pour savoir où il met les pieds. »

Cindy arrangea ses cheveux sous son bonnet de laine.

« J'ai compris qu'ils s'étaient donné rendez-vous à trois heures près de la poste.

— C'est ce qu'on verra, ricana Beth.

— Ne dis pas à Francie que je l'ai dénoncée, dit Cindy. Je ne me sens pas très fière de moi, mais j'ai eu peur qu'elle n'aille au-devant de véritables ennuis. Je l'aime beaucoup. J'ai toujours eu un faible pour elle, sans doute parce que je la connais depuis longtemps et qu'elle est ta sœur. C'est une fille très sensible, intelligente. Andrew a une influence détestable sur elle. C'est dommage. »

Beth raccompagna Cindy à la porte et la regarda monter dans sa petite voiture rouge. Puis elle jeta un coup d'œil à sa montre. Il lui restait bien peu de temps pour tout régler.

Elle monta mettre deux ou trois choses dans sa valise, réserva une place d'avion. Tant qu'elle était au téléphone, elle essaya d'appeler Mike, ne réussit pas à l'obtenir mais laissa un message donnant l'heure de son arrivée et raccrocha.

La porte d'entrée s'ouvrit soudain, et Francie entra. Beth sursauta, s'efforçant de dissimuler sa surprise. Elles se saluèrent comme si de rien n'était, mais Beth remarqua que sa sœur avait les joues très rouges et qu'elle évitait son regard. Elle monta directement dans sa chambre. Beth perçut des bruits de tiroirs. *Nous y voilà*, pensa-t-elle avec amertume.

Quelques instants plus tard, elle entendit Francie redescendre. Elle l'attendit calmement dans la cuisine, parcourant ses dossiers comme s'il n'y avait rien de particulier. Francie entra. Elle portait un sac à dos bleu.

« Je vais faire du baby-sitting après l'école, dit-elle sans préambule. Je rentrerai tard.

— Qu'emportes-tu de si volumineux ? questionna Beth en désignant le sac à dos.

— Oh ! mes livres de classe, des trucs comme ça. » L'air absent, elle enroulait une mèche de cheveux autour de son doigt.

« Au revoir », dit-elle.

Beth garda la tête penchée sur ses papiers.

« A tout à l'heure », répondit-elle aussi naturellement que possible.

Francie hésita une seconde, puis se dirigea vers la porte.

Simple comme bonjour, pensa Beth. *Salut, et elle sort de ma vie.* Elle se sentit soudain prise de l'envie de donner un coup de pied dans quelque chose, puis un sourire triste se répandit sur son visage. *Juste retour des choses.*

Elle attendit pendant quelques minutes pour donner à Francie une longueur d'avance, puis rangea ses dossiers dans leurs chemises, enfila sa veste et prit les clés de la voiture. Elle était décidée. Elle allait rattraper les deux fugitifs et s'expliquer avec eux une bonne fois pour toutes. Il n'était pas question de faire du sentiment. Elle avait la ferme intention de mettre un point final à cette histoire.

La température glaciale dans la voiture la fit frissonner quand elle mit le contact. Le moteur refusa de partir au premier tour. Beth jeta un coup d'œil dans la rue, Francie était hors de vue. Elle tourna à nouveau la clé. Elle voulait les prendre par surprise, mais il ne fallait pas risquer qu'ils lui échappent. « Démarre, bon Dieu », grommela-t-elle en appuyant à fond sur l'accélérateur. Le moteur partit avec des ratés.

Elle le laissa tourner pendant un moment, réfléchissant à ce qu'elle allait leur dire, se parlant à voix haute, tandis que les vitres s'embuaient. Elle brancha le chauffage et le dégivreur, essuya impatiemment le pare-brise de sa main gantée et recula dans l'allée.

Le ciel était bas, plombé, les nuages formaient de longues traînées sombres tirant sur le violet. Il n'y avait aucune trace de Francie dans la rue, et Beth espéra ne pas lui avoir laissé trop d'avance. La circulation était pratiquement nulle. Seules quelques camionnettes la dépassèrent. Elle monta lentement la côte jusqu'au coin de la rue et aperçut la poste. Francie se tenait là, debout près du mur de pierre, regardant de l'autre côté. Beth tourna sur la gauche, fit le tour du pâté de maisons, et alla se garer dans le parking d'une petite agence bancaire. Francie lui tournait le dos mais elle restait dans son champ de vision. Beth voyait son sac osciller quand elle remuait pour surveiller la rue.

Beth coupa le moteur en dépit du froid, afin de ne pas attirer l'attention de Francie. *Cela ne devrait pas durer longtemps*, pensa-t-elle. Elle évalua la distance entre sa sœur et elle, s'assurant qu'elle aurait le temps de la rejoindre lorsque la voiture d'Andrew apparaîtrait, et s'appuya au dossier de son siège, prête à bondir le moment venu. Francie ôta son sac de ses épaules et le posa sur le mur. Elle se balançait d'un pied sur l'autre, repoussant de temps en temps les mèches de cheveux que le vent rabattait sur son visage.

Beth vérifia l'heure à sa montre. Trois heures passées. Andrew ne devrait pas tarder. Elle tendit le cou pour scruter la rue, mais elle ne voyait rien de l'endroit où elle se trouvait et se renfonça dans son siège. Elle n'avait qu'à se fier aux réactions de Francie pour savoir quand il arriverait.

Francie s'essuya le nez à la manche de sa parka, les yeux fixés dans la direction de la maison d'Andrew. Elle frappait des pieds, les bras croisés sur la poitrine, les mains serrées.

Pas de gants, remarqua Beth. *C'est malin.* Elle soupira, avec le désir fugitif d'en avoir une paire dans la voiture à lui donner. Comment Francie avait-elle pu imaginer qu'elle se débrouillerait toute seule avec Andrew ? *Je me sens souvent si peu capable de m'en tirer par moi-même*, pensa-t-elle tristement.

Bâillant de nervosité plus que de lassitude, elle eut envie de mettre la radio, mais préféra y renoncer, peu certaine de la fiabilité de la batterie. Il lui restait

142

encore à conduire jusqu'à l'aéroport, en fin de journée. Un nouveau coup d'œil à sa montre lui apprit qu'il était près de seize heures. Toujours pas d'Andrew à l'horizon.

Francie se tourna vers elle pendant une minute, et Beth se baissa, craignant que la jeune fille n'eût senti sa présence. Mais la jeune fille s'était seulement hissée sur le mur. Elle se balançait d'avant en arrière, serrant son sac contre sa poitrine.

Beth remua sur son siège, le froid et l'immobilité lui donnaient des fourmis dans les jambes.

La lumière grise de l'après-midi s'assombrissait à mesure que tombait la nuit. Les traînées de nuages noircissaient dans le ciel où luisait faiblement une lune argentée. Il faisait glacial, à présent, à l'intérieur de la voiture, mais au moins Beth se trouvait-elle à l'abri du vent. Elle voyait les rafales soulever les cheveux de Francie, plaquer sa vieille parka contre son corps. Recroquevillée sur elle-même, le menton posé sur son sac, elle avait l'air triste et abattu d'un chien que l'on a chassé de la maison.

On dirait une épave, ainsi perchée sur son mur, comme si elle était perdue au milieu de l'océan, attendant du secours. Et qui attend-elle ? Andrew. Un paumé dont personne ne veut. Un type trop vieux pour elle, et qui la laisse en plan dans la grange de ce fermier. Que peut-elle attendre de lui ?

Il n'était pas besoin de réfléchir longtemps pour connaître la réponse. Beth détourna les yeux de Francie et un voile de tristesse se répandit sur son visage. *C'est une enfant abandonnée, à la dérive, et elle a besoin de quelqu'un. C'est encore une petite fille, et elle a peur. Elle a besoin d'une personne qui l'aime. Même s'il s'agit d'Andrew.*

Francie était descendue du mur, elle marchait de long en large, traînant son sac derrière elle, levant un regard plein d'espoir chaque fois qu'elle entendait le bruit d'un moteur. Et chaque fois qu'une voiture passait sans s'arrêter, son pas semblait se faire plus lourd. Une autre demi-heure s'écoula. Appuyée contre le mur, les bras croisés sur la poitrine, la tête penchée, ses cheveux blonds tombant comme un rideau sur son petit visage triste, elle sautillait sur place pour se réchauffer.

Il ne va pas venir, se dit Beth. Tout à coup, elle en fut certaine. *Il l'a abandonnée la nuit dernière, et aujourd'hui il ne se donne même pas la peine de venir.* Elle sentit la fureur l'envahir. Ce type n'avait donc aucun cœur? Elle aurait aimé pouvoir lui coller son poing dans la figure et, en même temps, elle éprouvait une sorte de soulagement, comme si on venait de lui accorder un sursis. Pour la première fois depuis des jours, elle se sentit pleine d'énergie, presque heureuse. Elle mit le moteur en route, vit Francie tourner la tête, puis se tasser à nouveau contre le mur. Beth sortit du parking, roula pendant quelques mètres, tourna au coin de la rue, et s'arrêta devant elle.

La jeune fille se redressa brusquement, Beth se pencha et ouvrit la portière.

« Bonsoir, dit Beth. Tu dois mourir de froid à attendre dehors. » Francie releva le menton et regarda fixement la rue. « Veux-tu que je te dépose quelque part?

— Comment as-tu appris que j'étais ici? »

Beth hésita une seconde.

« C'est un de tes amis qui me l'a dit.

— Andrew? »

Il y avait une note sifflante dans la voix de Francie. Beth résista à l'envie de faire une remarque désobligeante.

« Non, ce n'est pas Andrew. »

Francie cligna les paupières en regardant le lointain, les épaules courbées. Beth resta immobile et attendit, laissant le moteur tourner.

« Je dois me rendre à Philadelphie, ce soir, ajouta-t-elle au bout d'un moment. Il faut que je sois au bureau demain à la première heure. » Francie resta impassible. « Je me disais... Puisque tu as déjà pris tes affaires, pourquoi ne viendrais-tu pas avec moi? Nous ne resterons pas absentes plus de deux jours. Je reviendrai ensuite terminer ce que j'ai à faire ici. »

Francie se redressa, et Beth ne vit plus son visage. Le sac pendait au bout de son bras.

« Qu'en penses-tu ? »

Elle était sur le point de renouveler sa question quand Francie se pencha, jeta son sac derrière et se glissa sur le siège avant tout en lançant un bref coup d'œil à sa sœur.

Beth s'assura que personne n'arrivait et démarra.

16

« Puis-je savoir ce que tu fabriques ? »

Andrew retira brusquement sa main du tiroir-caisse et leva les yeux vers le visage rouge de colère de Lewis Temple.

« Rien, dit-il.

— Tu étais en train de me piquer du fric.

— Non.

— Pourquoi as-tu gardé ton manteau sur le dos ?

— Il faut que je m'en aille plus tôt. »

Lewis Temple le regarda d'un air sceptique.

« Que tu t'en ailles plus tôt ? Et qui allait s'occuper du magasin pendant ton absence ?

— J'avais l'intention de fermer. C'est ce que j'étais en train de faire. Je fermais le tiroir-caisse. »

Temple ôta sa veste.

« Ça tombe pile que je sois venu. » Il considéra la poche du manteau d'Andrew comme s'il pouvait en passer l'intérieur aux rayons X. « Fermer le tiroir-caisse... Je t'en fiche. »

Andrew sortit de derrière le comptoir et marcha devant le gérant du magasin.

« Je m'en vais », dit-il.

Temple le saisit par la manche de sa veste.

« Tu ne vas pas partir comme ça. »

Andrew regarda fixement la main qui le retenait. Il aurait aimé lui casser le poignet, entendre l'homme hurler de douleur. C'était ce qu'il méritait. Mais il ne voulut pas faire d'histoires au cas où M. Temple appellerait la police. D'autre part, il avait le fric dans sa poche, et personne ne pouvait prouver qu'il ne lui appartenait pas. « Je suis pressé », dit-il.

Temple le repoussa d'une bourrade.

« Pas la peine de remettre les pieds ici, Andrew. Tu es viré. Et ne viens pas me demander ta paie. Je suis certain que tu t'es servi. »

Andrew dissimula à grand-peine un sourire. Il aurait voulu dire à ce pauvre enflé qu'il pouvait se le garder son sale boulot, qu'il serait loin d'ici demain. Mais il se tut. Des pensées se bousculaient dans sa tête. Il regardait le visage de M. Temple et le voyait, un filet de sang coulant de sa bouche, ses yeux révulsés. Une bouffée de plaisir l'envahit.

« Tu n'es qu'un bon à rien, de toute façon », dit M. Temple.

Andrew cligna fortement les paupières et regarda à nouveau l'homme. L'image avait disparu, les yeux étincelants de M. Temple étaient braqués sur lui.

« C'est ce qu'on verra », dit Andrew d'une voix blanche, filant sans demander son reste.

Il fit le trajet jusque chez lui en courant à moitié, luttant contre le vent. Il avait tout le temps nécessaire. Plus qu'il ne lui en fallait. Elle ne rentrait jamais du cabinet du Dr Ridberg avant six heures du soir. Francie et lui auraient une bonne longueur d'avance alors, et personne ne saurait dans quelle direction ils étaient partis.

Il éclata de rire en se rappelant la façon dont Temple venait de le fiche à la porte. Ce serait une bonne histoire à raconter à Francie.

Il atteignit Berwyn Road en peu de temps, comme s'il avait chaussé des bottes de sept lieues. Le jour était froid et gris, et il flottait une odeur de feu de bois dans l'air. Des lumières semblaient lui faire signe dans les maisons qu'il dépassait. Andrew se représenta les gens rassemblés autour de la cheminée, souriants, serrés les uns contre les autres.

Ce serait la Californie, pour lui et Francie. Là où le soleil brillait toute l'année. Où l'on n'avait pas besoin de rester enfermé à l'intérieur. Il arriva au bout de la rue, s'arrêta devant sa maison, hésitant. Il prenait toujours une douche en rentrant. C'était la règle. Mais aujourd'hui, il ne voulait pas descendre dans la cave, ôter ses vêtements en se gelant, grelotter sous l'eau tiède et sortir en frissonnant, propre et docile.

Il se fichait pas mal qu'elle se mît en colère. Il se fichait pas mal de ses réprimandes. Elle ne pourrait jamais le rattraper. Elle ne lui soufflerait plus jamais à la figure son haleine empestant le peppermint. Il monta d'un pas décidé les marches du porche, tourna le bouton de la porte, et entra dans la maison. Que lui importait sa phobie des microbes.

L'entrée était sombre et glaciale, mais dès qu'il eut refermé la porte, une odeur inhabituelle monta à ses narines, une odeur de feu de bois. Il s'avança, fronçant le nez. C'était impossible. Elle n'avait jamais fait de feu dans la maison.

Son cœur se mit à battre plus vite tandis qu'il approchait de la porte du salon. Il s'arrêta, pétrifié. Une flambée crépitait dans la cheminée. Il ne se souvenait pas avoir jamais vu de feu dans cette maison.

Du fond d'un fauteuil, la voix familière monta vers lui. « Chéri, dit-elle sans se retourner, quelle heureuse surprise ! Tu rentres plus tôt que d'habitude. »

Il resta cloué sur place sur le seuil, tremblant de la tête aux pieds.

« Pourquoi n'entres-tu pas ? J'ai fait un petit feu. »

Andrew pénétra dans la pièce comme un somnambule et se dirigea vers la cheminée. Une manche de chemise sortait de l'âtre. C'était l'une de ses chemises.

Le visage de Leonora prenait une forme grotesque à la lueur des flammes. « Je me demandais quand tu rentrerais. J'ai décidé de commencer sans toi. »

Le regard d'Andrew alla de sa mère au sac près du fauteuil. C'était son sac en toile, grand ouvert et presque vide. Elle attisait le feu avec un tisonnier, comme si elle faisait rôtir des marrons.

« Voilà », dit-elle avec satisfaction, jetant dans la cheminée une dernière chemise. Elle plongea la main dans le sac et en retira l'enveloppe des billets. « Je t'ai redit cent fois de faire attention aux microbes. J'espère que cela t'apprendra à vouloir me dissimuler des affaires dans cette maison. »

Les yeux d'Andrew étaient rivés sur la main gantée qui tenait l'enveloppe garnie de billets.

« Pose ça », gronda-t-il.

Leonora se tourna et agita l'enveloppe dans sa direction.

« Comment as-tu osé me cacher cet argent ? Je t'ai tout donné. Tu n'es qu'un égoïste... »

Les flammes se reflétaient dans les pupilles agrandies d'Andrew.

« Donne-moi ça. »

Leonora souleva le sac vide avec le tisonnier et le jeta dans les flammes. Une fumée épaisse emplit la pièce.

Les yeux larmoyants, toussant, elle continuait à l'invectiver :

« Tu voulais t'enfuir, hein ? Je savais que tu manigançais quelque chose. Je m'en suis doutée hier soir. » Elle agita à nouveau l'enveloppe. « J'ai téléphoné au Dr Ridberg et je lui ai dit que j'étais malade. Je n'aime pas lui mentir, mais je devais savoir ce que tu complotais. Et voilà ce que j'ai découvert. » Leonora éclata d'un rire où perçait une note de désespoir. « Pensais-tu réellement que tu pourrais me cacher cet argent ?

— J'en ai besoin, dit-il, le regard lourdement fixé sur l'enveloppe qu'elle brandissait.

— "J'en ai besoin", répéta-t-elle en l'imitant. Pour quoi faire ? Pour louer des chambres de motel avec ta petite putain ? Tu es comme lui, cria-t-elle. Et je suppose que tu as besoin de cela aussi ? » ajouta-t-elle, en agitant le second jeu de clés de la voiture sous le nez de son fils. Le sac en toile avait pris feu et flambait avec ardeur. Les clés miroitaient dans la lueur des flammes. Andrew les fixa comme s'il était hypnotisé.

Elle approcha son visage du sien.

« Il ne faudrait pas oublier que tu as tué ton père. Je n'ai qu'un mot à dire à la police et c'est la maison de fous pour toi. Ou la prison. »

Andrew détourna son regard des clés et leva les yeux vers le visage blafard, la bouche tordue.

« Que veux-tu de moi ? » murmura-t-il.

La question sembla la surprendre, et ils se regardèrent dans la lumière du feu. Elle ouvrit la bouche sans qu'aucun son en sortît. Puis sa colère se ranima d'elle-même.

« Ce que j'attends de toi ? répondit-elle en se redressant. C'est la meilleure ! Et toi ? Qu'attends-tu de moi ? Tu tues mon mari, pour commencer. Ensuite, que trouves-tu à faire pour me remercier de t'avoir protégé pendant toutes ces années ? Tu essaies de me voler ma voiture et mon argent et de t'enfuir. »

Andrew tourna la tête pour ne plus voir ses traits déformés. Il n'y avait aucun moyen de gagner avec elle. Elle avait toujours eu le dessus sur lui, depuis le début. Il avait toujours perdu. *Mais ça ne se passerait pas comme ça, cette fois*.

« C'est mon argent, dit-il d'un ton calme. Et quant à ton mari, ce n'est pas lui que je voulais tuer. C'était toi. »

Leonora mit une seconde à enregistrer ce qu'il disait. Sa bouche s'ouvrit, ses yeux prirent un regard vitreux.

« Qu'est-ce que tu dis ? »

Andrew sourit.

« Tu m'as très bien entendu. J'ai dit que c'est toi que j'avais essayé de tuer. »

Il ne savait si c'était vrai ou non. Il ne s'en souvenait pas. Mais il fut récompensé en voyant l'effet produit par ses paroles. Elle recula en chancelant, les yeux agrandis, leva la main qui tenait les clés et le frappa en plein visage de toutes ses forces.

« Tu... espèce de menteur. » Pivotant sur elle-même, elle jeta l'enveloppe contenant l'argent et les clés dans le feu. « Essaie de t'en aller avec ta petite putain, maintenant », cria-t-elle.

Le sourire disparut sur le visage d'Andrew, il s'agenouilla, essayant de rattraper l'enveloppe et les clés, mais Leonora les repoussa plus loin dans le feu avec un rire hystérique.

« Tu n'iras nulle part, pauvre crétin. Maintenant, monte dans ta chambre, hurla-t-elle, en pointant le doigt vers lui, et n'en sors pas. Allez ! »

Lentement, Andrew se redressa et s'avança vers elle, les mains tendues en avant.

« Je t'ai dit de monter », hurla-t-elle, mais la peur perçait à présent dans sa voix et l'expression qu'il vit apparaître dans son regard lorsque ses mains se refermèrent autour de sa gorge l'emplit d'une sensation d'exaltation, comme s'il se sentait soulevé de terre. Elle s'accrochait à ses mains, lui donnait des coups de pied... Ses efforts pour se libérer lui faisaient autant d'effet que le crépitement lointain de la pluie sur le toit. Le feu se répandait dans ses veines, et tandis qu'il la voyait se débattre sous ses doigts qui l'étranglaient, il se sentit envahi d'un sentiment de bonheur, d'une satisfaction qu'il n'avait jamais éprouvée auparavant.

Soudain, elle eut un frisson et devint toute molle. Son poids faillit le faire trébucher, sa chair lui sembla visqueuse au toucher. Il relâcha sa gorge. Elle s'écroula sur le sol avec un bruit mat, effleurant son soulier de sa cuisse. Il fit un saut de côté, révulsé au contact de son corps. Pendant un long moment, il la regarda fixement, avec une expression d'étonnement sur le visage, comme s'il venait de rentrer et de la trouver dans cet état.

Le feu mourut. Andrew se frotta les yeux, puis s'éloigna du cadavre et se dirigea en trébuchant vers le divan où il resta recroquevillé, le regard vide. Au bout d'un moment, il se leva et alluma la télévision.

17

« La seconde maison sur la droite », dit Beth en se penchant vers le siège avant.

Le chauffeur du taxi s'arrêta le long du trottoir et alluma le plafonnier.

« Treize dollars cinquante », dit-il.

Francie sortit précipitamment de la voiture, serrant son sac dans ses bras, comme si elle craignait que le taxi repartît sans lui laisser le temps de descendre. Immobile sur le trottoir en attendant que Beth eût payé la course, elle regardait avec circonspection la rue plantée de quelques arbres rabougris et bordée de voitures en stationnement, comme toutes les rues des grandes villes.

« Voilà où j'habite », fit Beth en désignant une maison aux volets clos et à la façade en brique.

Francie hocha la tête sans cesser de regarder autour d'elle. Beth suivit son regard. Des sacs poubelle, luisant de graisse sous la faible lueur des réverbères, gisaient sur le trottoir, en attente du ramassage du lendemain. Des blocs de neige et de boue s'entassaient entre les voitures, et les chiens du voisinage avaient laissé la trace de leur promenade nocturne autour des troncs d'arbres.

Beth monta d'un pas vif les marches qui menaient à sa porte et invita Francie à la suivre, tout en introduisant impatiemment la clé dans la serrure.

« Qu'est-ce que ça sent ? » demanda Francie.

Beth renifla l'air de la nuit, frais et humide. Une odeur familière lui monta au nez.

« Il y a une raffinerie de pétrole non loin. Certains soirs, l'odeur porte jusqu'ici. Un moyen de vous rappeler que vous êtes de retour à Philadelphie. »

Elle s'efforçait de donner un ton léger à ses explications.

Elle ouvrit la porte avec un soupir. Dans la rue, un couple se disputait. L'homme bouscula la femme qui vacilla sur ses hauts talons et la poussa contre la portière d'une voiture garée le long du trottoir. Francie les contempla jusqu'à ce que l'homme levât les yeux vers elle en l'apostrophant : « Ça te regarde ? » Elle se précipita alors à l'intérieur de la maison à la suite de Beth, qui referma la porte derrière elle.

Francie entra d'un pas traînant dans le living-room et attendit sans bouger que Beth eût dépouillé le courrier empilé sur la table de l'entrée. Puis elle la suivit dans la cuisine, la regardant vérifier la fermeture de la porte de derrière et des fenêtres.

« Qu'est-ce que tu regardes ? demanda-t-elle.

— Je m'assure que les verrous sont bien en place, répondit Beth.

— On m'a dit qu'il y avait souvent des crimes dans les villes. »

Beth ne répondit pas. Elle ouvrit le réfrigérateur et se servit un verre de ginger ale.

« Tu en veux ? » demanda-t-elle à sa sœur en lui tendant la bouteille.

Tenant toujours son sac serré contre elle, Francie refusa d'un signe de tête. Beth replaça la bouteille dans le réfrigérateur.

« Je suis crevée, dit-elle, en partie pour remplir le silence.

— Ce voyage en avion a duré une éternité. »

Elles avaient eu du retard sur les deux correspondances, à cause du mauvais temps. Mais Beth se sentit inexplicablement irritée par la remarque de sa sœur.

« Personne n'y pouvait rien, dit-elle sèchement.

— Je voulais seulement dire... »

Beth coupa court.

« Je vais te montrer ta... la pièce où tu vas dormir », dit-elle en précédant Francie dans le living-room.

En dépit du regard inexpressif de la jeune fille, elle avait l'impression de lire dans ses pensées. Seul signe de vie dans la pièce, les fleurs baissaient du nez sur la table basse. Le reste était parfaitement rangé, chaque chose à sa place, comme si personne ne s'était jamais appuyé sur les coussins, comme si on n'avait jamais déplacé un livre sur les étagères. Elle avait coutume d'entendre ses amis s'extasier sur sa maison. Leurs compliments la flattaient. Ce soir, il lui semblait voir son salon à travers les yeux de sa sœur, et il ressemblait à une illustration dans un magazine de décoration — sans une faute de goût, et sans âme.

Elle monta d'un pas las au premier étage, ouvrit la dernière porte au fond du couloir étroit, alluma la lampe de chevet dans la chambre d'amis et fit signe à Francie de déposer son sac sur une malle en osier au pied du lit. La pièce était peu meublée. La couette placée sur le lit lui sembla soudain insuffisamment matelassée; il y avait de la poussière sur la commode. Elle avait toujours aimé la sobriété de cette pièce à l'aspect campagnard, et pourtant elle lui parut brusquement froide et inhospitalière.

« La salle de bains se trouve dans le couloir, je rajouterai deux serviettes pour toi. Je dois me rendre tôt au bureau, demain, mais tu peux faire la grasse matinée, ou ce que tu veux, regarder la télévision...

— Ne puis-je pas t'accompagner? J'aimerais voir où tu travailles. »

Beth resta sans voix.

« Il faudrait te réveiller à l'aube. »

Francie haussa les épaules.

« Je me lève toujours tôt pour aller à l'école.

— Je n'ai pas le courage de préparer le petit déjeuner à cette heure-là. » Beth s'aperçut qu'elle avait parlé d'un ton peu amène et se reprit : « Je suis toujours pressée le matin, j'avale quelque chose dans un café.

— Ça me convient très bien, dit Francie.

— Je te réveillerai, alors. Tu n'as besoin de rien d'autre? Il y a une couverture supplémentaire dans ce coffre, si tu le désires. »

Francie secoua la tête et s'assit sur le lit.

« C'est une belle maison, dit-elle. Tu as de très jolis meubles. »

Beth haussa les épaules mais les paroles de Francie la touchèrent.

« J'y ai consacré une grande partie de mon temps pendant ces dernières années. La maison était dans un état effroyable lorsque je l'ai achetée, j'ai dû l'arranger pièce par pièce.

— Toute seule?

— Dans la mesure du possible. J'avais une idée précise de ce que je désirais. C'est une vieille maison, et je voulais lui redonner son aspect et son charme d'origine. J'ai passé trois jours entiers à décaper et à polir la moulure de la banquette sous la fenêtre de cette chambre.

— Elle est jolie, dit Francie, en bâillant.

— Tu n'en peux plus, et je suis en train de bavarder à propos de décoration, dit Beth d'un ton bourru.

— Je comprends pourquoi tu l'aimes, dit Francie. Merci de m'avoir emmenée.

— Couche-toi vite, dit Beth. A demain. »

Elle ferma la porte de Francie, se dirigea vers sa chambre, et se laissa tomber sur son lit avec un soupir. Elle était morte de fatigue. Elle resta étendue sans bouger pendant quelques instants, puis souleva le téléphone et composa le numéro de Mike. Une voix endormie répondit.

« Je te réveille, dit-elle. Je suis désolée. »

Mike émergea de son sommeil avec bonne humeur. « Sans importance. Quand es-tu arrivée?

— Il y a un instant. Francie est avec moi.

— Vraiment? Pour quelle raison?

— Son petit ami a une mauvaise influence sur elle, c'est le moins qu'on puisse dire. J'ai eu vent qu'ils avaient projeté de s'enfuir tous les deux, et je me suis arrangée pour intervenir à temps. J'ai pensé que changer d'air pendant quelques jours lui ferait du bien, que cela apaiserait un peu les choses.

— J'ai hâte de la rencontrer. »

Beth retint un soupir.

« Je voulais seulement m'assurer que je te verrai demain.

— Demain soir. A six heures trente, pile. Tu m'as manqué.

— Je crains que nous ne puissions jouir de beaucoup d'intimité. Maintenant que je l'ai amenée ici, il faut que je me débrouille pour la distraire d'une façon ou d'une autre.

— Rien de plus facile.

— Tu es toujours optimiste, dit-elle, prise entre l'amusement et l'exaspération.

— Cela fait partie de mon charme.

— C'est vrai. Et je t'aime.

— Je t'aime aussi.

— Je suis désolée de m'être montrée aussi désagréable l'autre soir. J'ai traversé des jours difficiles.

— Ne t'inquiète pas. A demain. »

Elle raccrocha, se sentant plus apaisée qu'elle ne l'avait été depuis longtemps, et sortit dans le couloir pour se rendre dans la salle de bains. En regagnant sa chambre, elle remarqua que la porte de la chambre d'amis était entrouverte. Elle s'en approcha sur la pointe des pieds, resta immobile à l'extérieur, écoutant la respiration de Francie, légère comme le murmure de la brise par une nuit d'été.

Elle s'attarda quelques minutes avant de regagner sa chambre. Au moment où elle s'apprêtait à refermer sa porte, comme d'habitude, elle se ravisa et la laissa entrebâillée, puis elle se glissa dans son lit et éteignit la lumière. Elle resta dans le noir, à écouter. Il lui était impossible d'entendre Francie respirer à cette distance, mais elle avait la sensation étrange de se sentir bercée par un souffle régulier. Elle tomba dans un sommeil profond et sans rêves.

18

Il se retrouvait sur les bancs de l'école. C'était une école différente de celle qu'il avait connue. Les élèves portaient tous des blouses grises et ternes, et il y avait des barreaux aux fenêtres. Le dos à la classe, le professeur gribouillait des exercices indéchiffrables sur le tableau noir. Elle était vêtue d'un uniforme de gardien, et il entendait le cliquetis des clés accrochées à sa ceinture et le crissement de la craie quand elle écrivait. Il aurait voulu se lever et partir, mais il était incapable de bouger. Elle avait presque fini d'écrire, et il savait qu'elle allait se retourner. La sueur perla sur son front à l'idée de voir son visage. Dans le galimatias inscrit sur le tableau, il reconnut son propre nom. Son cœur se serra au son de sa voix, bien qu'il ne pût comprendre les mots qu'elle prononçait dans le brouhaha que faisaient les éclats de rire moqueurs des autres élèves. Il comprit qu'elle allait le punir. Il voulut s'enfuir, mais il était coincé à son bureau. Quelque chose l'empêchait de bouger, se refermait sur lui. Elle reposait la craie à présent, frottait lentement ses mains l'une contre l'autre pour en ôter la poussière. Ils savaient tous ce qu'elle allait lui faire. Une terreur panique s'empara de lui quand elle commença à pivoter. Il aurait voulu se couvrir les yeux de sa main pour éviter de la voir, mais ses mains semblaient collées. Il n'y avait aucun moyen d'échapper à ce qui allait survenir. Sa situation était désespérée. Soudain, miraculeusement, la cloche se mit à sonner. La classe était finie. Il était libéré, il pouvait se lever. Il pouvait s'en aller...

Réveillé en sursaut, Andrew se redressa. En dépit du froid qui régnait dans la pièce, il avait le visage moite, le corps ruisselant de transpiration. La télévision marchait toujours à tue-tête. Il ne se rappelait pas s'être endormi. L'exaltation qu'il avait ressentie dans son rêve s'évanouit lorsqu'il aperçut le corps de sa mère étalé près de l'âtre encore fumant, face contre terre. Il referma les yeux. Soudain, il réalisa quelle était cette cloche d'école qui l'avait sauvé. C'était le téléphone qui sonnait.

La peur lui contracta l'estomac. *Ne réponds pas*, pensa-t-il. Mais qu'arriverait-il si la personne qui téléphonait s'inquiétait et venait ici ? Le regard rivé sur le cadavre, il se força à se lever, vacillant sur ses jambes, et se dirigea péniblement vers le téléphone dans l'entrée. Le sang battait à ses tempes lorsqu'il souleva le récepteur.

« Allô, dit-il d'une voix étouffée.

— Allô, c'est toi, Andrew ? » dit le Dr Ridberg. L'image du dentiste chauve avec son teint pâle et ses épaules voûtées dans sa blouse blanche se dessina vaguement dans l'esprit embrumé d'Andrew.

« Allô, murmura-t-il.

— Ta mère est-elle là ? »

Le cœur d'Andrew fit un bond.

« Je sais qu'elle ne se sentait pas bien hier, poursuivait le Dr Ridberg. Je voulais savoir si elle avait l'intention de venir au cabinet aujourd'hui. Il est neuf heures passées. » Sa voix avait un ton légèrement réprobateur. « Ne la réveille pas si elle dort, mais j'aimerais seulement savoir...

— Une minute », marmonna Andrew.

Il reposa l'appareil et se cacha la tête dans les mains. Pendant un moment, il eut envie de soulever le téléphone et de dire : « Non, elle ne viendra pas. Elle est morte. Je l'ai tuée hier soir. » Il se força à respirer normalement, à refréner l'élan qui le poussait à crier la vérité. D'une main tremblante, il reprit le récepteur.

« Elle est encore souffrante, dit-il. Elle vous fait dire qu'elle ne pourra pas venir aujourd'hui.

— Oh ! je suis navré, dit le dentiste avec une sincérité forcée. Crois-tu qu'elle sera rétablie demain ?

— Demain ? » dit Andrew. L'absurdité de la question l'amusa. « Je ne sais pas, dit-il. Ça dépend.

— Peut-être devrait-elle consulter un médecin, dit le Dr Ridberg.

— Non, ce n'est pas la peine. Ce n'est qu'un gros rhume. » Une idée lui vint à l'esprit, une idée lumineuse, la première de la journée. « Elle ne veut pas passer ses microbes aux patients. »

Il se représenta l'inquiétude dans le regard du dentiste qui s'empressait d'acquiescer.

« Je me débrouillerai sans elle. Ma femme pourra peut-être la remplacer pendant un temps. Dis à ta mère de ne pas s'inquiéter et de se gargariser. »

Andrew raccrocha et retourna lentement dans le salon. Il se dirigea vers le cadavre et le repoussa avec précaution du bout du pied.

« Tu es censée te gargariser », dit-il à voix haute.

Au moment où il prononçait ces mots, il fut pris d'un accès de fou rire qu'il s'efforça vainement d'étouffer. Les larmes lui montèrent aux yeux, se mirent à rouler sur ses joues.

Haletant, il se dirigea vers le divan, trébucha comme s'il était ivre, et atterrit sur le sol avec un bruit sourd, secoué de hoquets. Sur l'écran, deux femmes aux cheveux frisés parlaient avec animation. Un vase de fleurs était posé sur la table entre elles.

Soudain, il entendit un bruit dehors, un pas lourd sur les marches du porche. L'angoisse le ramena à la réalité. Le Dr Ridberg s'était méfié et avait appelé la police. Ils venaient vérifier les accusations de ce fouinard de dentiste. Inutile de prétendre qu'il n'était pas à la maison. Ils allaient entendre les voix criardes de ces deux crétines à la télévision. C'était trop tard pour s'en aller, trop tard pour cacher sa mère.

Il fixa la porte d'entrée, les bras croisés sur sa poitrine pour contenir les frissons qui le secouaient. Il entendait déjà les policiers lui donner l'ordre d'ouvrir la porte, il les entendait défoncer la porte en s'apercevant qu'il n'obtempérait pas. Il imagina la scène qui se présenterait à leurs yeux quand ils entreraient : le cadavre de sa mère par terre et lui, assis à côté d'elle, les yeux noyés de remords. Il en mouilla son pantalon.

Le couvercle de la boîte aux lettres se referma avec un bruit métallique et les pas s'éloignèrent dans le jardin. Andrew se laissa tomber sur le divan, s'efforçant de calmer les battements de son cœur.

Personne n'est au courant, pensa-t-il. *Personne ne la regrettera. Elle n'a pas d'amis. Le docteur croit qu'elle est malade. Il n'y a pas eu de cris, pas de lutte. Tu n'as rien à craindre.*

Une expression de soulagement détendit son visage. Il avait soudain le cœur léger. Il s'aperçut qu'il avait faim et se dirigea vers la cuisine. Il trouva des gâteaux secs, des sardines en boîte, de la limonade, et mangea sans se soucier des miettes et des saletés qu'il répandait sur le comptoir et sur la table. Elle était partie. Il n'aurait plus jamais à l'écouter. Peu lui importait le froid glacial qui régnait dans la maison. Il avait chaud. Il était libre. Il pouvait faire ce qu'il voulait. Partir avec Francie, s'il le désirait.

Francie. Penser à elle lui remplit le cœur de bonheur. Léchant ses doigts pleins d'huile, il retourna dans l'entrée et composa son numéro.

Il laissa sonner plusieurs fois. L'air froid qui passait sous la porte lui donnait la chair de poule. *Où était-elle ? Peut-être était-elle déjà partie à l'école*. Son idiote de sœur n'était même pas là pour répondre. Andrew raccrocha et revint dans le living-room. Il avait froid tout à coup et se sentait de mauvaise humeur. Le cadavre était toujours au même endroit. Comme un problème insoluble.

Il n'avait rien à craindre pour l'instant. Mais tôt ou tard, les gens allaient se poser des questions. Il ne pouvait pas se contenter de l'enterrer. Quelqu'un, le dentiste sans doute, demanderait où elle avait disparu. Leonora Vincent, hygiéniste dentaire, n'était pas une personne à abandonner son travail sans en informer son employeur et à quitter la ville par le premier bus. Elle ne s'éloignait jamais d'Oldham, excepté pour aller travailler.

Il examinait toutes les solutions possibles, fixant d'un regard vide la forme étendue à ses pieds. *Je ferais bien d'en trouver une*, se dit-il. *Et vite.*

19

Mike fit signe à la serveuse d'apporter la note et se tourna vers Francie.

« Il paraît que tu as visité la ville pendant que ta sœur faisait du charme à son client. »

Francie haussa les épaules.

« J'ai marché pendant des heures. Du bureau de Beth sur Spruce Street jusqu'au Reading Terminal Market. Ça fait une sacrée trotte. »

Gina, la nièce de Mike, une jeune fille aux yeux vifs dans un visage rond, se pencha vers Francie.

« J'adore ce marché, la bouffe y est terrible.

— Je me suis régalée. J'ai mangé un petit pain aux oignons et trois sortes de gâteau au chocolat.

— J'étais persuadée qu'elle s'était perdue en route, dit Beth. Mais elle a retrouvé son chemin.

— Comment trouves-tu le bureau de ta sœur?

— Formidable.

— Maxine l'a tout de suite adoptée, dit Beth.

— Elle est très gentille. J'ai écrit une lettre en attendant Beth, et elle l'a postée pour moi par exprès. »

Beth haussa les sourcils en entendant sa sœur faire mention de cette lettre. Mais la serveuse apportait l'addition et elle ne fit aucun commentaire.

« J'ai trop mangé, dit Gina en enfilant un blouson en cuir patiné sous l'œil admiratif de Francie.

— Tu as un blouson formidable.

— Je l'ai acheté dans une boutique de vêtements d'occasion près d'ici, sur South Street. On peut aller y jeter un coup d'œil si tu veux. C'est ouvert le soir. » Elle se tourna vers Beth et Mike. « D'accord ?

— D'accord », répondit Mike, tandis qu'ils se frayaient tous les quatre un chemin entre les tables serrées du restaurant mexicain pour atteindre la sortie.

Les deux jeunes filles marchèrent devant, bavardant comme si elles se connaissaient depuis toujours.

« Tu as eu une idée de génie en invitant Gina. »

Mike la prit par le bras avec un sourire satisfait.

« Gina est une gentille fille. J'ai pensé qu'elles s'entendraient. Elles sont à peu près du même âge.

— Je suis heureuse qu'elles aient passé un bon moment ensemble, dit Beth d'un air songeur.

— Et toi, as-tu passé un bon moment ? »

Beth hocha la tête. Elle contempla les deux filles qui jacassaient à quelques pas devant eux. « Je suis étonnée que Francie se soit montrée si détendue avec toi. Elle est toujours tellement silencieuse. Elle ne m'avait pas parlé de cette lettre.

— Elle aura sans doute oublié.

— Je me demande s'il s'agit d'une lettre pour Andrew. J'en mettrais ma main à couper.

— Pourquoi ne lui poses-tu pas la question, si tu es tellement curieuse ?

— Je ne veux pas m'en mêler. Mais je parie que j'ai raison.

— Ne te mets pas martel en tête pour cela. Ce n'est qu'une lettre, après tout. »

Vêtus de cuir et de clous, les cheveux dressés sur la tête à l'Iroquois, deux jeunes gens se dirigeaient vers eux. Le garçon avait les cheveux teints en bleu électrique, ceux de la fille étaient d'un rouge éclatant.

Elle portait de grands anneaux aux oreilles, une jupe courte en cuir et des bottines. Lui arborait deux superbes bandoulières croisées et cloutées. Médusée, Francie s'arrêta pour les regarder passer.

« South Street est un peu le Greenwich Village de Philadelphie, lui confia Gina.

— Je n'ai jamais été à New York », dit Francie.

Gina désigna un magasin de l'autre côté de la rue. « Voilà la boutique dont je te parlais, dit-elle en entraînant Francie.

— Francie passe la journée de sa vie, dit Beth en les voyant traverser la chaussée en courant.

— Cela fait plaisir de la voir sourire, dit Mike. On dirait qu'elle porte un voile de tristesse sur le visage. Elle a un regard plein de mélancolie, comme si elle n'avait jamais connu de joies.

— C'est vrai.

— Si quelqu'un peut mettre un éclair de gaieté dans ses yeux, c'est bien Gina. C'est une petite fofolle, comme beaucoup de gamines de son âge, mais elle n'a pas sa pareille pour vous remonter le moral. »

Un carillon tinta au-dessus de leur tête lorsqu'ils entrèrent dans la boutique où dominait une odeur de vieux vêtements. Les deux filles s'amusaient à essayer des chapeaux à voilette.

Gina se mit à fouiller parmi des vestes et des blousons accrochés à un portant et finit par en sortir triomphalement un vieux blouson d'aviateur en cuir.

« Essaie-le », dit-elle à Francie.

Francie ôta sa parka et passa le blouson, se regardant dans la psyché installée dans un coin du magasin.

« Trop grand, dit-elle.

— Ça se porte grand, déclara Gina. C'est la mode. »

Francie ne parut pas convaincue.

« Il ne me va pas. Je préfère le tien, de toute façon. »

Gina ôta son blouson et l'échangea contre celui que venait d'essayer Francie.

« J'aime autant celui-ci. Tu n'as qu'à prendre le mien. »

Francie eut l'air horrifié.

« Non, je ne pourrais jamais. »

Gina éclata de rire devant la mine de son amie.

« C'est moi qui l'achète. Ne discute pas. J'ai reçu de l'argent pour Noël. Débarrasse-toi de ta vieille parka pour que je n'aie pas honte de me promener avec toi. »

Rouge d'humiliation, Francie jeta un regard vers Gina, mais le sourire plein de gentillesse de la jeune fille la rassura.

Mike et Beth échangèrent un regard.

« Elle me fait penser à toi, dit Mike.

— Francie ? s'étonna Beth.

— Elle a le même petit côté têtu : "Je n'ai besoin de rien ni de personne." La même façon de vouloir se débrouiller toute seule. »

Beth était sur le point de se récrier, mais elle resta silencieuse, méditant ses paroles.

« Tu trouves que je lui ressemble ? demanda-t-elle au bout d'un instant.

— Non, je crois que tu es encore pire.

— Merci, s'écria-t-elle d'un ton indigné. Tu... »

Coupant court à ses protestations, Mike décida qu'il était temps pour Gina de rentrer chez elle et proposa de la raccompagner.

« Quand reviendras-tu ? dit Gina à Francie en l'embrassant avant de sortir de la voiture.

— Je ne sais pas, dit Francie.

— Préviens-moi. »

On dirait qu'elles se connaissent depuis l'enfance, songea Beth.

Mike fit demi-tour et repartit vers le nord de la ville, où se trouvait la maison de Beth.

« Gina est vraiment gentille, dit Francie. C'est ta nièce ? »

Mike approuva d'un signe de tête.

« La fille aînée de ma sœur aînée. J'ai cinq autres neveux et nièces. Gina a deux frères plus jeunes. »

Ils bavardèrent ainsi pendant le reste du trajet, Francie posant une foule de questions à Mike sur sa famille. Silencieuse, Beth tournait son regard vers la fenêtre.

Ils parlaient encore lorsque Beth ouvrit la porte de la maison.

« J'ai passé une journée formidable, dit Francie en se laissant tomber dans un fauteuil du salon tandis que Mike allait se préparer une tasse de café dans la cuisine. C'est la première fois que je me promène dans une ville. Il y a tant de choses à regarder. C'est fascinant.

— J'ai toujours aimé cette ville. »

Beth se souvint de la première fois où elle était venue à Philadelphie. Il y avait une fête de quartier, des gens qui fumaient du hasch dans la rue, des adeptes de Hare Krishna qui psalmodiaient. En dépit de l'aspect un peu effrayant de la foule, elle avait décidé de rester. Elle aurait voulu savoir raconter cette première journée à Francie.

Francie ôta ses lunettes, et les essuya avec un Kleenex. En voyant le blouson que Gina venait de lui donner, Beth songea au collier qu'elle lui avait acheté dans le Maine, le jour où elles s'étaient rendues chez le notaire. Francie ne l'avait jamais mis.

« Tu ferais mieux d'aller te coucher, dit-elle d'une voix tendue. Nous partons tôt, demain matin, et le voyage risque d'être aussi long qu'à l'aller. »

Mike entra dans le living-room avec sa tasse de café, au moment où Francie se levait.

« Tu montes déjà ? demanda-t-il.

— Oui, je suis un peu fatiguée. Bonsoir, Mike. J'ai été très contente de faire ta connaissance.

— Le plaisir était pour moi, fit-il avec un large sourire. J'espère qu'on se reverra bientôt. »

Francie se tourna vers sa sœur.

« Bonsoir. Merci pour tout. C'était vraiment une belle journée. »

Beth lui adressa un sourire bref.

« Tant mieux. Dors bien. »

Mike sirotait son café.

« Tu ne parais pas très joyeuse », dit-il devant le visage soudain assombri de Beth.

Beth haussa les épaules et se redressa légèrement dans son siège.

« Tu sais, Mike, j'étais sincèrement contente quand Francie a accepté de m'accompagner. Je... Je pensais que nos relations s'amélioraient. Mais...

— Mais quoi?

— Je ne sais pas. Je la sens distante envers moi. Comme avant. Plus même...

— Elle avait pourtant l'air heureux.

— Je ne sais pas lui parler. » Elle soupira. « Il s'est sans doute passé trop de choses. Ces disputes... la dernière scène que nous avons eue. Je devrais remercier le ciel que nous puissions encore nous supporter.

— Veux-tu que je te donne mon avis?

— Vas-y.

— Je suis certain qu'elle a envie de se rapprocher de toi. Elle donne réellement cette impression.

— En d'autres termes, c'est ma faute, dit Beth avec lassitude. Écoute, Mike, nous ne sommes pas sur la même longueur d'onde. Tu ne comprends pas. Je suis incapable de bavarder avec elle comme tu le fais. Je n'y arrive pas.

— Au fond... il semble que vous soyez toutes les deux désireuses de vous rapprocher. Mais vous restez trop réservées l'une à l'égard de l'autre. Tu devrais te laisser aller. C'est ta sœur, après tout. Tu peux lui parler, si tu en as envie, lui dire ce que tu éprouves. Sois un peu plus naturelle, plus franche avec elle. »

Beth secoua la tête.

« Je ne veux pas jouer les grandes sœurs casse-pieds. D'autre part, je ne pense pas que ma vie l'intéresse.

— Si bien que tu t'interdis toute confidence. Tu restes sur la défensive, craignant qu'elle ne te juge. Mais s'il existe un endroit au monde où l'on a le droit d'être soi-même, c'est au sein de sa famille.

— Tu as sans doute vécu dans une famille différente de la mienne, dit Beth. Une famille où régnait la gaieté.

— Comme ce devrait être le cas dans toutes les familles, dit-il. Mais ce n'est pas trop tard en ce qui vous concerne, toi et ta sœur. »

Beth poussa un soupir et se mit à marcher de long

en large dans la pièce tandis que Mike finissait son café, tout en l'observant du coin de l'œil.

« Il m'est arrivé quelque chose de bizarre, cette nuit, dit-elle soudain.

— Quoi ?

— J'étais couchée, prête à m'endormir, et Francie avait laissé sa porte ouverte dans le couloir. J'allais me relever pour fermer la mienne, comme je le fais d'habitude. Je ne sais pourquoi, j'ai décidé de la laisser ouverte. Il me semblait pouvoir l'entendre respirer. Sa chambre était trop éloignée pour que ce soit possible, mais une sensation de paix m'a envahie, comme cela ne m'était pas arrivé depuis des années.

— Parce que tu t'es sentie en sécurité.

— Je suis en sécurité avec toi.

— C'est différent. Il m'arrive d'éprouver la même impression en me retrouvant avec mes frères et sœurs. Particulièrement avec mon frère Ron. Lorsque nous dormons l'un chez l'autre, nous éprouvons un sentiment de sécurité. J'ignore de quoi nous nous sentons protégés. Peut-être retrouvons-nous notre enfance, cette époque de la vie où les soucis des adultes ne nous concernaient pas.

— Se sentir protégé... tranquille... Tu as raison, fit Beth d'un ton étonné. N'est-ce pas étrange ? » Elle s'avança jusqu'au pied de l'escalier et leva les yeux vers le premier étage. « Je la connais si peu.

— C'est dans le sang », dit Mike.

Beth se retourna, haussant les sourcils.

« Dans le sang... Voilà une façon très scientifique de parler pour un médecin.

— "Il y a plus de choses dans le ciel et sur la terre, Horatio, que vous n'en avez rêvées dans toute votre philosophie."

— Merci, William Shakespeare.

— C'est une chose dont je suis convaincu. »

Mais Beth n'écoutait pas. Les doigts serrés sur la rampe de l'escalier, elle levait vers le palier un regard à la fois intense et interrogatif, comme si elle sondait l'obscurité et en attendait une réponse.

20

Il attendit jusqu'à dix-huit heures, jusqu'à ce que l'obscurité fût totale, et que presque tout le monde fût rentré du travail pour se retrouver au chaud chez soi, autour du dîner. Puis il se mit au travail.

D'abord, il descendit ouvrir la porte qui reliait le sous-sol et le garage. A l'aide d'une lampe torche, il repéra sa vieille bicyclette et la fit rouler autour de la voiture. Le bruit régulier du pédalier lui prouva que la chaîne était en état de marche et que les pneus n'étaient pas crevés. Il n'avait pas utilisé son vélo depuis longtemps, et se félicita de sa chance. Appuyant la bicyclette contre la voiture, il ouvrit le coffre et la rangea dedans. C'était bien que ce fût une vieille voiture, avec un coffre spacieux.

Il était vrai, songeait-il en rabattant le couvercle du coffre, que son plan l'obligeait à un grand sacrifice : abandonner la voiture. Mais c'était un plan formidable, par ailleurs, bien meilleur que tout ce qu'il avait lu dans les livres. C'est l'histoire de la mère de Francie qui lui en avait donné l'idée. Elle était morte dans un accident. La voiture s'était retournée sur une autoroute verglacée. C'était simple et sans bavure. Les routes étaient glissantes et dangereuses dans la région. Ça pouvait très bien arriver. Un jour, quand ils seraient loin, et que toute cette histoire serait enterrée dans le passé, il raconterait à Francie comment l'idée lui en était venue en écoutant l'histoire de sa mère. Elle serait fière de lui.

Andrew vérifia que le coffre était bien fermé. Il n'avait pas envie de le voir s'ouvrir une fois au volant. Il laissa les portes de la voiture ouvertes et regagna la maison.

Maintenant, le moment le plus dur. Traîner le cadavre jusqu'au garage et le hisser sur le siège avant. Il pénétra dans le living-room et regarda le corps de sa mère sur le sol. Il s'était habitué à le voir là. Cela ne lui faisait plus rien. Mais l'idée de le toucher, de le soulever lui répugnait. La chair était froide à présent.

Il l'attrapa sous les aisselles. Brusquement, il vit sa mère en train de soulever le cadavre de son père exactement de la même façon. Il ne savait s'il l'avait réellement vu ou seulement imaginé. Il y avait du sang partout. Il se sentit faiblir à ce souvenir, chassa l'image de son esprit, empoigna à nouveau le cadavre et commença à le tirer.

Elle n'était pas légère, et chaque pas lui demandait un effort qui tendait les muscles de ses bras et de ses épaules. Sur le seuil de la porte, le corps se prit dans les plis de la carpette. Maudissant le ciel, Andrew dut lâcher son fardeau pendant un instant pour dégager le tapis, avant de reprendre péniblement sa marche à reculons. Il longea le couloir, regardant les mains raidies qui traînaient sur le sol, les talons qui rayaient le plancher. Il avait presque atteint l'escalier du sous-sol quand l'un des pieds se prit dans le fil du téléphone et fit tomber la table. L'appareil fit un bruit épouvantable en heurtant le cadavre. Andrew sursauta violemment. « Nom de Dieu ! » jura-t-il. Chaque moment de retard lui semblait une éternité, chaque bruit dans la maison pouvait attirer l'attention de la police. Il se força à se calmer et décida de ne pas replacer le téléphone. De toute façon, il n'avait envie de parler à personne. Excepté à Francie. Mais il l'appellerait plus tard. Une fois tout arrangé.

Sans s'occuper de la tonalité insistante qu'émettait l'appareil décroché, il descendit l'escalier. Le corps rebondissait sur chaque marche, puis il se mit de travers. Andrew s'acharna à le remettre droit, mais s'aperçut qu'il se donnait du mal inutilement. Il suffisait de lâcher les épaules et de pousser un bon coup dans le dos. Le cadavre glissa sous la rambarde et atterrit sur le sol en ciment en bas, avec un craquement d'os brisés.

Alors qu'il regardait le corps tassé sur lui-même un peu plus bas, un frisson parcourut Andrew. Elle était tombée sur le dos, et son visage tordu et déjà bleu avait une expression qu'il lui avait souvent vue quand elle se préparait à le punir. Elle semblait le surveiller. Andrew détourna les yeux et s'efforça d'examiner froidement le corps. Il y avait quelque chose qui clochait. Il réalisa très vite quoi. Il remonta en courant l'escalier, et vida toute la penderie de l'entrée jusqu'à ce qu'il trouve son manteau. Puis il alla prendre son sac dans la cuisine. Elle ne serait pas sortie sans son manteau et son sac. Et bien qu'il ait prévu qu'on ne trouverait qu'un cadavre réduit à l'état de cendres, il ne fallait négliger aucun détail.

Toute son énergie retrouvée, il redescendit quatre à quatre l'escalier, roula le cadavre sur lui-même, força les bras raidis à entrer dans les manches, maudissant son immobilité, boutonna le manteau et s'assit sur les talons, épuisé par l'effort qu'il venait de faire. L'odeur que dégageait le corps lui retourna brusquement l'estomac. Il se redressa rapidement. Il n'avait pas de temps à perdre. Il lui restait beaucoup à faire.

Après avoir tiré le cadavre sur le sol en ciment jusqu'à la porte du garage, Andrew lui fit passer la marche du seuil et l'appuya sur le côté de la voiture. Tenant la portière ouverte, il prit une profonde inspiration, rassembla toutes ses forces et poussa le corps sur le siège avant, recroquevillé dans une position fœtale. Il soupira, tremblant de tous ses muscles, soulagé de voir la corvée terminée. Se penchant par-dessus le corps de sa mère, il ferma la portière à clé.

Il mit quelques minutes à reprendre son souffle. Puis il retourna à l'intérieur de la maison et vérifia la fermeture des portes et des fenêtres. Le désordre qui régnait était un spectacle désolant mais il n'avait pas le temps d'y remédier maintenant. De toute façon, personne ne pourrait entrer pendant son absence et découvrir des preuves de ce qui s'était passé. Tournant le dos au salon, il alla à nouveau vers la penderie de l'entrée et en sortit un des vieux bonnets en laine de sa mère. Il l'enfonça sur sa tête. Si quelqu'un le voyait partir, il penserait que c'était elle qui conduisait.

Andrew regagna précipitamment le garage, souleva la porte, s'installa au volant de la voiture. Muette pour une fois, Leonora reposait sur le siège à côté de lui, invisible de l'extérieur. Il regarda dans les deux rétroviseurs en reculant dans l'allée. *Tout marche à la perfection*, se dit-il, mais ses mains sur le volant étaient moites de transpiration. Il commença à rouler avec une prudence exagérée. *Si quelqu'un t'arrête...* Il ne voulait pas penser à la suite. Il devait continuer.

La journée avait été humide et froide, et le brouillard se levait sur les collines rocheuses derrière Oldham. On voyait mal la route, mais le brouillard servait ses projets. Il se dirigea vers la crête des montagnes au nord de la ville, vérifiant constamment la route dans son rétroviseur. Elle était déserte, comme souvent les soirs d'hiver. Les gens du pays évitaient au maximum de conduire par des nuits pareilles. Andrew continua à rouler jusqu'à ce qu'il eût dépassé un panneau qui signalait un point de vue, ralentit et se gara au bord de la route. Il voyait les lumières d'Oldham à travers les collines boisées. Cet endroit désert était idéal, décida-t-il, regardant rapidement autour de lui. Il sauta hors de la voiture, sortit sa bicyclette de la malle arrière, l'appuya contre un arbre et reprit le volant. Il fit demi-tour et ramena la voiture en face du garde-fou en bois qui entourait le point de vue panoramique. Il tira le frein à main, regardant à nouveau autour de lui. La panique montait en lui à chaque seconde. Quelqu'un pouvait passer à tout moment et la situation paraîtrait louche, même à l'observateur le moins averti. Il souleva le corps de sa mère par le devant de son manteau, le plaça sur le siège du conducteur, attacha la ceinture de sécurité. S'assurant que les roues étaient bien dirigées vers le garde-fou, il passa la marche avant. Puis il enleva le bonnet de laine qu'il lui enfonça sur les oreilles, plaça son pied sur la pédale de l'accélérateur, disposa le sac à côté d'elle, et fit démarrer le moteur. Relâchant le frein à main, il sauta en arrière, se préparant à pousser la voiture par-derrière. Mais c'était inutile. La voiture roulait déjà au moment où il claquait la portière. Le sang battant dans ses oreilles, il retint sa respiration et vit la voiture traverser la route, enfoncer la barrière, plonger dans le vide, et s'écraser plus bas. Elle s'arrêta dans un bosquet d'arbres, les roues tournant dans le vide. De la fumée sortit du véhicule disloqué, mais il ne prit pas feu.

Ruisselant de sueur, il la regarda. « Ça ne va pas, dit-il à voix haute. Elle doit brûler. Si elle ne brûle pas... » Il avait la bouche sèche. Il fouilla dans ses poches. Peut-être avait-il des allumettes... Il pourrait enflammer le réservoir d'essence. Mais comment échapperait-il à l'explosion ? De toute façon, la question ne se posait pas car il n'avait pas d'allumettes. Maudissant sa négligence, il jeta un regard désespéré vers la voiture. Peut-être trouverait-il des allumettes dans le sac à main ? Il devait aller vérifier. Si on la trouvait comme ça, tout le monde comprendrait.

Il hésita, songeant un instant à s'enfuir, puis se reprit et commença à descendre prudemment vers la voiture. A mi-chemin, il s'arrêta, le cœur soudain gonflé d'espoir. Une étincelle jaillissait du capot... Une petite flamme rouge apparut sous la carcasse. Allait-elle prendre feu ? Comme pour répondre à sa question, une explosion assourdissante l'aplatit par terre. Il aurait voulu applaudir, hurler de joie et la regarder se consumer. Mais il n'avait pas le temps. Il remonta à quatre pattes le flanc de la colline et enfourcha sa bicyclette après un dernier coup d'œil au feu de joie qui rougeoyait plus bas.

La route grimpait fort sur le trajet du retour, mais il pédalait avec ardeur, se sentant un cœur et une énergie d'athlète. Il roula pendant plusieurs kilomètres avant d'apercevoir les phares d'une voiture devant lui. Il se planqua dans les buissons sur le bas-côté pendant qu'elle passait et reprit la route en forçant la cadence. Il lui fallait être rentré chez lui lorsqu'on la découvrirait.

Lorsqu'il atteignit enfin la vieille maison, en nage et hors d'haleine, il se rendit compte que c'était la première fois de toute sa vie qu'il était heureux de la retrouver. Après avoir posé son vélo dans un coin du garage, il gagna le sous-sol et eut brusquement envie de prendre une douche, de laver toute trace de l'acte qu'il venait d'accomplir. Il restait une serviette de toilette sur la table en émail blanc. Tout en grelottant sous l'habituel filet d'eau tiède, il se promit de redescendre du linge propre un peu plus tard. Une fois rhabillé, il grimpa l'escalier, accrocha son manteau dans la penderie et se regarda dans le miroir de l'entrée faiblement éclairée. Il sursauta devant les traits brouillés, les yeux cernés qu'il vit se refléter. C'était son visage! Un sourire froid, sans joie, étira ses lèvres. *Un sourire de tueur*, pensa-t-il avec satisfaction. Il s'admira dans la glace.

Andrew, dit une voix. *Sa* voix. *Tu as toujours été un tueur*.

Il se vit pâlir dans le miroir, pivota sur lui-même et regarda derrière lui. Il était certain d'avoir entendu *sa* voix. Mais il n'y avait personne. Il se calma... Elle ne pouvait pas être là. Se précipitant dans le salon, il nettoya, remit de l'ordre, effaçant les traces de ce qui s'était passé. Il venait d'allumer la télévision quand il entendit un bruit de pas sur le porche et quelqu'un frapper à la porte.

C'était trop tôt. La police ne pouvait pas être déjà là. Impossible. Ils avaient dû le suivre... le voir. Ils étaient au courant et venaient l'arrêter.

On frappa une seconde fois. Son estomac se contracta. Ses mains étaient moites de sueur. Ils savaient qu'il était là. Il ne se souvenait plus de l'histoire qu'il avait prévu de leur raconter. Les jambes raides, il se força à avancer jusqu'à la porte, ferma les yeux, comme un homme devant un peloton d'exécution, et ouvrit la porte de quelques centimètres, s'imaginant les uniformes, les revolvers.

Une voix plaintive bredouilla son nom. Noah se tenait sur les marches, un grand sac en papier dans une main, une bouteille de bière décapsulée dans l'autre.

Andrew crut s'évanouir de soulagement. Puis il se sentit furieux contre Noah. C'était typique de ce crétin d'arriver au pire moment.

« Qu'est-ce que tu veux? » demanda-t-il d'une voix rude.

Noah repoussa ses cheveux d'un revers de main, arrosant de bière au passage le col en fausse fourrure de son blouson.

« Il faut que j'te parle, vieux, j'ai des ennuis. »

Andrew sentit monter en lui l'irritation qui l'envahissait dès qu'il se retrouvait en face de ce débile mental. Qui plus est, il était couvert de cambouis et sans doute porteur de tous les microbes de la terre.

« Je suis occupé, fit-il.

— Écoute, vieux, insista Noah. C'est important. » Il tapota le sac en papier qu'il tenait serré contre lui. « J'ai apporté de la bière. »

A en juger par son regard larmoyant et trouble, Noah n'en était pas à sa première canette. Et le voilà qui se ramenait avec ses problèmes stupides. Andrew eut envie de lui claquer la porte au nez, mais quelque chose lui dit que la présence de Noah pouvait lui être favorable au cas où la police se présenterait. Avec une grimace de dégoût, il ouvrit la porte en grand.

« Entre.

— Merci, t'es un copain. »

Noah semblait avoir oublié leur dispute dans le garage et sa guitare défoncée. Il entra dans le salon, tendit une bière à Andrew, ôta son blouson et s'affala dans le divan. Soudain, il se redressa.

« Est-ce que ta mère est là ? » chuchota-t-il.

Andrew secoua la tête, avec un pincement au cœur. Il s'obligea à prendre un ton posé :

« Non, elle s'est foutue en rogne contre moi, il y a un instant. Elle a pris la mouche et elle est partie en bagnole. Elle a dû aller faire le plein quelque part.

— Probablement, fit Noah en hochant la tête d'un air entendu. C'est aussi bien comme ça. Elle est pas terrible en société. »

Andrew jubila. Noah avait gobé son histoire. Bien sûr, ce serait différent avec les flics. Ils ne seraient ni ivres ni simples d'esprit. Mais l'excuse qu'il venait d'inventer était crédible.

Noah se pencha en avant, les bras sur les genoux, secouant tristement la tête.

« Vieux, j'ai un gros problème, et il fallait que j'en parle à quelqu'un. »

Andrew avala une gorgée de bière et fit une grimace. Il n'avait pas mangé depuis son petit déjeuner de sardines et de gâteaux secs et il sentit son estomac gargouiller. Il s'essuya la bouche, comme s'il voulait supprimer le goût amer de la boisson.

« Allez, raconte, fit-il avec impatience.

— C'est pas croyable, dit Noah en tendant son poing vers le plafond. C'est pas croyable.

— Arrête ton char, veux-tu. Ne nous fais pas tout un cinéma. »

Noah se tourna vers lui avec un regard noir.

« J'essaie simplement de te faire comprendre ce que je ressens.

— Tu n'as encore rien dit. Tu te conduis comme un gosse. »

Noah s'affala un peu plus dans le divan.

« Mes vieux ont lâché le morceau pendant le dîner. »

Il soupira et se tut.

Andrew monta le volume du poste de télévision et s'installa devant.

« Ils prennent leur retraite, s'écria alors Noah.

— Et alors ? fit Andrew sans quitter l'écran des yeux.

— Tu pourrais pas fermer ce truc, cria Noah en prenant une autre bière. Alors... ils s'en vont. En Caroline du Nord. Mon père me laisse l'affaire.

— C'est ça, ton grand drame ?

— Et ma musique ? gémit Noah. Je pensais partir à Nashville. J'pourrai jamais y aller, maintenant.

— Tu n'avais pas une chance, de toute façon.

— J'étais prêt à partir », insista Noah en frappant son poing sur son genou. Un jet de bière se répandit sur la moquette. « Tu crois que ta mère va s'en rendre compte ? demanda-t-il en s'accroupissant par terre pour l'essuyer avec son vieux mouchoir rouge et blanc.

— Non. »

Noah se rassit.

« J'peux pas le croire, vieux. Je vais passer le reste de ma vie aplati sous des bagnoles. Les plus belles années de ma vie. Quand je pourrais faire un malheur dans la musique ! »

L'image d'une carcasse de voiture en train de flamber surgit sous les yeux d'Andrew. Un vertige le prit, et le mépris qu'il éprouvait pour Noah s'atténua.

« Personne n'a envie de rester dans cette ville de merde, c'est sûr, dit-il.

— J'étais sûr que tu comprendrais. Mais qu'est-ce que j'vais faire ? »

Andrew fronça soudain les sourcils.

« Qu'est-ce que c'est ?

— Une voiture, soupira Noah. Ça doit être ta mère qui revient. On ferait mieux de nettoyer. » Il rassembla les bouteilles vides dans son sac tandis qu'Andrew se levait, le cœur battant sauvagement. Une voiture s'arrêtait devant la maison.

« J'ferais mieux de m'en aller, dit prudemment Noah. Elle va être furieuse de me trouver ici. »

Il commença à enfiler son blouson.

« Reste ici », ordonna Andrew d'une voix sifflante.

Il sursauta violemment en entendant le coup frappé à la porte. Noah cligna les yeux et se tourna vers l'entrée, sans avoir l'air de se souvenir qu'il venait d'entendre le bruit d'une voiture.

« Qui est-ce ?

— Comment le saurais-je ? »

Andrew se leva, essuya ses mains à son pantalon et se dirigea vers la porte.

« Ta mère va piquer une crise », le prévint Noah.

Au moment où il ouvrait la porte, Andrew l'imagina devant lui, défigurée, brûlée, le fusillant du regard, une dernière lueur de triomphe dans les yeux.

« Andrew Vincent ? » demanda le policier qui se tenait sur le porche. Il avait une moustache rousse grisonnante et des yeux fatigués. Le col de son manteau était relevé sur ses oreilles. Derrière lui se tenait un autre policier, plus jeune, qui détournait un regard gêné.

Andrew hocha la tête.

« Oui ?

— Désolé de vous déranger. Pouvons-nous entrer ? »

Andrew s'écarta pour le laisser passer.

Noah bondit sur ses pieds en fourrant ses mains dans ses poches à la vue des policiers. Puis son visage s'éclaira en reconnaissant le plus âgé.

« Comment ça va, Burt ? »

Burt fit un signe de tête en direction de Noah et se retourna vers Andrew.

« Andrew, nous avons de mauvaises nouvelles pour vous, mon garçon. Leonora Vincent est-elle votre mère ?

— Oui.

— Je suis désolé de vous l'apprendre, mon garçon, mais il y a eu un sale accident sur la côte de Hawk. Apparemment la voiture de votre mère est sortie de la route. »

Les yeux d'Andrew s'agrandirent.

« Est-ce qu'elle est blessée ? »

Le policier serra les lèvres et fit un signe négatif de la tête.

« Je suis désolé », dit-il.

Noah laissa échapper un sifflement.

« Jes... »

Andrew se prit la tête dans les mains. Une sueur d'effroi couvrit tout son corps, le sang se retira de son visage. Ses tempes battaient.

« Qu'est-il arrivé ? demanda-t-il.

— Nous l'ignorons. Soit elle a perdu le contrôle de sa voiture, soit elle n'a pas vu où elle se dirigeait dans le noir. Nous n'avons vu aucune trace de dérapage sur la route. Mais il y a un passage traître en haut de la côte.

— C'est impossible, murmura Andrew.

— Savez-vous pourquoi elle roulait dans ce coin par une nuit pareille ?

— Non, répondit Andrew. Je ne sais pas. Nous nous étions disputés et...

— La mouche l'a piquée, ajouta Noah, voulant se montrer utile. Les gens devraient pas monter en voiture quand ils sont en colère, ajouta-t-il. J'peux pas compter le nombre de fois où on remorque une voiture en morceaux au garage parce que le type qui conduisait était en rogne. »

Andrew sentit un flot d'adrénaline monter en lui en entendant Noah donner toute vraisemblance à l'histoire avec ses explications laborieuses.

« Y a-t-il quelque chose que je puisse faire pour vous, jeune homme ? » demanda l'officier dénommé Burt.

Andrew secoua la tête.

« Jésus ! dit Noah d'un ton apitoyé en lui serrant l'épaule. Je suis vraiment désolé.

— Je n'aurais pas dû la laisser partir comme ça. Tu as raison.

— Tu pouvais pas savoir. »

La voix de Noah jointe à l'amertume de l'haleine qu'il lui soufflait à la figure dégoûtait Andrew, mais il se força à accepter les condoléances de ce pauvre type. Il sentit des gouttes de transpiration perler sur son front, mouiller son corps sous sa chemise. Ses genoux vacillaient.

« Puis-je utiliser votre téléphone ? » demanda Burt.

Andrew fit un signe d'assentiment et pressa son estomac.

« Je ne me sens pas bien, je vais être malade », dit-il en courant vers la porte d'entrée.

L'air frais lui fit du bien, mais trop tard pour calmer la nausée. Agrippant la rampe du porche, il se pencha et se mit à vomir un mélange de bile et de bière, soutenu par Noah et par le jeune policier qui s'étaient précipités à sa suite. Il aurait voulu leur dire de s'en aller, de le laisser tranquille. Les haut-le-cœur se succédaient, incontrôlables.

« Pauvre gosse, dit le policier. C'est dur.

— Ça va passer », dit Noah, tapotant Andrew dans le dos en lui murmurant des encouragements.

Imbéciles. Vous l'avez cru, pensait Andrew triomphalement, tandis que son estomac se soulevait à nouveau, et qu'il vomissait, ruisselant de sueur, gémissant, dans l'air glacial de la nuit.

21

Beth se réveilla à l'aube, agitée d'un trouble indéfinissable, comme si elle avait fait un mauvais rêve qu'elle ne parvenait pas à retrouver. Mike dormait paisiblement à ses côtés. Elle eut la tentation de faire un geste vers lui, mais n'osa le réveiller. Avec son emploi du temps surchargé, il avait besoin de sommeil. Elle resta allongée sur le dos, ferma les yeux, attendant que les terreurs de la nuit s'estompent et qu'elle puisse se rendormir.

Ce doit être la perspective du départ, se dit-elle. Il est souvent difficile de bien dormir avant de partir en voyage. C'était sûrement la raison de son inquiétude. Ses pensées se tournèrent vers Francie. Une fois sa sœur installée chez Tante May et la maison mise en vente, Beth pourrait rentrer chez elle. Mais peut-être irait-elle rendre visite à Francie de temps en temps. Ou c'est Francie qui viendrait faire de petits séjours à Philadelphie. Elle s'imagina en train d'en parler à Francie et réalisa à quel point c'était peu réaliste. Elles avaient si peu de choses en commun. Une fois les affaires de succession arrangées, leurs chemins se sépareraient à nouveau.

Elle essaya de penser à autre chose. L'idée de tout ce qui lui restait à faire la remplit d'angoisse. *Tu es tout simplement vannée*, se dit-elle. *Tu as voulu trop en faire*. Elle pensa à Francie qui dormait à poings fermés au bout du couloir. *Au moins, tu as pu lui épargner toutes ces corvées*.

Soudain, elle entendit la porte de l'armoire à pharmacie qui grinçait, un bruit de robinet dans la salle de bains, et le pas de Francie qui retournait dans sa chambre. *Elle ne dort pas non plus*, se dit Beth. *Elle a dû prendre de l'aspirine. Elle est angoissée, comme moi*.

Étrangement, cette pensée la réconforta et elle se rendormit aussitôt.

Lorsqu'elle se réveilla, le soleil entrait par les jalousies et Mike se penchait sur elle pour l'embrasser.

Beth s'accrocha à son cou, retardant le moment de le quitter.

« Quand seras-tu de retour ? demanda-t-il.

— Dans deux ou trois jours. »

Il se glissa hors de la chambre avec un geste d'adieu.

« Dis à Francie que j'espère la revoir bientôt, chuchota-t-il.

— Je t'aime », dit Beth. Elle se demanda ce qu'il entendait par « bientôt ». *Probablement pour le mariage*. Il s'arrangeait toujours pour ramener le sujet.

Lorsqu'elle fut habillée et maquillée, elle descendit. Francie était déjà dans la cuisine. Le café était en train de passer et il y avait trois bols sur la table. Francie cherchait les céréales dans le placard.

« Près de l'évier, dit Beth. Mike s'en va toujours très tôt à l'hôpital, ajouta-t-elle en enlevant un bol et en sortant les tasses à café.

— Ah... je le croyais encore là. »

Beth sourit, pensant qu'elle avait espéré cacher la présence de Mike s'il partait suffisamment tôt. Elle se souvint de ce qu'il lui avait dit, de ne pas garder les choses pour elle. Elle hésita un instant et avoua :

« Je ne voulais pas que tu saches qu'il avait passé la nuit ici. »

Francie haussa les sourcils.

« Pourquoi ?

— Un sentiment démodé, je pense. J'ai eu peur que cela ne te choque.

— J'ai quatorze ans », répondit Francie, comme si cela expliquait tout.

Beth se souvint à quel point elle était naïve à cet âge.

« J'aurais été choquée à ton âge. »

Il y avait une nuance de désapprobation dans sa voix. Le visage de Francie se ferma.

« Les choses ont changé.

— C'est mieux ainsi, dit Beth précipitamment. Mais peut-être est-il préférable de ne pas tenter trop d'expériences trop jeune. »

Francie haussa les épaules, et Beth eut l'impression de s'être montrée indiscrète. Elle se demanda quel genre de relations sa sœur avait avec Andrew. Cela ne la regardait pas.

« Être au courant des choses ne signifie pas forcément les faire », dit Francie, et Beth se sentit à la fois soulagée et reconnaissante envers sa sœur.

« Cela peut te sembler stupide, poursuivit-elle, mais j'étais gênée de la présence de Mike à la maison parce que je te prends encore pour une petite fille. »

Francie s'assit à la table et commença à manger ses céréales.

« C'est un type formidable, dit-elle.

— Merci. » Beth se sentit rougir de fierté. « Je crois que nous allons nous marier, ajouta-t-elle, poursuivant dans la voie des confidences.

— Vraiment ? C'est formidable. Tu as de la chance. »

Beth se sentit une fois de plus sur la défensive, retint une réaction d'agacement, et la tourna en plaisanterie.

« Je lui dis souvent que c'est lui qui a de la chance de m'avoir trouvée », dit-elle.

Francie la regarda gravement.

« Vous avez tous les deux de la chance d'avoir quelqu'un à aimer, quelqu'un qui vous appartienne. Vous semblez heureux ensemble. »

Beth éprouva un élan de tendresse envers sa sœur.

« Je suis heureuse qu'il te plaise.

— Quand comptez-vous vous marier ? demanda Francie timidement.

— Ce n'est pas encore fixé. C'est en fait de ma faute, continua Beth. J'ai eu... un peu peur de m'engager, je crois. »

Francie n'ajouta rien, ne voulant visiblement pas se montrer curieuse. Beth prit sa respiration.

« J'ai toujours peur de tout démolir, que ça ne marche pas. C'est irrationnel. Mais j'ai l'exemple de Papa et Maman. Leur mariage n'a pas été une partie de plaisir, c'est le moins qu'on puisse dire. Je ne voudrais pour rien au monde avoir ce genre de vie. »

Francie rougit jusqu'à la racine des cheveux et Beth s'attendit à la voir exploser devant ce manque de respect à la mémoire de leurs parents. Mais, après un instant, elle dit simplement :

« Ce n'est pas une raison pour qu'il en soit toujours ainsi. Vous avez l'air de bien vous entendre, Mike et toi. Je pense que tu devrais l'épouser. C'est mon point de vue, bien sûr. »

Beth sourit.

« Merci. Tu as probablement raison. »

Elles gardèrent un silence gêné pendant un instant. Puis Beth regarda sa montre.

« Il faut aller prendre nos affaires.

— Quand partons-nous ?

— Dans une heure, environ. »

Beth remonta dans sa chambre pour faire ses bagages. Quand elle fut prête, elle alla jusqu'au bout du couloir et frappa doucement à la porte de la chambre d'amis qui était entrouverte.

Assise sur le lit, Francie regardait dehors. Elle sursauta à l'entrée de sa sœur.

« La vue n'est pas extraordinaire, dit Beth en allant vers la fenêtre.

— J'aime bien regarder la rue. C'est toujours animé, il y a des gens qui passent. Je pourrais les observer pendant des heures.

— Moi aussi, et pourtant la vue est bien plus jolie à Oldham.

— Peut-être, soupira Francie, mais il ne s'y passe jamais rien de nouveau. Ici tout est différent, tout est intéressant : les gens, les immeubles, les boutiques... C'est excitant.

— Sais-tu que tu es une vraie fleur de pavé », dit Beth en riant. *Tout comme moi*, ajouta-t-elle en elle-même.

Sans en avoir l'air, elle étudiait le profil de sa sœur. Le visage de la femme apparaissait sous les traits de l'adolescente. *La dernière fois que je l'ai regardée, elle avait un visage d'enfant*, se dit-elle, avec la sensation du temps qui fuit, de quelque chose de perdu.

Francie détourna son regard de la fenêtre avec un petit soupir.

« C'est gentil de m'avoir fait venir ici », dit-elle poliment.

Elle rassembla sa brosse et son peigne sur la commode et les rangea dans la poche de son sac à dos posé sur le lit.

Beth suivit ses mouvements avec un serrement de cœur, le sentiment absurde et intense qu'elle était abandonnée. D'autres hôtes avaient occupé cette chambre, elle s'était toujours réjouie de leur compagnie, mais généralement c'était avec soulagement qu'elle les avait vus faire leurs bagages, heureuse de retrouver la maison pour elle seule. Mais à la vue de cette curieuse petite fille qui se préparait à partir, elle eut l'impression qu'elle ne pousserait plus jamais la porte de cette maison sans se sentir solitaire.

Les années passeront, se dit-elle. *Nous nous oublierons*. Au lieu de la réconforter, cette pensée lui donna envie de pleurer. Elle voulut parler, mais sa voix resta bloquée au fond de sa gorge.

« Je suis prête, dit Francie. J'ai tout rangé sauf ça, ajouta-t-elle en désignant sa parka. Elle ne rentre pas dans mon sac.

— Tu vas mettre le blouson en cuir?

— Bien sûr. Mais je veux garder ma vieille veste. Elle est pratique quand il pleut. Peux-tu la prendre dans ta valise? »

Beth regarda la parka pendant un long moment. Puis, sans lever les yeux, elle dit :

« Pourquoi ne la laisses-tu pas ici? »

Francie secoua la tête et reprit avec obstination :

« Je pourrais en avoir besoin. »

Beth se rendit compte que Francie n'avait pas compris. Elle s'humecta les lèvres, la bouche sèche.

« Je sais. Je voulais dire, laisse-la ici et reviens. »

Francie secoua la tête sans comprendre.

« Reviens avec moi. »

Francie fronça les sourcils comme si elle ne saisissait toujours pas.

« J'aimerais que tu reviennes, insista Beth. Tu pourrais vivre avec moi. Ce serait ta chambre. »

Le visage de Francie s'affaissa comme si on l'avait

frappée. Beth se sentit prise de panique à l'idée de ce qu'elle venait de dire. Mais il était trop tard. Peut-être Francie allait-elle refuser. Derrière ses lunettes, ses yeux étaient emplis de crainte.

Toute trace de panique brusquement disparue, Beth se sentit poussée par un sentiment protecteur.

« Il faudrait abandonner tes amis et t'inscrire dans une nouvelle école. Je ne sais pas si tu te plairais ici, mais si tu en as envie... »

Francie se mordit la lèvre.

« Tu regretteras peut-être Oldham, poursuivit Beth. Tes amies... Tu ne pourras plus voir Andrew...

— Je ne vais plus le voir, de toute façon. Je lui ai écrit.

— Tu lui as écrit ? »

La chambre resta silencieuse un moment. Francie ajouta alors :

« C'est gentil de ta part, mais je peux vivre avec Tante May. Ça m'est égal.

— Je ne dis pas cela par gentillesse. J'aimerais que tu viennes habiter ici.

— Je sais que tu travailles énormément. Et puis, tu vas te marier. Tu n'as pas besoin d'avoir quelqu'un sur le dos.

— Mike est tout à fait d'accord, crois-moi.

— C'est son idée ? demanda Francie.

— Non, dit Beth après un moment d'hésitation. C'est moi qui en ai envie. »

Francie sourit brièvement, et prit un air concentré, comme si elle était en train de résoudre un problème compliqué.

« Je crois que nous nous entendrions bien toutes les deux, dit Beth.

— J'aime cette maison.

— Alors, qu'en penses-tu ? »

Beth prit lentement la parka posée sur le lit.

« Je vais la ranger dans la penderie.

— D'accord », fit Francie.

Elles se sourirent mutuellement, et Francie se mit à manipuler les boucles de son sac tandis que Beth refermait la porte de la penderie.

22

Les pas d'Andrew résonnèrent dans la nef vide de l'église. En arrivant à l'extrémité de l'allée centrale, il monta les marches de l'autel, se tourna vers la gauche et aperçut la porte dont avait parlé le pasteur. Il l'ouvrit et franchit le seuil. Une autre porte se trouvait à sa gauche, qui conduisait à l'escalier montant à la chaire. Lorsqu'il était petit, avant... avant la mort de son père, sa mère avait coutume de l'amener à l'église. Il s'émerveillait toujours de voir le pasteur apparaître soudainement en chaire, imaginant qu'il y arrivait en volant, pendant que les fidèles inclinaient la tête au-dessus des recueils de cantiques. Il avait essayé de bien regarder, mais il le manquait à chaque fois. Au moment crucial, il était distrait par quelque chose, et l'instant d'après, le pasteur était là, planant au-dessus d'eux, triomphant après son vol magique.

A la vue des marches qui montaient à la chaire, Andrew eut l'impression qu'un froid glacial l'envahissait. Il n'y avait pas de magie, pas de miracle.

« Andrew. »

Il pivota sur lui-même. Le pasteur Traugott se tenait au milieu du couloir glacé.

« J'en ai pour un instant, mon fils », dit-il en lui désignant un petit banc près de la porte de son bureau.

Le couloir était vide à l'exception des scènes de la Bible accrochées au mur. Andrew se ramassa sur lui-même pour se protéger du froid. Le vieux pasteur l'avait appelé à l'aube pour lui offrir ses condoléances, et lui dire qu'il passerait lui rendre visite pour organiser les funérailles. Andrew n'avait pas envie de le voir débarquer chez lui, et il avait proposé de venir au temple. Les détails de l'enterrement ne l'intéressaient pas, mais il avait pensé que le vieux James Traugott savait où se trouvait Francie. Il l'avait appelée pendant toute la nuit. A trois heures du matin, n'y tenant plus, il s'était habillé, et s'était rendu jusqu'à la maison des Pearson. La maison était sombre, la voiture n'était pas dans l'allée. Il était rentré chez lui, incapable de s'endormir, se demandant où elle était passée. Il était surexcité à l'idée de lui annoncer la nouvelle : ils étaient libres maintenant! Libres de vivre ensemble. Comme ils en avaient toujours rêvé.

Andrew sentit une bouffée de chaleur lui monter à la figure au souvenir des policiers qui s'étaient présentés hier soir. Ils avaient tout gobé! C'était incroyable que son plan ait marché aussi parfaitement.

Le pasteur sortit de son bureau, revêtu de sa tunique noire au col blanc, par-dessus laquelle il avait enfilé un vieux gilet gris.

« Entre, mon garçon », dit-il en lui posant doucement la main sur l'épaule.

Andrew eut un mouvement de recul, mais le suivit. Un radiateur électrique donnait un peu de chaleur dans la pièce, meublée de bric et de broc.

« Je suis désolé pour ta mère », dit James.

Andrew secoua la tête, ne sachant que dire.

« Il y a longtemps que je ne la voyais plus. Après qu'elle eut cessé de venir au temple, j'ai tenté plusieurs fois de lui rendre visite, mais elle refusait de me recevoir. »

Andrew remua sur sa chaise.

« A cause des microbes, dit-il.

— Je sais que ta mère avait certaines idées qui... qui devaient rendre l'existence difficile avec elle.

— Pas vraiment, répondit Andrew.

— Tu t'es montré un bon fils en restant à ses côtés. Les relations entre enfants et parents ne sont pas toujours faciles. Je sais que ta vie n'a pas été rose. »

Andrew regarda le vieux pasteur, se demandant d'où il tenait ces renseignements. Il avait l'impression que son regard le perçait jusqu'au plus profond de lui-même. Un frisson le parcourut. Qu'arriverait-il s'il venait à le soupçonner? Peut-être était-ce un piège tendu par la police? Le vieux faisait semblant de le comprendre, pour l'amener à avouer. Qu'il n'y compte pas.

James Traugott continuait, sans imaginer les soupçons d'Andrew.

« Si cela te convient, nous ferons une courte bénédiction devant sa tombe. Je sais que ta mère avait perdu le contact avec beaucoup des... amis qu'elle voyait autrefois. Aussi est-il préférable de ne pas avoir une véritable cérémonie à l'église. Qu'en penses-tu ? »

Il ne sait rien, pensa Andrew. *Sinon il me poserait un tas de questions à propos de l'accident.*

« Qu'en penses-tu, Andrew ? répétait le pasteur.

— D'accord.

— Je vais m'occuper de tout avec M. Sullivan. Demain après-midi, par exemple ? »

Andrew fit un signe d'assentiment.

« Garde courage, mon fils. Je sais que c'est un moment difficile pour toi. »

Andrew le regarda fixement.

« J'espère également, maintenant que ta mère n'est plus, que tu éprouveras l'envie de retourner à l'église. Nous t'avons tous regretté... nous savions que tu te conformais à ses désirs...

— Où est Francie ? » l'interrompit Andrew.

James Traugott sembla surpris par cette question soudaine, mais répondit sans se faire prier :

« Francie et sa sœur sont parties à Philadelphie pour un jour ou deux. Beth avait une affaire urgente à traiter. Elles seront de retour bientôt.

— Quand ?

— Je ne sais pas exactement. Peut-être aujourd'hui. Elles vont être bouleversées en apprenant la mort de ta mère.

— Il faut que je parte maintenant », dit Andrew en se levant.

Avant que le pasteur n'ait pu quitter son siège, il était à la porte.

« Si tu désires d'autres détails sur la cérémonie... », dit James Traugott.

Mais Andrew avait déjà claqué la porte derrière lui. James crut entendre un juron résonner dans le couloir.

En arrivant à la porte de l'église, Andrew se sentit observé par-derrière. Il pivota sur lui-même, prêt à faire face. Au-dessus de l'autel, le Christ en croix le regardait.

Andrew se sentit comme transpercé par une lame rougie au feu. Un instant, il se vit lui-même cloué là, à la merci de ses tortionnaires. Il détourna les yeux et franchit la porte de l'église en courant, cherchant sa respiration.

Elle l'avait laissé tomber sans lui dire un mot. Il descendit en titubant les marches du parvis, l'imaginant en train de se moquer de lui. Après tout ce qu'il avait fait pour assurer leur liberté! Il serra les poings, essaya de ne plus penser à elle, mais le vent chantonnait son nom à son oreille, et il ne pouvait échapper à ces yeux stupides, pleins d'ingratitude, qui dansaient devant lui.

Une voiture postale était stationnée devant sa maison. L'homme en uniforme qui en descendit se dirigea vers lui au moment où il atteignait le porche. Les battements de son cœur s'accélérèrent. C'était un piège. La police avait envoyé le facteur pour le prendre. Ils avaient appris la vérité sur l'accident de sa mère.

« Andrew Vincent?

— Qu'y a-t-il?

— J'ai une lettre en exprès pour vous, marmonna le postier. Tenez. »

Il fit demi-tour, commençant à s'éloigner.

« Je ne veux rien signer, dit Andrew.

— C'est pas nécessaire », dit l'homme en regagnant son camion.

Andrew regarda d'un air soupçonneux la grande enveloppe blanche. Elle avait été postée à Philadelphie. Tout d'un coup il réalisa qui l'avait expédiée. Il retint sa respiration, et l'ouvrit d'une main tremblante. A l'intérieur se trouvait une enveloppe plus petite. Une mention imprimée dans le coin supérieur gauche avait été barrée, et le nom de F. Pearson soigneusement écrit à sa place. Son cœur se gonfla dans sa poitrine.

Francie. Sa petite amie. Absente depuis à peine une journée, la voilà qui lui écrivait déjà. C'était sans doute une lettre d'amour, dans laquelle elle s'excusait d'être partie sans l'avoir prévenu. Il éprouva un sentiment de satisfaction. Tout allait bien à nouveau. Elle était toujours à lui.

Il ne voulait pas ouvrir la lettre immédiatement. Il préférait savourer son bonheur. Enfouissant l'enveloppe dans sa poche, il alla se déshabiller au sous-sol et prendre une douche.

L'eau tiède lui procura une sensation de volupté. Il renversa la tête, ferma les yeux. Il sentait l'anxiété qui était en lui se dissiper. Il l'imaginait à genoux devant lui, implorant son pardon. Mais il la ferait languir. Il fallait qu'elle retînt la leçon. Il se lava rapidement, enfila les vêtements sales qu'il venait de quitter, tâtant la lettre dans sa poche, et se hâta de gravir l'escalier.

L'enveloppe déchirée, il en tira une simple feuille manuscrite, et entreprit de la lire dans la lumière incertaine de l'entrée. Le message était bref.

« Cher Andrew, écrivait-elle. Je suis partie quelques jours avec ma sœur. J'avais l'intention de tout t'expliquer à mon retour, mais je préfère en finir maintenant. Je t'ai attendu hier, à l'endroit que tu m'avais indiqué, mais tu n'es pas venu et j'ai fini par m'en aller. C'est comme dans la grange du vieux fermier. Tu promets de faire quelque chose et tu ne fais jamais rien. J'en ai assez. Je ne veux plus te revoir. Je pense que nous ne sommes pas faits l'un pour l'autre. Ne t'occupe plus de moi. Francie. »

On frappait à la porte

Andrew relut la lettre deux fois pendant que les coups se répétaient. Il froissa la feuille de papier dans sa main et, d'un pas lourd, alla ouvrir.

Une femme boulotte dans un manteau vert se tenait dans l'embrasure, un grand sac à provisions à la main. Un break Ford dernier modèle était garé devant la maison.

« Andrew ? »

Il la regarda fixement.

Avec un sourire nerveux, elle continua :

« Je ne crois pas que nous nous soyons rencontrés. Mais je vous reconnais d'après votre photo. Je suis Estelle Ridberg, la femme du Dr Ridberg. » Elle attendit un signe d'assentiment mais les yeux bordés de rouge d'Andrew semblaient la traverser sans la voir. « Le Dr Ridberg et moi-même avons appris le terrible accident qui est arrivé à votre mère par la radio ce matin. C'est un drame affreux. Vous devez... Enfin, elle nous avait souvent dit à quel point vous étiez proches l'un de l'autre. »

Le regard d'Andrew se dirigea de l'autre côté de l'allée. Il vit quelque chose bouger derrière les arbres. C'était elle. Ses cheveux blonds. Le scintillement de ses lunettes. Elle voulait voir sa réaction lorsqu'il recevrait sa lettre. C'était une blague. Elle allait se précipiter en riant vers lui, lui jeter les bras autour du cou. Il cligna les yeux et ne vit que des herbes hautes, jaunies, agitées par le vent, et un reflet sur un morceau de verre.

« J'ai pensé, continuait la femme, mal à l'aise sous le regard halluciné du jeune homme, j'ai pensé que je ferais bien de vous apporter quelques petites choses pour vous dépanner. »

Elle se mit à fouiller dans son sac à provisions.

Non. Ce n'était pas possible. Francie ne lui aurait jamais fait cela. Elle lui appartenait. Elle ne pouvait pas l'abandonner ainsi. Elle était prête à s'enfuir avec lui, elle l'avait attendu, jusqu'à ce que sa sœur l'emmenât avec elle.

Soudain, la masse confuse de sentiments insoutenables dans laquelle il se débattait se dissipa. Il avait compris. Bien sûr. La sœur. C'était la seule explication. Elle l'avait forcée à écrire ces inepties. C'était une sorte de code, un moyen de lui faire savoir qu'elle était prisonnière. Il sentit comme un halo de rage chauffée à blanc autour de sa tête. Cette pute. Il aurait dû s'en méfier.

« Voilà », disait Estelle Ridberg, les joues enflammées.

Elle lui tendit un plat recouvert d'une feuille d'aluminium. La chaleur le fit sursauter. Il la regarda comme si elle débarquait de la planète Mars.

« Qu'est-ce que vous faites ici ? Qu'est-ce que vous voulez ?

— C'est du poulet avec des spaghettis, dit-elle. Il faut le mettre à réchauffer à four doux. Il y a aussi de la salade et...

— Qui vous a demandé de venir ?

— Le Dr Ridberg et moi, nous nous inquiétons pour vous. Il vous faut prendre des forces dans une épreuve comme celle que vous endurez. Il faut vous nourrir. »

Andrew la dévisagea.

« Je ne vous connais pas, dit-il.

— Comme je vous l'ai dit, nous ne nous sommes jamais rencontrés. Mais votre mère... »

Sa mère. C'était cela. Elle avait sûrement mis des drogues dans cette nourriture. Non, c'était la police qui voulait lui administrer des drogues pour le faire avouer. Et il devait y avoir un magnétophone dans le sac qu'elle portait.

Andrew ôta le couvercle, observa le mélange jaunâtre dans le récipient.

« Je ne veux pas de vos drogues », dit-il.

Et d'un geste, il en vida le contenu dans les arbustes dépouillés qui bordaient le porche. La bouche d'Estelle Ridberg s'ouvrit toute grande de stupéfaction, puis elle s'écria avec indignation :

« Hé là, attendez un peu, qu'est-ce que... »

D'un mouvement prompt, Andrew s'empara du sac et, tel un lanceur de disque, le projeta à travers le terrain devant la maison. Il s'ouvrit en tombant. Des serviettes en papier s'en échappèrent, que le vent dispersa.

Avec un faible cri, la femme du dentiste se précipita en bas des marches, ramassa le sac et son contenu épars en chemin. Andrew se rua derrière elle.

« Et maintenant, fichez-moi la paix. Arrêtez de m'espionner, vous et les autres. Et n'essayez pas de me tendre un piège.

— Oh, mon Dieu! murmura-t-elle. Qu'est-ce qui vous prend? »

Elle tendit la main pour saisir une salade, et à l'instant où ses doigts allaient l'atteindre, Andrew l'envoya d'un coup de pied jusqu'en travers de la rue.

Serrant son sac contre elle, Estelle se redressa, se hâta vers sa voiture, et s'enferma à l'intérieur. Elle mit le contact d'une main tremblante. Au moment où elle démarrait, elle entrouvrit la vitre.

« Votre mère aurait honte de vous », lui cria-t-elle.

Il se précipita à sa suite, mais elle accéléra et sortit de l'allée avant qu'il ait pu la rejoindre.

23

La vieille berline Fairlane s'arrêta à bout de souffle dans l'allée du garage. Beth coupa le moteur avec un long soupir.

« Mon Dieu, j'ai cru que nous n'arriverions jamais! »

Francie approuva.

« Le voyage prend un temps fou.

— C'est parce qu'il faut changer d'avion. Avec un vol direct, cela ne serait pas trop terrible. Mais avec ces correspondances cela prend la journée entière. » Elle regarda par la fenêtre les arbres dépouillés se dresser dans le ciel livide. Les nuages bas s'étaient accumulés de ce côté-ci de la montagne. On aurait dit un dégradé de gris au lavis. « Quelle heure est-il? » demanda-t-elle.

Francie regarda sa montre.

« Presque seize heures.

— Bon, on ferait mieux d'y aller. J'ai des masses de coups de téléphone à donner avant dix-sept heures. Beaucoup d'endroits seront fermés demain samedi. »

Francie sortit de la voiture, en tira son sac et marcha pesamment vers le porche. Beth, derrière elle, frissonnait dans l'air glacé.

« Je dois dire que je suis contente à la pensée de n'avoir plus jamais à faire ce trajet.

— C'est plutôt amusant de prendre l'avion. »

Beth grommela :

« C'est amusant quand on est jeune. » Elle ramassa deux journaux sur les marches. « Ça me rappelle l'histoire d'un gosse qui s'embarquait clandestinement dans les avions. Quand on l'a pris, il avait déjà voyagé une douzaine de fois de cette façon. On lui a demandé pourquoi et il a répondu : "Parce que c'est drôle de prendre l'avion quand on est jeune."

— Génial ! C'est une histoire vraie ? » Francie avait ouvert la porte et vidait la boîte aux lettres avant d'allumer le plafonnier de l'entrée.

« Oui. Je l'ai entendue aux informations il y a quelque temps. J'adore cette histoire. »

Beth jeta les journaux sur la table de la cuisine et chercha quelque chose à boire dans le réfrigérateur. « Tu veux un jus de fruits ?

— Non, merci. »

Elle regarda autour d'elle.

« Tout est vraiment dans un triste état. »

Francie la rejoignit.

« C'est vrai que ce n'est pas brillant.

— Bon, dressons une liste de ce que nous avons à faire. Nous en avons besoin si nous voulons repartir dimanche. D'abord, appeler l'agence immobilière et leur donner les clés. Puis, l'électricité et le gaz. Il faut aussi trouver quelqu'un pour emmener tout ce bric-à-brac à la décharge.

— Richie Ferris a un camion, dit Francie. Papa faisait appel à lui de temps à autre.

— Parfait, continua Beth, notant au fur et à mesure. Il faut s'occuper de la pierre tombale. Je vais demander à Sullivan. Il reste plein de corvées pour demain. On peut se les partager. Mais c'est un peu précipité pour toi : tu pourras y arriver ? »

Francie fit signe que oui.

« Mais je ne sais pas ce que je dois faire pour l'école.

— Pas de problème. Je vais appeler Cindy. Elle se

débrouillera pour te faire inscrire dans une école de Philadelphie.

— Peut-être pourrais-je aller dans la même que Gina ?

— Je crois que ça pourra s'arranger. Y a-t-il des choses que tu doives récupérer dans ta classe, des cahiers ou des livres ?

— Il faut que je vide mon casier. Je ferais d'ailleurs mieux de m'en occuper tout de suite. L'école sera fermée demain.

— Vas-y maintenant. »

Beth prit l'annuaire du téléphone et se mit à le feuilleter.

Francie retira la bande du journal et le déplia.

« Encore un abonnement à résilier, dit Beth. Inutile que tout le monde sache que la maison est inoccupée quand nous serons parties. »

Beth appela le journal puis l'agence immobilière. Elle venait d'en terminer avec l'électricité lorsqu'elle remarqua la pâleur de Francie.

« Qu'y a-t-il ? Tu n'as pas l'air bien.

— La mère d'Andrew... pendant que nous étions parties... »

Beth regarda l'article que lui montrait Francie. En première page du journal s'étalait la photo d'une voiture fracassée, encore fumante. Elle s'assit lourdement et parcourut l'article.

« Je ne peux pas y croire. »

Elle regarda sa sœur, vit ses yeux remplis de larmes.

« Pauvre Andrew », murmura Francie.

Beth eut une impression de malaise en voyant sa sœur se mettre à trembler.

« C'est trop triste.

— Il doit être complètement bouleversé », dit Francie d'une voix sourde.

Beth se souvint de sa rencontre avec Leonora Vincent et se demanda ce qu'il devait vraiment ressentir. Puis elle s'en voulut de cette pensée peu charitable.

« C'est une façon horrible de mourir », gémit Francie, serrant le journal contre sa poitrine.

192

Beth se souvint de la mort de leur mère — la carcasse abandonnée de la voiture sur la grand-route, l'enfant terrifiée assise à proximité. Elle retira doucement et fermement le journal des mains de Francie et le posa de côté.

« Ne sois pas trop bouleversée. Tu en as beaucoup supporté toi-même ces derniers temps. C'est pour cela que tu es tellement frappée. Allons. »

Gauchement, elle lui tapota l'épaule.

Francie respira profondément et continua à regarder fixement le journal froissé.

« Peut-être devrais-je lui téléphoner, murmura-t-elle.

— Peut-être. »

Beth sentit son estomac se nouer. Elle se tança intérieurement. *Ne sois pas si mauvaise. La mère de ce garçon vient de mourir. Aie un peu de pitié, même si tu ne l'aimes pas.*

« Cela serait sans doute gentil de l'appeler », ajouta-t-elle.

Francie secoua la tête.

« Et je viens juste de lui envoyer cette lettre.

— Tu ne pouvais pas imaginer ce qui allait se passer. »

Francie se mit à sangloter.

« Mais maintenant, il est tout seul. Au moment où lui arrive ce qu'il y a de pire dans la vie. »

Beth serra les lèvres et continua à lui tapoter l'épaule. Devant ce chagrin, elle se rendait compte combien Francie avait dû souffrir après la mort de son père. En plaignant Andrew, seul dans sa peine, c'était sur elle-même qu'elle s'apitoyait. Elle murmura :

« Je sais.

— Et il a sans doute reçu ma lettre aujourd'hui. Mon Dieu !

— Cela tombe très mal, c'est vrai. Mais tu ne l'as pas fait intentionnellement.

— Je ne peux pas le laisser tomber en ce moment. »

Beth se sentit à nouveau mal à l'aise.

« Je croyais que tu étais décidée à quitter la ville. Je ne vois pas comment tu peux retourner avec lui, maintenant.

— Je n'ai pas envie de retourner avec lui. Seulement, je me sens coupable. J'aimerais rester une amie pour lui, tu comprends ? »

Beth acquiesça.

« Bien sûr. » Elles restèrent silencieuses pendant un moment. « Mais seulement il ne faut pas lui donner de faux espoirs. Si tu es décidée à partir, naturellement. »

Francie s'essuya les yeux et se redressa.

« Je suis bien décidée à partir. Mais peut-être... cette lettre était-elle trop dure ? Peut-être pouvons-nous rester amis ? J'aimerais essayer. »

Beth fit un signe d'assentiment malgré son envie de protester. Elle savait qu'Andrew chercherait les points faibles de Francie, qu'il ferait tout ce qui était en son pouvoir pour l'obliger à rester avec lui. Elle ne voulait pas que Francie changeât d'avis. Elle désirait qu'elle vînt habiter avec elle.

Francie se leva et composa un numéro de téléphone. Elle laissa sonner une dizaine de fois, sans obtenir de réponse.

« Il n'est pas là », dit-elle.

Beth se sentit momentanément soulagée.

« Tu rappelleras plus tard, dit-elle.

— Peut-être est-il au garage, avec Noah.

— Je croyais qu'ils étaient brouillés.

— Ils se disputent tout le temps. Mais ils se réconcilient.

— Il peut être n'importe où.

— Sans doute. » Francie se leva, l'air abattu. « Il faut que j'aille à l'école de toute façon. Je pourrais m'arrêter au garage sur le chemin du retour. »

Beth regarda la pendule. « Il se fait tard. Veux-tu que je t'y conduise ?

— Non. Ils ont des travaux pratiques jusqu'à six heures. Je pourrai dire au revoir à quelques amis. » Francie ferma son blouson et se dirigea vers la porte. « Je veux leur faire admirer mon blouson », ajouta-t-elle avec un sourire forcé.

Beth resta assise à la table, contemplant le journal chiffonné. Ce n'était pas la peine de se tourmenter. Dans quelques jours, elles seraient parties. Andrew ne pourrait que s'incliner. Elle jeta le journal à la poubelle et reprit ses coups de téléphone. Elle parla un long moment à Cindy, qui fut enchantée de leur décision. Puis elle appela son oncle et sa tante. Ils se montrèrent moins enthousiastes.

« Nous avions sincèrement envie de l'avoir avec nous, dit Tante May. Mais vous êtes sœurs. Il est préférable que vous viviez ensemble. »

Beth sourit.

« Sans doute.

— Je pense que votre père serait très content. »

Beth fit une grimace sans répondre.

« Avez-vous appris la nouvelle concernant la mère d'Andrew ? ajouta Tante May.

— Nous venons de la lire dans le journal.

— Il va devenir impossible, maintenant, dit May. Il est venu voir James et s'est conduit très bizarrement. S'il est une chose qui me fait plaisir, c'est que Francie soit enfin éloignée de lui... Viendrez-vous nous rendre visite avant votre départ ?

— Demain, dit Beth. J'ai plein de choses à vous déposer pour la paroisse.

— Bien. A demain, ma chérie. »

Beth raccrocha et étudia sa liste : il ne restait plus que l'armoire à pharmacie et le linge de toilette à ranger. En montant l'escalier, elle pensa à ce que sa tante avait dit à propos d'Andrew. *C'est sûrement quelqu'un de très bizarre. Ce n'est pas étonnant, avec une mère pareille !*

Elle rassembla quelques savons et crèmes dans une boîte, et empila le linge. Les serviettes et les draps étaient usés, mais Oncle James serait enchanté de les récupérer pour les pauvres de la paroisse. Quand elle eut tout débarrassé, elle se redressa, le dos douloureux. Il faisait noir dehors. Elle aurait bien voulu que Francie rentrât. Au même moment, elle entendit des bruits étouffés au rez-de-chaussée.

« Francie ? » appela-t-elle.

Elle n'obtint pas de réponse, alla jusqu'en haut de l'escalier. Seules étaient visibles la faible lumière qui sortait de la cuisine et celle de l'entrée.

« Francie? » appela-t-elle une nouvelle fois.

La maison était silencieuse. Elle retourna dans la salle de bains et décida de vider l'armoire à pharmacie, jetant boîtes et flacons dans la poubelle. Il y avait là des médicaments pour le cœur et la tension. Beth se sentit coupable. Elle ne savait pas que son père avait une maladie cardiaque.

Voilà, c'est fini, pensa-t-elle, en passant un coup d'éponge sur les rayons vides. Elle referma la porte de l'armoire à pharmacie avec un soupir et regarda dans la glace. Deux yeux cerclés de rouge la fixaient dans le miroir. Beth poussa un cri d'effroi et pivota sur elle-même, s'agrippant au lavabo.

Andrew bloquait la porte étroite de la salle de bains.

« Qu'est-ce que vous fichez ici? demanda-t-elle, le cœur battant à tout rompre, en dépit de son ton agressif. Vous m'avez fait peur! »

Andrew ne sembla pas entendre la question.

« Où est Francie? » dit-il.

Beth le regarda, toujours agrippée au lavabo. Il était hâve, échevelé, comme s'il avait passé plusieurs nuits dehors. Ses yeux semblaient privés de vie. Il avança d'un pas. Beth étouffa une exclamation.

« Elle n'est pas ici, dit-elle précipitamment. Elle est sortie.

— Où?

— Je ne sais pas. Elle vous cherchait, en fait. »

Elle avait l'impression que sa simple présence vidait la petite salle de bains de tout son air, l'empêchant de respirer. Elle aurait voulu sortir, mais elle craignait de le mettre en colère. Une sensation d'instabilité semblait émaner de lui, comme un produit chimique qui peut exploser au moindre choc.

« Où est-elle partie me chercher?

— Je n'en sais vraiment rien. Chez Noah, peut-être. Elle a lu la nouvelle de la mort de votre mère dans le journal. C'est un malheur terrible. » Beth se dirigea vers la porte. « Excusez-moi, dit-elle poliment.

— Elle regrette, dit Andrew.

— Nous sommes toutes les deux désolées pour votre mère, dit Beth.

— Je parle de la lettre. Elle regrette d'avoir écrit la lettre, n'est-ce pas ? »

Son ton demandait une confirmation. Beth essaya de ne pas respirer l'odeur qu'il exhalait.

« Peut-être, Andrew, je ne sais pas. »

Elle se glissa le long du chambranle, s'efforçant de ne pas l'effleurer au passage. Il se retourna sur elle, mais ne l'arrêta pas. Elle se dirigea rapidement vers l'escalier, commença à descendre.

« Elle raconte qu'elle veut rompre avec moi, dit-il derrière elle. Elle m'écrit qu'elle ne veut plus me revoir. »

Beth le sentait se rapprocher d'elle. Elle s'efforça de parler d'un ton calme, malgré le nœud qui lui serrait la gorge.

« Je ne sais pas ce qu'elle vous a écrit. Elle ne m'en a pas parlé. »

Elle se hâta vers la cuisine éclairée, mais Andrew lui barra le chemin.

« Vous savez ce qu'il y a dans la lettre, parce que c'est vous qui l'avez dictée », hurla-t-il.

Elle le regarda, les yeux écarquillés. Son visage était marqué de plaques rouges, les veines de son cou saillaient tandis qu'il vociférait. Il retroussait les lèvres, comme un animal.

D'accord, j'ai compris, se dit-elle. *Tout est de ma faute*. Elle fit un pas en arrière, tout en continuant à le fixer. *Attention à ce que je vais lui dire. Ce type n'a plus tous ses esprits*.

« C'est la vérité, Andrew. J'ignore tout de cette lettre.

— Sale menteuse, siffla-t-il. Je sais bien ce que vous avez en tête. »

Beth allait protester mais elle se ravisa. Cindy avait raison. Ce garçon était complètement détraqué. Il fallait qu'elle trouve un moyen de le faire sortir. Elle jeta nerveusement un coup d'œil dans la cuisine.

« Qu'est-ce que vous regardez? demanda-t-il. Ne tournez pas la tête quand je vous parle.

— Je regardais... euh... le téléphone. Francie pourrait vous rappeler dès son retour, vous pourriez en discuter avec elle.

— Je vais l'attendre ici. Vous n'aurez même pas à la prévenir que je suis venu.

— Peut-être vous faudra-t-il attendre longtemps. Je ne sais pas quand elle doit rentrer. Vous pourriez lui téléphoner... »

Le visage d'Andrew s'approcha tout près du sien.

« C'est votre petit jeu préféré. C'est vous qui dirigez tout le monde, qui dites ce qu'il faut faire. »

Juste à cet instant, la porte de la cuisine s'ouvrit et Francie apparut, traînant un sac rempli de cahiers et de livres, sa tenue de sport, et une boîte de bonbons.

« Ouf, j'ai fini, dit-elle en ôtant ses bottes. Beth, j'ai vu Mme McNeill, mais elle m'a dit que tu l'avais déjà appelée.

— C'est vrai. Tu as de la visite, dit Beth.

— Vraiment? »

Les joues de Francie étaient rougies par le froid. Ses lunettes étaient embuées. Elle les essuya, et regarda vers l'entrée obscure.

Andrew abaissa le bras qui barrait le passage et fit un pas en avant.

« Hello, mon chou.

— Bonsoir », dit Francie. Elle évita son bras tendu. « Je t'ai cherché. J'ai appris l'accident de ta mère. C'est terrible.

— Sortons d'ici, dit-il en faisant un signe de tête en direction de la porte.

— Je ne peux pas, dit Francie. Il faut que je range mes affaires. »

Beth surveillait Andrew par-derrière, ne sachant que faire. Il semblait moins agité maintenant que Francie était rentrée, mais ce pouvait être le calme avant la tempête.

« J'ai déchiré ta lettre, dit-il.

— Je suis désolée de l'avoir écrite.

— Je sais bien que tu n'en pensais pas un mot. Ne t'en fais pas. Je l'ai jetée. »

Francie ouvrit la bouche pour protester, mais Beth dit précipitamment :

« Andrew est très perturbé par cette lettre. »

Francie la regarda d'un air perplexe.

« On vous a demandé votre avis ? dit Andrew en se retournant. Allons, viens, cria-t-il à Francie. Partons.

— Non, Andrew, je ne peux pas. J'ai beaucoup de choses à faire. Il faut que je me prépare... pour le départ », ajouta-t-elle doucement.

Les yeux d'Andrew se rétrécirent.

« Le départ pour où ? »

Francie soupira :

« Écoute, il faut que je te dise quelque chose, même si cela doit te rendre furieux...

— De quoi parles-tu ? Où vas-tu aller ?

— Je pars pour Philadelphie. Je vais y vivre avec ma sœur », murmura Francie.

Beth s'attendit à le voir exploser. Il regardait Francie, l'air incrédule, tandis que ses paroles pénétraient lentement dans son esprit. Mais au lieu de l'éruption qu'elle avait prévue, un sourire tranquille et rusé se répandit sur son visage.

Il eut un petit rire.

« Oh ! ne t'en fais pas, mon chou. Tu n'as pas besoin de l'écouter. Ce n'est pas elle qui commande.

— Andrew, ce n'est pas Beth...

— Écoute-moi, dit-il. Tout est arrangé. Je sais que tu étais fâchée parce que je n'étais pas à notre rendez-vous, mais j'avais quelque chose d'important à faire. Tout est en ordre maintenant. Je ne vais pas te raconter les détails devant elle. » Il fit un signe en direction de Beth. « Nous sommes libres, nous pouvons rester ensemble, comme nous l'avions projeté. Pas de problème. N'aie pas peur d'elle. Je suis là pour te protéger.

— Ce n'est pas Beth qui me force à partir, Andrew, dit Francie d'une petite voix. C'est moi qui veux m'en aller d'ici. Je ne veux pas vivre avec mon oncle et ma tante. Et je me plais à Philadelphie. Cela ne signifie pas que nous ne nous reverrons plus. Tu pourrais venir me rendre visite là-bas. »

Hors de lui, Andrew regarda les deux sœurs l'une après l'autre, et le sourire rusé revint sur ses lèvres.

« C'est elle qui te force à me dire tout ça.

— Veux-tu que je vous laisse? » demanda Beth à Francie.

Andrew se tourna vers elle.

« La ferme! hurla-t-il. Vous ne pouvez pas toujours décider à sa place. Arrêtez avec vos simagrées. » Il l'imita : « "Veux-tu que je te laisse?" Vous pourriez nous entendre de la pièce à côté. » Il se tourna vers Francie. « Elle te force à agir comme ça. Elle se fiche de ce que tu veux réellement. Je ne suis pas dupe. Crois-moi. » Il secoua lentement la tête. « Salope », fit-il en se retournant vers Beth, crachant littéralement le mot dans sa direction.

Francie eut un sursaut.

« C'est suffisant, dit Beth. Sortez d'ici! » Elle lui désigna la porte, espérant qu'il ne verrait pas sa main trembler.

Les yeux d'Andrew étincelèrent. Pendant un moment, elle crut qu'il allait se jeter sur elle. Elle le foudroya du regard.

« Je ne plaisante pas, dit-elle. Sortez d'ici ou j'appelle la police. »

Andrew la dévisagea, comme s'il jaugeait ses menaces. Puis un pâle sourire apparut sur ses lèvres. « Je sais ce que vous manigancez, dit-il. Vous pouvez essayer de jouer au plus fin avec moi, je connais toutes les astuces. Je les ai toutes déjouées. Je sais comment vous pouvez faire dire aux gens le contraire de ce qu'ils pensent. Mais cela ne marchera pas avec moi. Non!

— Je vous ai dit de partir », insista Beth, sans pouvoir dissimuler le tremblement de sa voix. Il était ramassé sur lui-même, comme prêt à bondir sur elle.

« Ne te mets pas en colère, Andrew, supplia Francie. Je t'en prie. »

Andrew se redressa, sourit et caressa doucement ses cheveux blonds.

« Je ne suis pas en colère. Je comprends. Crois-moi. Je reviendrai te voir. »

Sans même un regard vers Beth, il se dirigea vers la porte et disparut dans la nuit.

Beth se précipita à sa suite, claqua la porte et tira le verrou. Elle s'adossa contre le chambranle.

« Je n'arrive pas à comprendre son attitude, dit Francie.

— Il est fou », dit Beth.

Francie la regarda d'un air troublé.

« Je n'aurais pas dû le traiter comme cela. Sa mère... mon départ... C'est trop pour lui.

— Que m'importent ses raisons. Il s'est introduit dans la maison. Il m'a menacée. Tu as entendu la façon dont il parlait ?

— Il ne pensait pas ce qu'il disait. Je ne le crois pas.

— Ne te raconte pas d'histoires, Francie. Il n'est pas dans un état normal. »

Francie ne répondit pas.

« Prends soin que les portes soient verrouillées, ce soir. Je ne suis pas tranquille. »

Francie hocha tristement la tête.

24

Il jaillit à travers les portes de la tour, sa mitraillette crachant des flammes, fauchant le dernier gardien. Francie, le visage pâli par des mois de captivité, se détourna de la fenêtre grillagée pour lui tendre les bras. « Je t'ai vu à la tête de tes hommes venir vers moi, murmura-t-elle en se pressant contre lui. Je n'en croyais pas mes yeux. » Sa tenue léopard était maculée de sueur et de sang, mais elle n'y prêtait pas attention. Il la prit dans ses bras et la porta jusqu'au bas de l'escalier, sur le balcon du palais. Dehors, une foule compacte scandait son nom. Il agita le bras, les remerciant de leur hommage. Puis il conduisit Francie jusqu'à la crête du mur d'enceinte, et dirigea le canon de son arme vers la cour en contrebas. Les tyrans étaient là, prisonniers maintenant, alignés le long du mur. Un peloton d'exécution était en position, attendant son signal. L'un des prisonniers leva son regard vers eux tandis que retentissaient les cris de la foule. C'était une femme, le visage hagard. Elle implorait Francie du regard. « Elle veut que tu lui fasses grâce, lui murmura-t-il. Elle pense que tu vas la libérer. » Il contempla la tête aux cheveux blonds. Francie fit un signe de dénégation. Il l'attira à lui et leva son arme. « Feu, hurla-t-il. Feu. »

Une lumière apparut dans une caravane au bas de la rue au moment où Andrew arrivait près de chez lui. Il entendit le son de sa propre voix dans le silence de la nuit froide. La porte de la caravane s'ouvrit, une silhouette se détacha dans l'embrasure. L'homme parcourut la rue des yeux et cria :

« Qu'est-ce qui vous prend de hurler comme ça ?

— Excusez-moi, répondit Andrew, je ne voulais pas... »

L'homme secoua la tête et claqua la porte. Andrew se hâta d'entrer par la porte du sous-sol. Rapidement, il se déshabilla, prit sa douche, attentif à la sonnerie du téléphone. Le silence régnait. Elle ne pourrait sans doute pas l'appeler. On ne la laisserait pas utiliser le téléphone.

Le sang cognait à ses tempes. Il essaya de se remémorer la vision qu'il venait d'avoir. Mais il n'avait ni arme ni troupes pour venir à son secours. Pas même une voiture pour sortir de la ville, ni d'argent pour en acheter une. Sa mère ne gardait jamais d'argent à la maison. Il savait qu'elle en avait un peu à la banque. Mais il ne pouvait pas le toucher. Il avait essayé une fois. Un de ces crétins d'employés lui avait dit qu'il fallait une procuration. Sa mère avait éclaté de rire lorsqu'elle avait appris l'histoire. « Je me doutais bien que tu essayerais », avait-elle dit en le regardant durement. « J'ai toujours une longueur d'avance. » Il avait la chair de poule en revoyant son affreux visage grimaçant. Mais il réalisa que les choses avaient changé. Il était son héritier. Il suffisait de trouver le testament et de le leur mettre sous le nez. Ils seraient obligés de lui donner le fric.

Il suffisait qu'il trouve le testament. Il se précipita au premier étage et prit son trousseau de clés. Elle fermait toujours sa chambre à clé. C'est là qu'elle devait garder les papiers importants. Il parcourut le couloir, ouvrit la porte de la chambre de sa mère. Il frissonna légèrement en entrant. La lueur de la lune projetait l'ombre des rideaux de dentelle sur le tapis usé. Andrew hésita un instant, puis se hâta vers le secrétaire et alluma la faible ampoule sous l'abat-jour à pendeloques. Il regarda autour de lui avec méfiance.

La chambre était en ordre, les meubles recouverts d'une fine couche de poussière. Le cœur battant, il hésitait, ne sachant quel tiroir ouvrir en premier. « Vas-y, dit-il à voix haute, pour s'encourager. Elle n'est plus là. » Il prit la boîte à bijoux posée sur le secrétaire, en sortit un collier de perles de pacotille, fouilla dans le ramassis de colifichets, à la recherche de son testament. Il finit par retourner la boîte sur le plancher, faisant tomber une dernière paire de boucles d'oreille. Il n'y avait pas le moindre papier. Il se mit à tout fouiller.

Il ne découvrit que des vêtements usagés, des foulards, de la lingerie. Il les déchira, les mit en pièces, la maudissant, tandis que s'amoncelait autour de lui le contenu des tiroirs et des placards.

Il avait passé au crible toutes les cachettes auxquelles il avait pu penser, quand il aperçut la malle. Il n'y avait pas prêté attention en pénétrant dans la pièce. Elle était recouverte d'un dessus en dentelle et supportait un assortiment de plantes vertes desséchées. Un cadenas la fermait. Il eut un sentiment de triomphe : il avait découvert la cachette. Puis, les forces lui manquèrent à la pensée de ce que devait contenir cette grosse cantine en métal.

Cela ne faisait aucun doute. Elle était suffisamment grande pour ça. Il se laissa tomber sur le sol, au milieu des vêtements épars. Sa mère ne lui avait jamais dit ce qu'elle avait fait du corps. Était-ce possible ? Il eut l'impression de voir à travers les parois de la malle, sous le tissu et les pots de fleurs, son contenu macabre. Il pouvait imaginer les yeux exorbités, les mèches de cheveux encore attachées à la chair en putréfaction, le vieux manteau bleu couvrant un squelette décharné. Mille fois, elle l'avait menacé de produire le cadavre comme preuve de sa culpabilité. Sans lui dire où elle l'avait caché.

Accroupi, le cœur battant, il ne parvenait pas à détacher son regard de la malle. Il devait savoir. Au prix d'un violent effort, il se redressa, saisit le bord du dessus en dentelle et le tira vers lui d'un geste sec. Les plantes vertes tombèrent sur le tapis.

Andrew s'approcha. De ses doigts tremblants, il essaya l'une après l'autre plusieurs clés. A la troisième, le cadenas s'ouvrit avec un déclic. Andrew dégagea lentement la fermeture, posa ses mains sur le couvercle, se préparant à un spectacle d'horreur. Rassemblant ses forces, il retint sa respiration, souleva le couvercle et se rejeta en arrière.

Le coin d'une enveloppe brune dépassait d'un angle. Andrew se pencha et regarda. La malle était remplie de papiers.

Secoué d'un rire nerveux, il s'agenouilla, se saisit des livres de comptes, des enveloppes, des chemises... Le testament devait se trouver là. Il y avait de vieux agendas, des feuilles de déclaration d'impôts, des photos, des factures et des reçus. Andrew les éparpillait dans la pièce, comme autant de confettis. Lorsque la malle fut presque entièrement vidée, il n'avait trouvé aucune trace du testament de Leonora Vincent. Le sentiment de triomphe qui l'avait envahi commença à se dissiper.

Soudain, sa main rencontra quelque chose de dur dans le fond. Il eut un mouvement de recul, puis chercha plus avant et trouva un vieux sac en toile. Il l'ouvrit. Des balles s'échappèrent d'une boîte de munitions et roulèrent sur le sol. Surpris, il fouilla dans le sac et en sortit un revolver de calibre 38, noirci et piqué de taches de rouille. Il le contempla avec effarement. C'était le revolver avec lequel il avait tiré, cette nuit-là. L'arme était restée cachée là, depuis. C'était la preuve qu'elle détenait contre lui.

Les empreintes de ses doigts d'enfant soigneusement préservées sur la crosse.

Il fixa ce témoin tragique de son enfance avec une sensation perverse de satisfaction. *Elle ne peut plus rien en faire contre moi.* Il tourna et retourna l'arme dans sa main, l'examinant avec curiosité. Le canon était en parfait état, mais le barillet vide de cartouches. Andrew ramassa les balles éparses sur le sol, les introduisit dans les chambres et referma le barillet. Il fit mine de viser l'oreiller posé sur le lit de sa mère.

Si ses lectures du *Magazine du Mercenaire* lui avaient donné une certaine connaissance des armes, le fait d'en tenir une à la main lui procurait une sensation différente. Une sensation de pouvoir. Francie et lui pourraient avoir besoin d'une arme.

La pensée de Francie le ramena à la malle. Posant le revolver à côté de lui, il recommença à fouiller. Le testament ne se trouvait pas là. Plusieurs relevés de banque montraient que le compte était approvisionné, mais que pouvait-il en faire sans le testament? Incapable de prouver qu'elle lui avait légué son fric, il se ferait éconduire.

Son visage lui apparut, moqueur. « J'ai donné des instructions strictes pour que tu ne puisses rien toucher. Je savais qu'on ne pouvait avoir aucune confiance en toi. C'est mon travail et mon salaire, je ne vais pas me laisser dépouiller. » Elle riait, ravie de ce nouveau piège qui se refermait sur lui. Andrew rabattit le couvercle de la malle avec un claquement sec, comme s'il voulait la guillotiner. Elle avait eu le dessus, une fois de plus.

Puis il eut une illumination. La paie de sa mère! C'était la solution. Il lui suffisait d'aller la réclamer au dentiste. Le Dr Ridberg lui donnerait l'argent, et il en aurait suffisamment pour acheter une voiture. Noah avait toujours des voitures d'occasion dans son garage. Il n'avait pas besoin d'une bagnole de luxe pour filer d'ici. La banque finirait par lui verser l'argent de Leonora, mais trop tard. Il fallait sortir Francie du pétrin.

Andrew se releva, élaborant les détails de son plan. Il ramassa le revolver, descendit dans l'entrée et fourra l'arme dans la poche intérieure de son manteau accroché dans la penderie. Il attendit dans le salon que se lève le petit jour gris. Il avait l'impression d'être un prisonnier qui compte les dernières heures le séparant de la liberté.

A neuf heures précises, il téléphona à Francie.

« Allô, dit une voix féminine.

— Je veux parler à Francie », dit-il.

Il y eut un silence, puis le bruit du récepteur que l'on pose, et il entendit la voix appeler Francie.

« Allô ?

— Allô, mon chou. Je sais que tu ne peux pas parler avec ta sœur dans les parages, mais je veux te voir aujourd'hui. »

Francie laissa échapper un son étouffé.

« Je croyais que tu avais compris.

— Quoi ?

— Rien. De toute façon, je ne peux pas.

— Tu peux très bien venir. L'enterrement a lieu aujourd'hui, à deux heures de l'après-midi. Je sais que tu as envie d'y assister. » Il y eut un silence à l'autre bout du fil. « Je me suis rendu à celui de ton père, insista-t-il.

— Je sais.

— Il faut que tu viennes. Elle ne peut pas te refuser ça. A tout à l'heure, au cimetière.

— Je viendrai », soupira-t-elle d'un ton résigné.

Il raccrocha et ferma les yeux, savourant sa victoire. Puis il se souvint de ce qu'il avait à faire. Il regarda sa montre, enfila son manteau, ferma la maison et se dirigea vers l'arrêt de l'autocar qui allait à Harrison. Un crachin glacial rendait la route glissante, et il mit plus longtemps qu'à l'accoutumée pour atteindre le banc, abrité par un arbre, qui servait d'arrêt de bus. Le car mit une éternité à arriver. Une fois à l'intérieur, Andrew sortit ses derniers dollars et les tendit de sa main gantée au conducteur qui lui jeta un regard froid en lui rendant la monnaie. Perdu dans ses pensées, Andrew n'y prêta pas attention.

Il alla s'asseoir à l'arrière, arrangea son lourd manteau autour de lui, afin que le revolver reposât sur ses genoux. Sentir le métal froid à travers le tissu lui donnait une sensation de sécurité. Le visage collé contre la vitre, il regarda le paysage désolé défiler sous ses yeux. Il tombait de la neige fondue.

Il n'y avait presque personne dans l'autocar. De l'autre côté de l'allée, un enfant pleurnichait malgré les efforts de sa mère pour le consoler. Elle leva les yeux vers Andrew, comme pour s'excuser, mais se détourna immédiatement, l'air froissé, à la vue du regard glacial qu'il lui lança.

De petits groupes de maisons apparurent, signalant l'entrée de Harrison. Assis droit sur son siège, Andrew s'apprêta à descendre. Une fois dans la rue, il regarda à droite et à gauche, avant de remonter dans la direction d'où le bus venait d'arriver. Le cabinet du dentiste était situé au rez-de-chaussée de sa maison, au coin de la rue principale. Andrew s'y était rendu à plusieurs reprises, et n'eut aucun mal à se retrouver. Il marchait d'un pas vif, le col de son manteau remonté pour se protéger du froid, ses semelles de cuir glissant sur le trottoir verglacé. Il n'y avait pas âme qui vive dans les parages. Quelques rares voitures roulaient au ralenti. Une enseigne blanche indiquait l'entrée du cabinet. Andrew remarqua que le break n'était pas garé dans l'allée et qu'il y avait de la lumière dans le cabinet, mais pas à l'étage. Mme Ridberg n'était probablement pas là. Tant mieux. Il n'avait pas envie de se retrouver nez à nez avec elle après l'intermède du sac à provisions.

Andrew grimpa les marches du perron. Un bristol était glissé derrière la vitre de la porte. On y lisait : « Fermé à 10 h 30 pour cause d'enterrement. Dr Ridberg. »

Andrew jeta un coup d'œil à sa montre. Un peu plus de dix heures. Il était arrivé juste à temps. Il ouvrit la porte et entra. Un carillon retentit faiblement. La salle d'attente se trouvait sur la gauche, une musique douce emplissait la pièce. Il n'y avait personne dans la salle, mais un manteau était suspendu à une patère. Il flottait dans l'air une vague odeur d'antiseptique. Par la porte ouverte, Andrew apercevait le bureau de sa mère, bien rangé, décoré d'une fleur artificielle placée dans un vase, avec la photographie de son fils bien en vue dans un cadre de plastique rouge. Il s'assit un instant, puis se mit à parcourir la pièce surchauffée, s'arrêtant devant un aquarium où évoluaient une douzaine de poissons tropicaux.

Une voix se fit soudain entendre : « Merci, docteur. »

Andrew jeta un coup d'œil par-dessus son épaule. Un homme âgé, portant des lunettes, sortait du cabinet et entrait dans la salle d'attente. Il prit son manteau et quitta la pièce sans s'apercevoir de la présence d'Andrew. Andrew fut tenté de lui crier « Hé, vieille cloche », juste pour le voir sursauter, mais il se contint. Il se dirigea vers le cabinet du Dr Ridberg. Ce dernier était en train d'annoter un dossier.

« Bonjour, docteur Ridberg », dit-il.

Le dentiste leva les yeux, étonné, puis ses lèvres se pincèrent à la vue d'Andrew. Il fit un effort pour se redresser.

« Je ne m'attendais pas à te voir ici aujourd'hui, Andrew.

— J'avais besoin de quelque chose. »

Le dentiste regarda sa montre.

« Je pensais que tu serais chez toi, en train de te préparer. »

Andrew le regarda d'un air surpris. Comment le dentiste pouvait-il être au courant de ses projets ?

« Me préparer à quoi ? » fit-il d'un ton plein de méfiance.

Le dentiste eut l'air stupéfait.

« Mais à l'enterrement, bien sûr. Tu n'as pas vu la carte sur ma porte ? Je ferme le cabinet plus tôt, pour pouvoir me changer et déjeuner avant de m'y rendre.

— Je suis déjà prêt », dit Andrew.

Le Dr Ridberg soupira et regarda son dossier.

« Ma femme avait prévu de m'accompagner, en souvenir de ta mère, dit-il d'une voix glaciale, mais après la façon dont tu l'as traitée... »

Andrew sourit en lui-même en regardant l'homme ranger méticuleusement ses papiers dans le tiroir de son bureau.

« Je suis venu pour l'argent », dit-il.

Le Dr Ridberg, qui attendait des excuses, ou tout au moins une explication, le regarda d'un air indigné.

« L'argent ? Quel argent ?

— La paie de ma mère. »

Ridberg fit entendre un petit gloussement et secoua la tête.

« Vraiment, ton attitude m'étonne. Comment peux-tu penser à l'argent en un tel moment ?

— N'essayez pas de tourner autour du pot. Vous lui deviez son salaire du mois. Vous allez me le donner.

— Je n'ai pas l'intention de te priver de cet argent, se récria le dentiste, le crâne luisant de transpiration. Ta mère l'avait gagné, et je suppose qu'elle aurait désiré qu'il te soit remis. Mais quand je pense à ce qu'elle aurait éprouvé, en sachant que le jour de son enterrement...

— Ne faites pas de discours. Donnez-le-moi. »

Le dentiste regarda Andrew d'un air indécis, puis ouvrit le premier tiroir de son bureau et en tira un chéquier.

« Après tous les sacrifices qu'elle a faits pour toi...

— Pas de chèque, dit Andrew. Je veux du liquide. »

Le Dr Ridberg referma son stylo et se redressa, les mains sur les hanches. « Andrew, je ne suis pas une banque. Je ne garde pas de liquide dans mon cabinet. J'ai toujours payé ta mère par chèque.

— Je veux du liquide. »

Le dentiste allait protester à nouveau, mais quelque chose dans l'expression d'Andrew le fit changer d'avis.

« Je vais voir ce que j'ai ici », dit-il. Il ouvrit le second tiroir de son bureau et en tira une boîte de métal dont il souleva le couvercle. « Tu sais, Andrew, dit-il, je suis déçu de ta conduite. Je sais que cet accident t'a bouleversé, mais tu devrais peut-être voir un psychologue. »

Il était en train de compter les billets tout en parlant.

« Combien y a-t-il là-dedans ? interrogea Andrew.

— Où vous croyez-vous ? » s'exclama une voix de
femme provenant de la salle d'attente.

Estelle Ridberg venait d'entrer. Elle tenait un
panier d'osier d'où s'échappaient des jappements
aigus. Elle porta un regard furieux de son mari à
Andrew et posa le panier sur le sol.

« Bonjour, chérie, dit le dentiste. Qu'a dit le vétéri-
naire pour Pepe ?

— Il m'a donné des pilules. Que se passe-t-il ici ? »

Andrew la dévisagea. Elle s'avança jusqu'au bureau
de son mari et regarda à l'intérieur de la boîte.

« Andrew est venu chercher la paie de Leonora,
soupira le Dr Ridberg. Il m'a demandé du liquide. »

Estelle releva son menton pointu et s'adressa à son
mari, sans se soucier de la présence d'Andrew :

« Ne lui donne pas cet argent ! »

Le dentiste tenait une liasse de billets dans sa main
droite.

« Je préfère régler tout ceci maintenant et en avoir
fini, dit-il.

— Après ce qu'il m'a fait ! L'argent liquide est
réservé pour les cas d'urgence. Ce n'est pas une
urgence ! » Elle se tourna vers Andrew, le visage
déformé par le dégoût. Elle n'avait plus peur de lui,
maintenant qu'elle était sur son propre terrain, avec
son mari pour la soutenir. « Que faites-vous ici, le
jour de l'enterrement de votre mère ? N'avez-vous pas
honte ? Je ne pensais pas que vous auriez le toupet de
vous montrer !

— Estelle, Estelle. » Son mari essayait de la calmer. « Je t'en prie. J'ai l'argent. Je suis sûr que Leonora aurait voulu qu'on le lui remette !

— Non. Je regrette... Leonora n'aurait jamais
accepté la conduite de son fils. » Elle pointa son doigt
boudiné vers Andrew. « Vous devriez vous excuser,
au lieu d'essayer de soutirer les derniers dollars que
votre pauvre mère... »

Très calmement, Andrew décida de passer à

210

l'action. Il sortit le revolver de sa poche et le pointa en direction de Mme Ridberg.

Le dentiste et sa femme sursautèrent, et se serrèrent l'un contre l'autre sans dire un mot. Le chien jappa peureusement derrière eux, la radio continua à diffuser sa musique douce. Andrew savourait l'anxiété qu'il voyait s'inscrire sur leurs affreux visages. Il retint difficilement un sourire.

« Donnez-moi le reste de l'argent, pendant que nous y sommes », dit-il.

Le Dr Ridberg fit un signe d'assentiment.

« D'accord. Rentre ça. Je vais te donner l'argent que nous te devons, et nous n'en parlerons plus.

— Je veux tout l'argent », répéta Andrew.

Le dentiste ouvrit la bouche, comme pour protester, mais se ravisa et ramassa tout le contenu de la boîte.

« Tu ne devrais pas agir ainsi, dit-il en lui tendant les billets. Je sais que la mort de ta mère t'a perturbé. Mais c'est... c'est du vol... »

Son épouse tremblait de peur autant que de fureur. Elle semblait prête à se jeter sur Andrew, toutes griffes dehors.

« Nous avons voulu faire preuve de gentillesse, et voilà comment nous sommes récompensés ! » s'écriat-elle. Son mari la saisit par le bras, mais elle était décidée à se faire entendre. « Vous ne l'emporterez pas avec vous, vous savez. A moins de nous rendre cet argent, vous serez poursuivi par la police. Je peux vous le promettre. »

Andrew regardait le visage frémissant, ses petits yeux pleins de mépris et de haine. Il eut l'impression que quelque chose lui brûlait le crâne, que sa tête allait éclater.

« Vous pouvez toujours courir », dit-il.

Et il tira.

La balle atteignit la femme en pleine poitrine, dans l'ouverture du col de son manteau. Une lueur de stupéfaction et d'horreur apparut sur son visage, et elle bascula en avant. Le Dr Ridberg poussa un cri, essaya de la retenir, mais Andrew tira encore à deux reprises. Le dentiste crispa ses deux mains sur sa blouse blanche maculée de sang et s'écroula à son tour sur le plancher.

Andrew les contempla. Ses oreilles résonnaient du bruit de la détonation, la fumée qui s'échappait en volutes du canon de son arme emplissait ses narines. Il se pencha pour les examiner. Ils avaient les yeux ouverts et vides, avec le regard figé de la mort. Il les toucha doucement du pied, sans rencontrer de résistance. Il se redressa, regarda l'arme qu'il tenait à la main d'un air surpris.

Il n'avait pas voulu les tuer. Il était sûr qu'il n'en avait pas eu l'intention. Un instant, il eut une sensation de cauchemar, l'impression d'être en train de jouer une pièce dont il ne savait pas le texte. Mais il se reprit. Un sentiment de satisfaction l'envahit. *Obtenir ce que l'on veut quand on le veut. Suivre sa route. Faire taire les gens que l'on hait. Prendre ce à quoi on a droit.* Voilà ce qu'il entendait faire, désormais.

Il remit lentement l'arme dans sa poche, enjamba les deux cadavres, et vida la boîte métallique. Après un moment d'hésitation, il fouilla les poches du Dr Ridberg, et s'empara du contenu de son portefeuille. Il prit l'argent que contenait le sac d'Estelle Ridberg, chercha dans les tiroirs du bureau. Ils ne contenaient pas d'argent.

Retournant à la hâte dans la salle d'attente, il surveilla par la fenêtre les abords de la maison, s'assurant que personne n'allait entrer. La voiture des Ridberg était garée dans l'allée. Pendant un instant, il se sentit transporté. Il avait remarqué les clés dans le sac de Mme Ridberg. Il lui suffisait de les prendre et de partir. Mais il revint à plus de prudence. La police serait sur les traces de la voiture volée. Pour le moment, il était en sécurité. Il n'avait fait part à personne de son intention de venir ici. Il avait gardé ses gants, n'avait pas laissé d'empreintes. Prendre la voiture était un risque inutile. *Tu t'en es tiré pour ta mère*, se rappela-t-il. *Si l'on te prend cette fois-ci, tu es cuit.*

Il réfléchit à ce qu'il allait faire. Il fallait quitter la

maison par l'allée de derrière. Il était déjà venu chercher sa mère de ce côté. Jetant un dernier coup d'œil par la fenêtre, il retourna dans le bureau. Le chien dans son panier s'agitait en aboyant furieusement. Andrew mit la main dans sa poche, saisit le revolver et marcha dans sa direction. Puis il secoua la tête. Le chien n'avait fait de mal à personne.

Il regarda sa montre. Impossible de rentrer par l'autocar. Il décida d'essayer l'auto-stop. Il avait toutes les chances que quelqu'un le prît, par un temps pareil. Ensuite, il irait demander à Noah de lui vendre une voiture. Tout serait arrangé. Il lui resterait même de l'argent de poche.

L'euphorie le gagna à nouveau. Il allait partir avec Francie. Dès cet après-midi. De l'argent, un revolver, une voiture et la liberté. C'était trop beau. Il enjamba les corps étendus sur le plancher, et se dirigea vers la porte, à l'arrière de la maison.

25

« Je préférerais que tu n'ailles pas à cet enterrement », dit Beth, debout dans l'embrasure de la porte.

Francie reposa son peigne et fit face à sa sœur.

« Je dois y aller.

— Je ne pense pas que ce soit une bonne idée, dit Beth. Tu as vu comment il s'est conduit hier soir.

— C'est probablement à cause de sa mère.

— Il a peut-être des excuses, mais c'est un garçon instable. Dangereusement instable, si tu veux mon avis.

— Tu ne le connais pas, dit Francie. Il est très soupe au lait. Mais au fond, il n'est pas méchant. »

Beth regarda sa sœur, indécise. Elle pouvait lui interdire d'aller rejoindre Andrew, mais cela impliquerait qu'elle lui impose son autorité. Elle n'était pas sa mère, après tout. Elle ne voulait pas la forcer à lui obéir au moment où elles allaient commencer à vivre ensemble. Elle ne voulait pas donner l'impression que son obéissance était une condition à leur départ pour Philadelphie.

« Écoute, dit-elle en pesant ses mots. Je ne veux pas porter de jugement. Mais admets qu'il se comporte bizarrement. Je pense que tu devrais l'éviter, dans la mesure du possible. »

Francie enfila un sweater et boucla la ceinture de son jean.

« Je n'ai pas vraiment envie d'y aller, crois-moi. Encore un enterrement...

— N'y va pas.

— Il le faut. Tu ne me croiras peut-être pas, mais la présence d'Andrew m'a réconfortée à l'enterrement de Papa. C'est la moindre des choses que je sois présente aujourd'hui.

— Tu as sûrement raison, dit Beth, mortifiée en songeant à la froideur qu'elle avait alors manifestée à sa sœur. Je respecte ton sentiment. Mais je ne peux m'empêcher d'être inquiète. »

Francie essuya ses lunettes.

« Je reviendrai dès la fin de l'enterrement.

— Je ferais mieux de t'y accompagner, pour plus de sécurité.

— Ta présence rendrait les choses encore plus difficiles, dit Francie avec fermeté. Oncle James sera là. Rien ne peut m'arriver. D'ailleurs, il te reste des tas de choses à faire à la maison. Tu m'as promis de t'occuper de la stèle de Papa. Le marbrier se trouve à une demi-heure d'ici.

— Je pensais que nous irions ensemble.

— Beth, il faut que j'assiste à cet enterrement. »

Beth fit une grimace.

« J'aurais bien voulu que Maman soit enterrée à Oldham. Nous n'aurions eu qu'à faire graver le nom de Papa sur la tombe.

— Je n'ai jamais compris pourquoi elle n'était pas enterrée ici, dit Francie.

— Sa famille possédait une concession près de Boston. Maman avait toujours voulu être enterrée auprès de ses parents. N'en parlons plus. Je vais te déposer chez Oncle James. Tu me promets de rentrer en voiture avec lui ?

— Promis. »

Beth rassembla les cartons qu'elle destinait à l'église, les paquets qu'elle voulait porter à la poste et rejoignit Francie dans la voiture. Elle s'arrêta devant la maison de son oncle et de sa tante et la suivit des yeux pendant qu'elle s'engageait dans l'allée qui remontait jusqu'au porche.

« Prends un parapluie, lui cria-t-elle. Tu vas être trempée. »

Francie revint en courant jusqu'à la voiture, fouilla derrière le siège et en tira un parapluie pliable défraîchi.

« Me voilà équipée. »

Tu ne peux passer ton temps à te tracasser, se gourmanda Beth.

Avec un soupir, elle regarda la liste des choses qu'il lui restait à faire. Elle se rendit d'abord à l'agence immobilière, pour y déposer son deuxième trousseau de clés. Puis à la poste, où il y avait trois personnes devant elle, une longue attente pour une petite ville comme Oldham. Elle avala un sandwich au fromage au snack du coin et, tout en déjeunant, jeta un coup d'œil distrait sur le journal local. Elle s'arrêta sur un article qui concernait la mort de Leonora Vincent. Son employeur, un certain Dr. Ridberg, de Harrison, faisait l'éloge de son travail et déplorait l'état des routes de montagne dans la région. Le journaliste indiquait qu'il n'avait pas pu joindre Andrew pour l'interviewer.

Bien sûr, il était trop occupé à nous harceler, se dit Beth. Elle repoussa son assiette, l'appétit coupé. Au souvenir de l'apparition d'Andrew, la nuit dernière, elle frissonna. Elle fit demi-tour sur le tabouret tournant, s'attendant presque à le trouver derrière elle. Elle regarda sa montre : l'enterrement allait commencer d'un instant à l'autre. Il lui tardait que la cérémonie soit finie. *Plus tôt nous en aurons terminé, plus vite nous pourrons décamper d'ici*, pensa-t-elle. *Nous éloigner à jamais de ce type.*

Beth paya et se retrouva dans la rue, sous la pluie. Elle monta dans sa voiture, se souvenant brusquement qu'elle devait s'occuper de la pierre tombale. Francie avait deviné juste : il fallait une demi-heure pour parvenir chez le marbrier. De l'extérieur le magasin de Di Angelo ressemblait à une boutique de souvenirs. On y voyait des anges et des Vierges, des urnes, des animaux divers, des oiseaux et même une tête de cheval au milieu des dalles funéraires. Cette masse de sculptures grises était presque réjouissante à l'œil. Beth poussa la porte.

Une musique rythmée sortait du poste de radio posé sur le bureau. Un garçon d'une quinzaine d'années, en T-shirt, contemplait un énorme sandwich devant lui. Il leva les yeux et eut un vague sourire à l'adresse de Beth.

« Vous êtes employé ici ? » demanda-t-elle.

Il baissa la radio. « Comment ?

— Est-ce que vous travaillez ici ?

— Pas vraiment. Je remplace mon grand-père. Il est sorti livrer une stèle funéraire. Il ne va pas tarder à revenir. Voulez-vous l'attendre ? »

Elle regarda sa montre. *Une demi-heure pour arriver jusqu'ici, et personne pour s'occuper de vous*, s'irrita-t-elle en elle-même.

« Vous pouvez lire ça en attendant, dit le garçon en lui tendant un prospectus de couleur crème sur lequel on lisait, en lettres dorées : "Un témoignage impérissable de votre affection".

— Merci », dit Beth en s'asseyant. Le bureau semblait tout droit sorti d'un catalogue de vente par correspondance. Tapis, rideaux et housses des sièges étaient en tissu synthétique. Des illustrations de pierres tombales fleuries ornaient les murs.

Beth ouvrit le prospectus. Elle parcourut les paragraphes qui expliquaient longuement l'importance du choix d'un monument funéraire approprié. *Qu'est-ce que je fabrique ici ?* se demanda-t-elle. *Je suis la dernière à être concernée par cette tombe.*

Dehors, les statues d'Angelo ressemblaient à des sentinelles sous la pluie. *Je l'ai promis à Francie*, se dit Beth.

La musique s'interrompit pour faire place aux informations. « Notre titre principal, aujourd'hui, concerne le meurtre d'un dentiste et de sa femme qui a eu lieu ce matin. Le mobile semblerait être le vol. »

« Votre grand-père a-t-il dit à quelle heure il serait de retour ? » demanda Beth en élevant la voix pour se faire entendre.

Le garçon s'essuya la bouche.

« Je ne sais pas exactement. Il est parti il y a une demi-heure. Il n'est pas allé très loin. »

« Le Dr Alan Ridberg, cinquante-deux ans, et sa femme, Estelle, cinquante ans, ont été trouvés morts cet après-midi, sauvagement assassinés dans le cabinet du... »

Le garçon baissa le son et sembla écouter un bruit venant de l'extérieur.

« Je crois que j'entends son camion. »

Il éteignit la radio et commença à nettoyer le bureau, ramassant les serviettes en papier et les bouteilles de soda vides.

« Ouvrez la radio », dit Beth.

Il la regarda, surpris.

« La radio », ordonna-t-elle.

« ... aucun indice n'a été découvert jusqu'à présent », concluait le speaker. Il enchaîna sur une histoire d'élevage de homards.

« Mon grand-père va se fiche en rogne, dit le garçon. Je ne dois pas faire marcher la radio ici. »

Beth lui fit signe de l'éteindre et se laissa aller dans son siège, le front plissé.

Ridberg, songea-t-elle. *C'est le dentiste chez lequel travaillait la mère d'Andrew. D'abord la mère. Puis son employeur. En deux jours.* Était-ce une coïncidence ? Sans doute. Mais elle sentit son estomac se serrer. Elle revoyait le visage d'Andrew. Ses yeux au regard vide bordés de rouge, et les accusations qu'il proférait en la poursuivant dans la maison. Mais non, il n'avait aucune raison de s'en prendre à ces gens. Ce n'était qu'une coïncidence.

« Le voilà », dit le garçon.

Beth leva la tête.

« Je ne peux attendre plus longtemps, dit-elle.

— Mais il est là, protesta-t-il. Et votre stèle ? »

Beth regarda autour d'elle, l'air éperdu.

« Je ne sais pas », dit-elle.

Tout cela était stupide. Elle avait promis à Francie d'acheter cette pierre. Mais l'angoisse l'envahissait, effaçant tout autre souci. *Je n'aurais pas dû la laisser aller à cet enterrement avec Andrew*, pensa-t-elle. *Je suis ridicule. Il n'a rien fait. Il est un peu bizarre, mais ce n'est pas un assassin. Il connaissait ces gens, c'est tout.*

Elle avait l'impression que son cerveau était paralysé, aussi contracté que son estomac. Francie voulait coûte que coûte cette pierre tombale. Et elle était là... prête à repartir à fond de train jusqu'à Oldham, probablement sans aucun motif valable. En elle-même, un signal étouffait la voix de la raison, comme une sirène d'alarme.

C'est une excuse pour ne pas acheter cette dalle pour ton père. Toutes les excuses sont bonnes. C'est ce que pensera Francie. Elle se souvint des accusations que sa sœur avait portées contre elle. Elle lui avait reproché d'avoir abandonné son père, de n'avoir jamais donné signe de vie.

Soudain, sa résolution fut prise. *Je me laisse peut-être emporter par mon imagination, mais je ne peux faire confiance à Andrew. Je suis inquiète pour Francie.* Le souvenir de son père la traversa. Il se passerait de pierre tombale. Elle devait faire ce qu'il aurait souhaité : s'occuper d'abord de sa sœur.

« Voilà mon grand-père, annonçait le garçon.

— Cela peut attendre.

— Il va m'engueuler, dit-il en écarquillant les yeux.

— Ce n'est pas votre faute. Je viens de me souvenir de quelque chose d'important. »

Elle se précipita dehors. Elle croisa le vieil homme dans l'allée. Elle n'hésita pas une seconde et courut jusqu'à la voiture.

26

Francie inclinait son parapluie de façon que l'eau ne dégouttât pas sur les épaules d'Andrew. Elle préférait s'écarter un peu, à cause de l'odeur étrange qui émanait de lui, en dépit du vent froid.

« Il fait un temps abominable, dit-elle. Il y aurait eu beaucoup plus de monde, autrement. »

Andrew fit un signe d'assentiment et promena son regard sur le cimetière avec une expression indifférente.

Il était pratiquement désert. Francie se sentit blessée et gênée pour lui devant une si pauvre assistance. Outre Noah et elle, elle avait compté trois autres personnes. Une patiente du Dr Ridberg et un vieux couple dont la seule distraction était d'assister aux enterrements. Mais Andrew ne semblait pas affecté. Il se balançait d'un pied sur l'autre, comme s'il avait envie d'aller aux toilettes, et ne cessait de regarder Francie, sans prêter attention à la courte oraison que prononçait James Traugott. Quand tout fut terminé, il bouscula presque le vieux pasteur en lui expliquant qu'il devait parler à Francie, l'assurant qu'il la reconduirait chez elle, en dépit des protestations inquiètes de la jeune fille.

Il la contemplait d'un air heureux, à présent.

« J'ai acheté une voiture, dit-il.

— Ah! fit Francie d'un air peu intéressé.

— Elle est par là. »

Francie regarda dans la direction indiquée. Une vieille Pontiac verte était garée devant le cimetière.

« Elle va nous être utile », dit fièrement Andrew.

Il se dirigea à travers les allées du cimetière.

« J'aimerais rester avec toi, dit Francie derrière lui, mais j'ai trop de choses à faire. »

Andrew ne répondit pas. Il avait atteint la voiture et ouvrait la porte avant. Francie se retourna, contemplant les tombes alignées.

« C'est incroyable, dit-elle. Quand je pense que nous étions ici pour mon père, la semaine dernière.

Et ta mère, aujourd'hui. Il doit y avoir un sort contre nous. »

Andrew la saisit par la manche de sa veste.

« Dépêche-toi, monte. Combien de temps as-tu l'intention de rester là sans bouger ?

— Désolée de te faire attendre », murmura Francie en se glissant sur le siège. Andrew fit le tour de la voiture et s'installa au volant. Il jura lorsque le moteur refusa de partir.

Francie appuya son visage contre la vitre. Les arbres dépouillés, inclinés par le vent, tendaient leurs branches comme des bras suppliants. Elle se sentit coupable de laisser là son père. Peut-être ne pourrait-elle jamais revenir se recueillir sur sa tombe. Elle eut l'impression de l'abandonner à une éternité de silence et de solitude.

« Enfin ! » s'exclama Andrew. Le moteur se mit à tourner irrégulièrement.

Francie le regarda.

« Tu n'as pas l'air triste d'avoir enterré ta mère. »

Andrew sourit, ses yeux étincelèrent.

« Pourquoi veux-tu que je sois triste ? C'est le plus beau jour de ma vie.

— C'est affreux, dit Francie. Comment peux-tu dire une chose pareille ?

— Bon. Je suis triste. Je pleure. Tu es contente ? »

Francie secoua la tête.

« Après tout, cela ne me regarde pas.

— Petite idiote. Comment pourrais-je être triste, alors que nous partons ensemble. »

Francie fit la grimace.

« Je t'ai dit de ne plus y penser. Dépose-moi au coin de la rue, veux-tu ?

— Non. Je t'emmène faire un tour. »

Comme pour souligner ses paroles, il accéléra en passant devant l'embranchement de la rue qui menait chez Francie, et se dirigea vers la sortie de la ville.

Francie se redressa dans son siège et le regarda d'un air indigné.

« Andrew, arrête-toi. Je n'ai pas le temps d'aller me promener, je dois rentrer.

220

— Nous avons tout le temps devant nous, mon chou. Nous partons.

— Qu'est-ce que tu racontes ?

— Tu peux dire adieu à cette saloperie de ville. Regarde derrière toi », ajouta-t-il d'un air enjoué.

Francie se redressa et jeta un coup d'œil par-dessus le dossier. Un sac fourre-tout était coincé entre les deux banquettes. Francie le regarda pendant une minute, repoussant ses lunettes sur son nez. Les battements de son cœur se précipitèrent.

Andrew lui adressa un sourire équivoque.

« Ne fais pas l'idiot, dit Francie, d'une voix mal assurée. Reconduis-moi à la maison immédiatement.

— Écoute, dit-il. Je sais que c'est une surprise. Mais c'était le seul moyen de partir sans que ta sœur se mette à piailler. J'ai décidé que nous nous en irions aujourd'hui. C'est bien ce que nous avions projeté, non ?

— Andrew, je t'ai dit dans ma lettre que j'avais changé d'avis.

— Oh ! ta lettre... Je sais que c'est elle qui te l'a dictée. Elle a comploté contre nous depuis le début. Elle a tout tenté pour nous séparer. Heureusement, je ne suis pas tombé dans le panneau. »

Andrew ralentit à l'approche du croisement avec la route nationale. Il mit son clignotant, surveilla le carrefour luisant de pluie.

« Je ne veux pas partir avec toi », dit Francie. Elle saisit la poignée. « Je descends.

— N'ouvre pas cette porte, s'écria-t-il, ou je te tords le cou. »

La main de Francie resta paralysée sur la poignée. Elle se retourna pour le regarder, prise d'une sensation de dégoût. Andrew lui décocha un sourire macabre et appuya sur l'accélérateur. La voiture partit en dérapant sur la grand-route.

Le silence régna pendant plusieurs minutes, puis Andrew reprit d'une voix qu'il voulait légère :

« Je sais qu'il se fait tard pour prendre la route, mais nous pourrons traverser un ou deux États avant de nous arrêter pour la nuit. »

Francie ne répondit rien. Elle regardait le paysage familier défiler par la fenêtre, ses doigts pressés sur la poignée. Un poids lui oppressait la poitrine. Ressentait-on cette impression lorsque l'on avait une crise cardiaque ? Elle pensa à son père, et se sentit submergée par un sentiment de faiblesse.

« Je pensais bien qu'elle allait te surveiller, continuait Andrew, s'enfonçant dans son siège. C'est pour ça que je t'ai fait venir à l'enterrement. C'était le moyen de filer ensemble. Ç'a marché comme sur des roulettes. » Il eut un rire rauque. « On se mariera quand on sera loin. Ils ne nous trouveront jamais. Nous pourrons utiliser un faux nom. Exactement comme nous l'avions imaginé, hein, mon chou ? » Ses yeux froids se tournèrent vers elle, attendant une réponse. « Hein ?

— Je n'ai pas mes affaires, murmura Francie, espérant qu'il ferait demi-tour.

— Quoi ?

— Mes vêtements...

— Nous en achèterons en arrivant en Californie.

— Mais ça coûte cher. Pourquoi ne pas retourner les chercher à la maison ? Ma sœur n'est pas encore rentrée. »

Elle s'efforçait de cacher la panique qui la gagnait.

Un camion qui les suivait depuis quelque temps commença à les dépasser. Ses roues projetèrent une vague de boue grise sur le pare-brise de la voiture.

« Espèce de con ! » s'écria Andrew. Il accéléra, s'engagea sur la voie de gauche, essayant de remonter le camion. Au moment où il déboîtait, il aperçut une petite voiture étrangère qui arrivait en sens inverse, ses phares antibrouillard perçant le rideau de neige fondue. Andrew serra les mâchoires et se replaça derrière le camion pour la laisser passer.

« Je pourrais prendre mon appareil-photo, plaida Francie. Nous aurions des souvenirs de notre voyage. » *Comme s'il s'agissait de vacances ordinaires*, pensa-t-elle, une boule au fond de la gorge. *Oh, s'il vous plaît, faites qu'il retourne en arrière*, pria-t-elle en elle-même.

« Pas besoin de photos ! »

Il reprit position sur la voie de gauche et accéléra. Francie regarda l'aiguille du compteur grimper, mais le camion prit de la vitesse et commença à les distancer.

« Ralentis, murmura Francie d'une voix blanche. Nous n'avons pas besoin de le rattraper.

— Je vais lui montrer, à ce fils de pute », dit Andrew entre ses dents.

Il semblait avoir oublié la présence de Francie. Il accéléra, se mit à zigzaguer de gauche à droite. Il était agrippé au volant, les yeux rivés sur l'arrière du camion.

« Je vais me sentir mal », dit Francie.

Elle respira profondément, essayant de surmonter la nausée, de calmer les battements de son cœur.

« La ferme ! cria Andrew. On va l'avoir ! »

Ils s'engageaient dans une forte côte et le camion perdit de la vitesse. Andrew lança son moteur à fond, se plaça sur la voie de gauche, en dépit de la ligne jaune, gagna mètre par mètre. En se portant à la hauteur du camion, il baissa sa vitre et hurla des obscénités à l'adresse du conducteur tout en appuyant frénétiquement sur l'avertisseur.

Francie leva les yeux et vit le conducteur qui proférait des injures qu'elle ne put entendre.

Andrew poussa un hurlement de joie en se rabattant devant le camion. Il se tourna vers Francie, une expression de triomphe dans le regard.

« Tu as vu ça ? cria-t-il. Je l'ai eu ! »

Il ne ferait jamais demi-tour. Lui laisser croire qu'elle acceptait de partir avec lui n'était pas la bonne solution. Francie se racla la gorge.

« Andrew, dit-elle d'une voix tremblante. Je ne veux pas m'en aller. Je n'ai rien à faire avec toi. Reconduismoi à la maison. »

L'expression de joie mauvaise s'évanouit dans les yeux d'Andrew, comme une flamme qu'on étouffe. Son visage devint couleur de cendre.

« Qu'est-ce que tu racontes ?

— Je ne veux pas partir avec toi. Je ne veux pas t'épouser. Je n'ai que quatorze ans. Je veux rentrer. »

Andrew se mit à haleter, comme si un étau lui serrait la poitrine.

« Tu crois que tu peux me quitter comme ça? criait-il. Sais-tu ce que j'ai fait pour toi? »

Pendant un instant, il en oublia qu'il était au volant. La voiture se mit à ralentir pendant qu'il se tournait vers Francie, essayant de la saisir à la gorge de sa main libre. Le camion, derrière eux, en profita pour revenir à leur hauteur. En les dépassant, le conducteur se rabattit brutalement et accrocha délibérément le côté de la vieille Pontiac.

Andrew s'agrippa au volant des deux mains. La voiture partit en dérapage, et le camion disparut devant eux. Recroquevillée sur son siège, Francie se mit à hurler pendant que la voiture pivotait lentement sur elle-même. Andrew fut projeté en avant, son menton heurta le volant.

Tout sembla se passer au ralenti. *C'est fini*, pensa Francie. *Oh, non!* L'horrible fracas allait se produire, elle le savait. L'image de sa mère au volant surgit dans son esprit. Elle voyait clairement son visage épouvanté. Elle allait mourir aussi, maintenant. Retrouverait-elle sa mère dans la mort? *Je suis trop jeune*, pensa-t-elle encore.

La voiture rebondit. Francie tenta de se protéger la tête, heurta le tableau de bord. Deux fois, la voiture sembla vouloir s'élancer dans les airs, puis elle s'arrêta définitivement avec un bruit sourd.

Francie se redressa, cligna les yeux. Andrew geignait à côté d'elle en se tenant le menton, mais il ne saignait pas. La voiture gisait, inclinée dans le fossé sur le côté de la route. Un instant, Francie eut envie d'éclater de rire, tout à sa joie de se savoir indemne et en vie. Puis elle se retourna vers Andrew et la peur la paralysa à nouveau.

« Ce fils de pute, regarde ce qu'il a fait », criait-il.

Il faut que je m'en aille, pensa-t-elle. Il manœuvra la clé de contact, mais seul un bruit de ferraille s'échappa du moteur.

« Je vais la faire démarrer. Elle va partir dans une minute.

— Nous sommes coincés, dit Francie. On ferait mieux de prévenir un garage.

— Qu'est-ce que tu connais aux voitures ?

— Je sais qu'on a failli se tuer.

— La ferme. Je ne peux pas réfléchir quand tu parles. »

Francie entrevit sa chance. Elle hésita à peine une seconde et ouvrit la porte en un éclair.

« Je vais chercher de l'aide », dit-elle.

Elle sauta hors de la voiture, se tordit la cheville en atterrissant dans le fossé, mais n'y prêta pas attention. Elle escalada l'autre côté pour atteindre la route, et entendit la porte de la voiture claquer du côté d'Andrew.

« Reviens ! hurla-t-il, en se lançant à sa poursuite.

— Au secours ! » Elle se mit à courir sur la chaussée glissante. Elle l'entendait derrière elle. Une voiture arrivait au loin. Elle agita désespérément les bras. Les phares se rapprochaient. « S'il vous plaît », cria-t-elle de toutes ses forces.

Elle sentit un bras la saisir par-derrière.

27

Il n'y avait plus personne au cimetière lorsque Beth y arriva. Elle fit demi-tour et alla jusqu'au presbytère. La voiture d'Oncle James était dans l'allée. Beth se sentit rassurée. Ils étaient de retour.

Elle gara sa voiture, courut jusqu'à la porte d'entrée sous la pluie glacée.

« Y a-t-il quelqu'un ? » cria-t-elle en entrant.

Oncle James l'accueillit dans l'entrée. Il voulut la débarrasser de son manteau mouillé, mais elle le repoussa d'un mouvement d'épaule.

« Reprends ton souffle, dit-il. Qu'y a-t-il de si urgent ?

— L'enterrement n'a pas duré longtemps, dit Beth. Je reviens du cimetière. »

Il secoua la tête en la conduisant au salon.

« C'était un spectacle plutôt attristant, dit-il. Quatre ou cinq personnes, juste quelques fleurs. Le dentiste chez qui elle a travaillé pendant si longtemps ne s'est même pas dérangé. Il pleuvait à verse, il a fallu faire vite. »

Beth frissonna en entendant mentionner le Dr Ridberg. Elle préféra ne pas parler du meurtre.

« Il fait vraiment un temps horrible », dit-elle.

Elle jeta un coup d'œil derrière elle dans le salon désert.

« Alors, vous avez bouclé vos valises ?

— Presque. »

Sa tante sortit de la cuisine.

« J'ai préparé du thé. En veux-tu une tasse ?

— Où est Francie ? demanda Beth.

— Je l'ai laissée avec le jeune Andrew, dit Oncle James. Ils semblaient avoir des choses à se dire.

— Avec Andrew ? s'exclama Beth. Pourquoi ne l'as-tu pas ramenée ?

— Il avait une voiture. Il a promis de la reconduire.

— Je ne peux pas croire que tu l'aies laissé faire, dit Beth d'une voix aiguë.

— Ils sont amis, dit Oncle James, une expression blessée au fond de ses yeux bleus. Elle voulait lui parler, le consoler, j'en suis certain. C'est tout à fait normal dans de telles circonstances. Quel mal y a-t-il à cela ?

— Elle est partie avec lui. Bon Dieu !

— Je suis désolé, Beth, dit Oncle James. J'ignorais que cela te ferait un tel effet.

— Elle m'avait promis de rentrer avec toi.

— Les jeunes n'en font qu'à leur tête.

— Puis-je téléphoner ? »

Tante May lui indiqua le téléphone dans la cuisine. Beth composa le numéro de la maison de son père. La sonnerie retentit longtemps. Elle reposa le récepteur et revint au salon. « Elle n'est pas à la maison, dit-elle avec colère.

— Ils ne vont pas tarder à rentrer, dit Oncle James.

Assieds-toi et bavarde un peu avec nous. Lorsque nous vous aurons mises à l'avion demain, qui sait quand nous nous reverrons ? »

Beth se laissa tomber dans un fauteuil, les yeux fixés devant elle. Son oncle et sa tante échangèrent un regard.

« Je suis désolé, Beth, dit Oncle James. J'ignorais que tu tenais à ce que je la reconduise. »

Beth secoua la tête.

« Ce n'est pas ta faute. »

Elle s'absorba dans la contemplation de la cheminée pendant que son oncle et sa tante sortaient de la pièce. Sa sœur s'était enfuie avec Andrew. C'était à peine croyable. Elle avait menti délibérément. Non... elle était injuste... Francie avait dû partir sur un élan romantique. Partir avec ce cinglé !

« Beth, tu es dans la lune, dit sa tante en lui tendant une tasse de thé.

— Excuse-moi.

— J'ai envoyé James chercher les cartons dans ta voiture.

— Très bien, dit Beth d'un air absent.

— Ne t'inquiète pas pour Francie, disait sa tante.

— Je suis plus furieuse qu'inquiète, à la vérité. Tu aurais dû voir la façon dont il s'est comporté, hier. Penser qu'elle est partie avec lui ! »

Je devrais téléphoner à nouveau à la maison, pensa-t-elle. *Oh, et puis qu'elle aille au diable, si elle veut passer la nuit avec lui, grand bien lui fasse !* Mais le thé ne parvint pas à lui dénouer la gorge.

« Je ferais mieux de rentrer à la maison, dit-elle en reposant sa tasse. Il me reste des choses à faire. Si Francie revient, dis-lui que je suis... »

La sonnerie du téléphone la fit sursauter. Sa tante prit la communication et revint précipitamment au salon.

« C'est pour toi. Francie est au commissariat. Elle voudrait que tu ailles la chercher. »

Beth crut que son cœur allait s'arrêter.

« Qu'est-il arrivé ?

— Je ne sais pas. Elle a raccroché. »

Beth se précipita vers la porte, saisissant son manteau au passage.

« Je t'accompagne, dit sa tante en la suivant dans l'entrée.

— Non, reste ici. Je t'appellerai. Promis. »

En chemin, Beth imagina toutes les catastrophes possibles. Drogue, vols, accidents de voiture, viol se bousculaient dans son esprit, comme un éventail d'épouvantables possibilités. *Au moins le pire n'est pas arrivé. Elle est vivante.* Elle se souvint du dentiste et de sa femme, mais elle rejeta cette pensée.

Noah était en train de parquer son camion de dépannage devant le commissariat quand elle arriva. Les gyrophares clignotaient d'une manière fantomatique dans le brouillard. Beth vit sa silhouette trapue sortir du camion et pénétrer dans le commissariat. Elle s'élança hors de sa voiture, entra derrière lui.

La première personne qu'elle vit fut Francie, recroquevillée à l'extrémité d'une banquette, à côté du bureau. Elle parcourut la pièce du regard. Noah et Andrew discutaient dans un coin. Assis derrière son bureau, un policier ouvrait un paquet de biscuits salés.

« Pouvez-vous fermer la porte ? » lui demanda-t-il.

Beth revint sur ses pas et la ferma. Francie leva les yeux vers elle.

« Merci d'être venue, murmura-t-elle en se levant.

— Que s'est-il encore passé ? » demanda Beth d'un ton glacé.

Francie jeta un coup d'œil inquiet vers Andrew et Noah.

« Andrew a mis la voiture dans le fossé. Heureusement, ce policier nous a vus et il s'est arrêté. »

Andrew s'aperçut de la présence de Beth. « Qu'est-ce que vous fichez ici ? demanda-t-il en se dirigeant vers elle d'un air menaçant.

— Ne m'approchez pas », le prévint Beth.

Le policier se leva de derrière son bureau.

« Est-ce votre sœur ? »

Beth fit un signe de tête. Andrew se tourna vers Francie.

« Comment a-t-elle su que tu étais ici ?

— Je lui ai téléphoné, dit Francie d'un ton las.

— Qu'est-ce qui t'a pris ? Tu sais qu'elle est contre nous.

— Du calme », fit le policier. Il se tourna vers Noah. « Vous venez du garage ? »

Noah fit un signe d'assentiment : « J'ai ma dépanneuse à la porte. On va sortir la voiture de mon copain du fossé.

— Parfait. Allez-y maintenant », dit le policier en poussant légèrement Andrew et Noah vers la porte.

Andrew se retourna vers Francie. « Tu sais qu'elle est capable de tout pour nous empêcher de partir », grommela-t-il.

Francie se détourna de lui, se couvrant les yeux d'une main, comme pour s'abriter d'une lumière trop forte.

« Si j'étais vous, le prévint Beth, je partirais sans demander mon reste.

— Vous, la ferme ! »

Le policier s'interposa.

« Ça suffit maintenant. Sortez d'ici. Je ne veux plus entendre un mot de plus. »

Noah saisit Andrew par le bras, voulant l'entraîner vers la porte. Andrew fusilla les deux sœurs du regard. Ses yeux étincelaient de rage.

« Il est fou, dit Beth.

— Je sais, dit Francie.

— Et tu es partie avec lui ? »

Francie ouvrit la bouche et secoua la tête.

« Entre nous, dit le policier. Votre sœur a raison. Ce type est complètement malade. »

Francie fit un signe de tête et suivit sa sœur jusqu'au parking.

« Écoute, Beth, dit-elle en atteignant la voiture. Je ne suis pas partie avec lui de mon plein gré. Il m'a forcée à l'accompagner. »

Beth croisa les bras.

« Je vois. Comment s'y est-il pris ? »

Francie ouvrit les mains dans un geste d'impuissance.

« J'étais en train de lui parler, après l'enterrement. Il avait sa nouvelle voiture, et il a insisté pour me raccompagner. Puis il est passé devant la maison sans s'arrêter. Il m'a dit que nous allions quitter la ville. Il avait un sac tout prêt dans la voiture. Heureusement pour moi, il y a eu cet accident et j'ai pu me sauver. Je courais sur la route lorsque le policier nous a trouvés.

— Il t'a vraiment kidnappée ?

— Oui.

— Sais-tu que c'est un crime ? Pourquoi n'as-tu pas prévenu le policier ? C'était la première chose à faire. »

Sa voix tremblait de fureur contenue.

Les yeux de Francie se rétrécirent derrière ses lunettes et elle pointa le menton en avant.

« J'aurais dû le faire. Mais je suis sûre que la police aurait réagi comme toi. Andrew n'était pas armé, je suis montée dans sa voiture de mon plein gré. Si je l'avais dénoncé, ce flic se serait sûrement montré compréhensif envers lui. Exactement comme toi. »

Beth se sentit rougir. Elle fixa le sol à ses pieds, sans répondre.

Francie enfonça ses poings dans ses poches.

« Je ne sais pas pourquoi je t'ai appelée. C'était stupide. Je pensais que tu serais de mon côté. » Elle eut un rire bref, un peu rauque, et reprit, la voix tremblante de colère : « Tu sais, je commence à me demander si notre projet de vivre ensemble est une bonne idée. Pourquoi dois-je te convaincre que je dis la vérité ? Il aurait pu me faire du mal. Je ne savais pas ce qui allait arriver... »

Beth leva la main.

« Tu as raison. » Elle inspira profondément. « Je pensais... je ne sais pas... Je pensais que tu étais en train de t'enfuir avec lui ou quelque chose comme ça.

— Je t'avais expliqué pourquoi je devais me rendre à l'enterrement de sa mère. Tu ne m'as pas fait confiance.

— J'étais... inquiète. Vraiment inquiète. Partons d'ici », dit Beth.

Francie monta dans la voiture. Elles prirent le chemin de la maison sans prononcer une parole, mais l'atmosphère s'était détendue entre elles. Beth fixait la route avec attention, bien que ses pensées fussent ailleurs.

Elles atteignirent la maison, entrèrent et allumèrent la lumière. « Francie, dit Beth en ôtant son manteau. Je suis navrée de m'être montrée si peu compréhensive. Sincèrement. Mais j'ai eu peur. »

Francie remonta ses lunettes sur son nez et la regarda d'un air interrogatif.

« Andrew est un garçon dangereux. J'en suis certaine. Surtout après ce qui s'est passé aujourd'hui. » Beth fut sur le point de mentionner le dentiste et sa femme, puis décida de n'en rien faire. Elle n'avait aucune raison de l'accuser, et Francie se sentirait peut-être obligée de prendre sa défense. « Il est obsédé par l'idée de te reprendre. Je ne crois pas qu'il soit prudent de rester ici.

— Il m'a fait peur cet après-midi, admit Francie.

— J'y pensais sur le chemin du retour. Cette idée m'a tracassée toute la journée, à dire vrai. Nous ne devons pas passer une nuit de plus dans cette maison.

— Crois-tu qu'il puisse tenter d'entrer ?

— Je ne sais pas ce qu'il peut faire. Je le crois capable de tout.

— Il n'est pas si mauvais, murmura Francie.

— Je n'ai pas envie d'en faire l'expérience. Nous devrions partir ce soir.

— Ce soir ? » Francie réfléchit pendant un moment. « Mais ce n'est pas possible. L'avion ne part que demain.

— Nous pouvons faire le trajet en voiture. Il y a beaucoup de choses à transporter, et je pense que nous pouvons prendre la voiture de Papa. Cela évitera à Tante May de nous expédier toutes ces affaires. Si nous sommes fatiguées, nous pourrons toujours faire étape dans un motel. Qu'en penses-tu ? »

Les épaules de Francie s'affaissèrent. Elle regarda autour d'elle.

« C'est si soudain.

— Cela ne sera pas plus facile de partir demain »,
dit Beth. Elle alla jusqu'à la fenêtre et contempla le
gris sombre du ciel. « Chaque fois que je regarde
dehors, je m'attends à le voir rôder autour de nous.
Peut-être est-ce mon imagination ? Je l'espère. Mais
pourquoi prendre des risques ? Plus tôt nous serons
parties d'ici, mieux ce sera. »

Francie regarda tristement autour d'elle.

« Tu as raison. Cela ne sera pas plus facile de partir
demain. »

Elles ne mirent pas longtemps à ranger la maison
et à empaqueter leurs dernières affaires. Beth appela
sa tante et lui expliqua les raisons de leur départ précipité, pendant que Francie remplissait fiévreuse-
ment les cartons. Lorsqu'elle eut traîné sa dernière
valise dans la cuisine, Beth l'appela. Une voix lui
répondit à l'extérieur, derrière la maison.

Elle enfila sa veste et sortit. Francie contemplait la
vieille maison décrépite. Les fenêtres éclairées brillaient dans la nuit, les branches des arbres s'inclinaient, formant une voûte au-dessus de l'allée.

« Terminé ? »

Francie fit signe que oui.

« J'ai tout mis dans la voiture.

— Cette vieille maison paraît accueillante avec ces
lumières qui brillent dans l'obscurité. Espérons
qu'une famille sympathique va s'y installer. Elle a
besoin d'affection. »

Elles restèrent immobiles et silencieuses pendant
un moment.

« Allons, nous ferions mieux de partir, dit Beth. Je
vais chercher mes valises. Tu peux t'installer dans la
voiture. »

Elle retourna jusqu'à la maison, donna un dernier
coup d'œil aux portes et aux fenêtres, alla dans la cuisine et souleva les deux valises remplies de toutes les
affaires qu'elle emportait avec elle.

La sonnerie du téléphone retentit au moment où
elle s'apprêtait à passer la porte. Beth sursauta. Elle
se retourna, contempla l'appareil. C'était lui. Elle en
était sûre.

La porte s'ouvrit et Francie passa la tête dans l'embrasure.

« Veux-tu que je réponde ? » demanda-t-elle.

Elle se dirigea vers le téléphone.

« Non, laisse-le sonner », dit Beth.

Surprise, Francie garda sa main posée sur le récepteur. Les deux sœurs se regardèrent longuement, jusqu'à ce que la sonnerie s'arrêtât enfin.

« Partons, maintenant », dit Beth.

Au moment où Beth éteignait la lumière, la sonnerie retentit à nouveau.

« Sonne jusqu'à en crever », dit-elle en fermant la porte à clé.

Elle se hâta vers la voiture.

28

Andrew sortit de la cabine téléphonique qui se trouvait près des toilettes et retourna à l'atelier en traversant le bureau.

Noah avait ouvert le capot de la vieille Pontiac et s'affairait au-dessus du moteur, une clé à la main.

« Qu'est-ce qu'elle a ? demanda Andrew.

— Il faut que je la monte sur le pont, dit Noah.

— Ne me fais pas ton baratin, Noah. Je veux seulement savoir combien de temps il te faut pour la réparer. »

Noah fit claquer le capot en le refermant et désigna l'intérieur de la voiture.

« Sors ton barda de là, si tu as besoin de quelque chose. »

Grommelant, Andrew ouvrit la porte arrière et sortit le sac. Il le serra contre lui, imaginant sentir le revolver glissé entre ses vêtements. A la vue du flic qui s'était arrêté à leur hauteur au moment où il saisissait Francie, son cœur s'était pratiquement arrêté de battre. Il était certain qu'il allait fouiller la voiture et découvrir son arme. La police était sans doute en train de chercher le revolver qui avait été utilisé pour tuer le dentiste et sa femme. Heureusement, Francie avait tenu son rôle à la perfection. Elle avait un peu gémi, et le flic avait pensé qu'elle était choquée par l'accident. Il ne s'était même pas donné la peine de regarder à l'intérieur de la voiture. Andrew fixa le sac kaki sur le sol en ciment pendant que Noah actionnait le pont.

« Comment l'accident est-il arrivé ? demanda-t-il.

— Je te l'ai dit. Ce con de camionneur nous a fait sortir de la route. Nous quittions la ville, Francie et moi. »

Les mains enfoncées dans les poches de son bleu de travail, Noah examina attentivement le dessous de la Pontiac plein de cambouis.

« C'est bien ce que je pensais, dit-il.

— Tu es incapable de penser, dit Andrew. Arrête de tourner autour du pot, et dis-moi ce que c'est.

— Trouve toi-même, si tu es si malin.

— Tu le sais ou non ?

— Ouais. Il semble que tu aies heurté une pierre en sortant de la route.

— Lumineux !

— Tu n'as plus d'huile, dit Noah. Le carter du moteur a été arraché, et toute l'huile est partie. Celui de la boîte de vitesses ne tient que par miracle.

— Tu peux arranger ça ?

— Ça peut se réparer, soupira Noah. Je ne sais pas si tu veux dépenser tant d'argent pour une vieille bagnole comme celle-là. Ça te coûtera presque le prix que tu l'as payée.

— Je ne t'ai pas demandé ton avis. Je t'ai seulement demandé si tu pouvais la réparer. »

Noah secoua la tête.

« Tu es vraiment agréable !

— Oh, ne sois pas si susceptible. Dis-moi seulement combien de temps ça va prendre. Francie et moi devons reprendre la route. Elle m'attend. Il faut que je lui dise à quelle heure nous pouvons repartir. »

Noah éclata de rire.

« A quelle heure ? C'est pas ta montre qu'il faut

regarder, mon vieux. C'est un calendrier. Il faut que je commande les carters. Pour une voiture aussi ancienne, ce sera une chance si j'arrive à en trouver. Les faire venir peut prendre deux ou trois jours. Ensuite, il faut que je fasse la réparation.

— Sers-toi des carters que tu as à l'atelier.

— J'en ai pas. Il faut les commander. C'est vrai, je te raconte pas de blagues.

— Tu ne peux rien réparer sans faire tout ce cirque? hurla Andrew.

— Tu veux réparer toi-même? »

La sueur se mit à perler au front d'Andrew. Il regarda sa montre pour la énième fois.

« Je ne peux pas attendre. Il me la faut maintenant.

— Je regrette, dit Noah. C'est comme ça. »

Une voiture klaxonna devant les pompes à essence.

« Voilà un client. Décide ce que tu veux faire, je reviens tout de suite. »

Noah traversa le garage d'un pas lourd, tandis qu'Andrew contemplait le dessous de sa voiture. Il lui apparut sale et démantibulé. Pendant un instant, il eut l'impression déplaisante de regarder à l'intérieur de lui-même. « Pourquoi ne marches-tu pas, saloperie de mécanique? Pas même foutue de marcher un jour », marmonna-t-il. La frustration l'étouffait. Son seul moyen de s'échapper lui était aussi utile qu'un membre coupé.

La colère le quitta soudain. Il se sentit envahi par une vague de lassitude. Ils allaient forcément l'attraper. Quelqu'un se souviendrait l'avoir vu à Harrison. La femme qui se trouvait dans l'autocar... avec ce gosse insupportable... Elle l'avait regardé au moment où il descendait, elle l'avait peut-être vu se diriger vers la maison des Ridberg. Elle avait probablement appris les meurtres par la télévision. Elle allait appeler les flics pour les mettre au courant. Elle allait le leur décrire. Une fois sur la piste, les flics d'Oldham se souviendraient de l'avoir vu cet après-midi-là.

La terreur l'envahit. Il crut entendre le rire moqueur d'une femme. Il n'aurait pas dû tuer le dentiste. C'était stupide. Il n'en avait pas l'intention. Mais sa femme l'avait forcé à le faire. Son regard devint dur au souvenir du visage empourpré et frémissant de rage d'Estelle Ridberg.

Il se redressa. Voir cette conne, si sûre d'elle-même, paniquer à la vue de son arme lui avait fait du bien. Un rictus déforma son visage au souvenir de la peur qui se lisait dans leurs yeux.

Il n'était pas trop tard. Il avait une arme. Il pouvait encore avoir Francie, et elle serait de son côté. Ils échapperaient aux flics, d'une manière ou d'une autre. S'il fallait les tuer tous, ils le feraient.

Noah réapparut dans l'atelier. Il s'approcha d'Andrew, inspecta les dégâts sous la voiture.

« Comme ça, Francie attend que tu viennes la chercher ? C'est pour ça que tu es tellement pressé de faire réparer la voiture, n'est-ce pas ? »

Andrew se hérissa en entendant le ton persifleur de Noah.

« Je viens de te le dire.

— C'est marrant », dit Noah en se penchant sur sa boîte à outils pour y prendre un tournevis. Il se redressa et fit levier sur le carter pour le détacher. « Parce qu'elles viennent de me demander de faire le plein, sa sœur et elle. Il paraît qu'elles vont à Philadelphie. Elles se tirent ce soir. Toutes les deux ! »

Andrew eut l'impression de recevoir une décharge électrique.

« Quoi ?

— Ouais. La voiture était remplie de bagages !

— Elle ne peut pas faire ça.

— C'est pourtant ce qu'elle a fait. Et elle semblait très contente. »

Andrew ne répondit pas.

« En ce qui concerne la voiture, il semble y avoir aussi un trou dans l'échappement. Je peux m'en occuper en attendant qu'on livre les carters. Comme je t'ai dit, il y en a pour deux ou trois jours. Avec un jour de plus pour monter les carters. Je me demande encore si ça vaut le coup. Même si je te le fais pour le

236

prix coûtant, c'est beaucoup de frais pour cette vieille guimbarde. Enfin... c'est à toi de décider. »

Andrew regardait fixement les portes du garage.

29

« Tu es bien silencieuse », dit Beth.

Elles suivaient la petite route de campagne qui sortait d'Oldham.

Francie ne répondit pas.

« C'est difficile de quitter un endroit où l'on a vécu toute sa vie.

— Tu as trouvé ça dur, lorsque tu es partie ? »

Beth hésita :

« C'était différent... Je voulais m'en aller. Mais je ne savais pas ce qui m'attendait. J'avais un peu l'impression de m'aventurer dans un monde inconnu. Tu seras étonnée de voir avec quelle rapidité on s'habitue.

— Je l'espère. » Francie resta silencieuse pendant un moment avant de continuer : « Je n'ai pas toujours été heureuse, ici. Mais je connaissais tout le monde, surtout à l'école... »

Beth décela un sanglot dans sa voie. Elle pensa l'interrompre, changer de sujet. *Laisse-la parler si cela lui fait du bien*, se ravisa-t-elle.

« Je ne sais pas comment je vais m'entendre avec les autres, à Philadelphie, continuait Francie. Ils vont me prendre pour une plouc.

— Ne t'inquiète pas, dit Beth autant pour se rassurer elle-même que sa sœur. Il y aura une période d'adaptation, puis tout se passera bien. Plus facilement que tu ne le penses. »

Francie resta silencieuse.

« As-tu acheté la stèle pour Papa ? demanda-t-elle au bout d'un moment.

— Euh... Non... J'ai eu un problème.

— Tu n'as pas trouvé l'endroit ?

— Si, mais il n'y avait personne lorsque je suis arrivée.

— Tu n'as pas attendu ? »

Beth se mordit la lèvre.

« Je voulais rester, mais je me suis mise à penser à toi et à Andrew, et j'ai décidé de revenir... A cause d'une information qu'ils ont donnée à la radio. C'était stupide, sans doute. De toute manière, j'ai pensé que je pouvais demander à Tante May de choisir une stèle pour nous et de m'envoyer la facture.

— Tant pis », dit Francie d'un ton attristé.

Elle se pencha en avant et ouvrit la radio. Une musique douce emplit la voiture. Beth observa sa sœur du coin de l'œil. Appuyée au dossier de son siège, les mains jointes sur les genoux, elle avait un regard las.

« Tu sais, dit Beth en baissant le volume, je me sens toujours coupable de t'avoir accusée de vouloir partir avec Andrew.

— Je n'avais pas envie de m'en aller avec lui.

— Je sais. J'aurais dû avoir davantage confiance en toi. J'essaierai de le faire à l'avenir. Il faudra être un peu indulgente avec moi.

— Ça se passera très bien », la rassura Francie.

Beth sourit. Le silence régna à nouveau dans la voiture, seule la radio jouait en sourdine. Beth scruta la route. Il y avait encore du brouillard, mais la neige fondue avait cessé de tomber. Une fois qu'elles auraient atteint la route 95, c'était tout droit jusqu'à Philadelphie, ou tout au moins jusqu'à un motel dans le Connecticut. Jusque-là, Beth devait emprunter une série de petites routes en mauvais état et verglacées. Il n'était pas difficile de rester éveillée dans ces conditions. Ses nerfs étaient à vif après cette journée d'émotions et la précipitation du départ. *Roule doucement*, se dit-elle intérieurement. *Tu rentres chez toi*. Elle se vit soudain en train d'ouvrir la porte, de pénétrer avec Francie dans la chaleur de sa maison. Peut-être ferait-elle un feu de cheminée en arrivant demain. Quel bonheur ce serait de pouvoir se détendre devant un bon feu, de regarder les flammes danser dans le foyer !

Comme en écho à ses pensées, elle aperçut une lumière jaune qui clignotait derrière elle. Une voiture munie d'un gyrophare les rattrapait.

Francie se redressa.

« Ce sont les flics », dit-elle.

Beth regarda le compteur.

« Je ne vais pas vite, pourtant.

— Peut-être n'est-ce pas pour nous ?

— Nous sommes seules sur la route. »

Elle continua à rouler, les mains crispées sur le volant. Le gyrophare clignotait toujours derrière elles.

« C'est trop gros pour être une voiture de police, dit Francie. Ce doit être un de leurs camions. Ils surveillent les routes. »

Beth soupira :

« Je ferais mieux de m'arrêter. » Elle mit son clignotant et se rangea lentement sur le bas-côté. « Quelle barbe, fit-elle. Ils vous donnent l'impression d'être en faute, même lorsque vous n'avez rien fait. »

La voiture de police s'arrêta à quelques mètres derrière elles.

Beth ouvrit son sac et chercha son permis.

« J'espère que les papiers sont dans la voiture, dit-elle. Je n'ai pas vérifié. » Elle se tourna vers Francie. « Ouvre la boîte à gants.

— Je ne les trouve pas. »

Francie regarda derrière elle. Le conducteur du véhicule de la police s'avançait vers leur voiture. Elle fronça les sourcils.

« Ne portent-ils pas une casquette, d'habitude ?

— Voilà les papiers », dit Beth en baissant sa vitre.

La main de l'homme se posa sur la vitre à demi baissée. Il se pencha à l'intérieur de la voiture. Il tenait un revolver dans l'autre main. Francie hurla. Deux yeux brillants les fixaient.

« Andrew », laissa échapper Beth.

Pendant un instant, elle se sentit paralysée. Puis l'instinct la poussa à l'action. Verrouillant la porte de son coude gauche, elle tourna la clé de contact et écrasa l'accélérateur. La voiture bondit en avant. La main d'Andrew heurta le montant de la porte et il faillit tomber à la renverse. Beth ne regarda pas derrière elle. Elle entendit Francie hurler :

« Il va tirer ! »

Au même instant, Beth entendit la détonation et la vitre arrière vola en éclats. Le volant lui échappa des mains au moment où il tira à nouveau. La voiture se mit à déraper sur la chaussée glissante, un arbre apparut dans la lumière des phares. Beth entendit le fracas du métal, se sentit projetée brutalement contre le dossier de son siège. Pendant une seconde, elle resta immobile, choquée. Ses mains étaient crispées sur le volant, comme si elle s'attendait à ce que la voiture continuât à avancer. Elle jeta un coup d'œil à Francie. Les yeux écarquillés, sa sœur agrippait son siège à deux mains. Leurs regards se croisèrent, épouvantés. Andrew était à nouveau là, le canon du revolver passé par l'ouverture de la vitre.

« Ouvrez cette foutue porte. Sortez ! »

Beth hésita mais le canon du revolver lui rappela son impuissance. *Je le savais*, pensa-t-elle. *Je savais qu'il était fou*. Mince consolation. Lentement, elle ouvrit la porte et sortit de la voiture. Elle avait l'impression d'avoir les membres en plomb.

« Toi aussi, mon chou », dit-il à Francie.

Francie sortit, les yeux rivés sur son visage.

« Nous allons partir avec mon camion, dit-il.

— Quelqu'un verra notre voiture, dit Francie.

— Et alors ? Vous avez eu un accident, et vous l'avez abandonnée. Cela n'étonnera personne. »

Il agitait son revolver tout en parlant.

Ils se dirigèrent vers le camion.

« C'est la dépanneuse de Noah ! s'exclama Francie.

— Tout juste. Vous n'y avez vu que du feu. »

Il poussa le canon de son arme dans le côté de Beth.

« Tu le lui as volé ? demanda Francie.

— Juste emprunté.

— Jamais il ne te l'aurait prêté. Tu le lui as volé.

— Non. Je l'ai persuadé de m'en faire cadeau. Avec ça. »

Il brandit son revolver.

« Il va appeler la police. »

Il la regarda, comme s'il ne la voyait pas.

« Sûrement pas. Il n'appellera personne.

— Tu l'as blessé ?

— Ne lui parle plus, murmura Beth.

— Vous n'avez pas à lui dire ce qu'elle doit faire », hurla Andrew en lui pressant le canon de son arme sur la joue.

Beth sentit le métal froid sur sa mâchoire.

« Vous passez votre temps à lui donner des ordres, cria-t-il. J'ai su dès le premier coup d'œil de quelle espèce vous étiez. Toujours à commander. Comme si elle vous appartenait. On va voir, maintenant, à qui elle appartient. Montez dans ce camion. C'est vous qui allez conduire. »

Beth se hissa péniblement à la place du conducteur pendant qu'il faisait le tour du camion avec Francie. Il monta sur le siège du passager, prenant Francie sur ses genoux.

Beth regardait le tableau de bord, comme engourdie.

« Je n'ai jamais conduit de camion, dit-elle.

— Ça se conduit comme une autre voiture quand il n'y a pas de remorque. Allez, en route. Demi-tour. »

Beth mit le contact, manipula le levier de vitesses. Son pied glissa sur l'embrayage. Elle cala.

« Attention ! Vous n'avez pas envie que ce truc parte tout seul », hurla Andrew en lui enfonçant son arme dans les côtes.

Beth s'humecta les lèvres. *Où voulait-il les emmener ?* se demanda-t-elle. Elle repartit doucement et bientôt ils traversèrent la nationale.

« Nous sommes près du lac, dit Francie.

— Tout juste. Près de notre cabane. »

Beth sentit ses paumes devenir moites. *Quelle cabane ?* pensa-t-elle. Elle s'efforça de garder son sang-froid. Il continuait à la menacer, tout en caressant les cheveux de Francie.

« Andrew, dit-elle d'une voix hésitante. Ce n'est pas la peine d'en venir là. Nous nous connaissons. Nous pouvons discuter.

— Taisez-vous, cria Andrew. Tournez ici. Prenez le chemin de terre. »

Elle hésita, ne trouvant pas le chemin dans l'obscurité.

« Je n'y vois rien », dit-elle.

Andrew se pencha vers elle et saisit le volant. Le camion sauta sur les bosses du chemin, écrasant les branches sur son passage.

« Bien sûr qu'on peut discuter, ricana-t-il. Vous croyez pouvoir vous en sortir en discutant. La bonne blague ! Si j'étais à votre place, j'aimerais aussi discuter. Mais je vais vous dire une chose : vous n'avez plus rien à raconter. »

Beth essaya d'ignorer ses paroles. *Peut-être allons-nous rencontrer quelqu'un*, se dit-elle. *S'il vous plaît, faites qu'il arrive quelqu'un.*

« Arrêtez ici, dit-il. Allez, sortez. Toi aussi, mon chou. »

Andrew se pencha derrière le siège et prit un gros rouleau de fil de fer et des pinces coupantes.

Il sauta à terre, coupa une longueur de fil qu'il tendit à Francie.

« Attache-lui les poignets », dit-il.

Francie avait les yeux remplis de terreur. Beth tendit ses poignets.

« Dans le dos, gronda Andrew. Bien serré. Je veux que ça lui fasse mal. Grouille-toi. »

Muette, elle enroula lentement le fil autour des poignets de sa sœur. Andrew s'approcha et serra plusieurs tours, faisant hurler Beth de douleur, sous le regard épouvanté de Francie.

« Très bien, dit-il en souriant. Maintenant, retourne au camion. »

Avec un coup d'œil apeuré dans la direction de Beth, Francie monta dans la cabine.

Andrew coupa une autre longueur de fil et lui attacha les pieds et les mains. « Désolé, murmura-t-il. Ça ne va pas être long.

— Qu'est-ce que tu vas faire ?

— Je reviens bientôt. J'emmène ta sœur. Pour la punir.

— Elle n'a rien fait, Andrew, gémit Francie. Ne lui fais pas de mal. Je t'en supplie, ne lui fais rien. Emmène-moi avec vous. Je ne veux pas rester seule. »

Andrew eut un rire indulgent.

« Je ne serai pas long. Ensuite, nous pourrons enfin partir, tous les deux. »

Francie se tortilla sur son siège.

« Je ne veux pas partir avec toi. Où emmènes-tu Beth ?

— Reste ici, Francie, dit Beth d'une voix étouffée. Ne t'inquiète pas. »

Ses paroles sonnaient faux. Elle avait l'impression que son estomac n'était qu'une boule contractée.

« Ne lui dites pas ce qu'elle doit faire », hurla Andrew.

Il brandit le revolver et la frappa au visage. Beth entendit l'os craquer et sentit une douleur fulgurante. Il sortit un mouchoir de sa poche, en bâillonna Francie et la repoussa sur le siège du camion.

« Reste ici, je reviens tout de suite. »

Il prit son sac de voyage derrière le siège. Le glissant par-dessus son épaule, il ferma la portière à clé, et mit le trousseau dans sa poche.

Francie se débattit sur son siège.

« En route », dit Andrew en appliquant le revolver dans le dos de Beth.

Elle trébucha, faillit tomber, aspira une longue bouffée d'air froid et humide et se retourna. Elle voyait le visage de Francie collé contre la vitre, ses yeux effrayés, sa bouche barrée par le bâillon crasseux.

« Dépêchons-nous », dit Andrew.

Beth trébucha à nouveau, reprit son équilibre, continua à marcher.

30

Andrew ouvrit le sac et en tira une lampe torche. Il éclaira le chemin devant lui, laissant Beth avancer dans l'obscurité. Elle glissa à plusieurs reprises sur les feuilles humides qui jonchaient le sentier inégal, trébuchant sur le bois mort. Parfois, une branche basse la heurtait en plein visage.

Son cœur battait à coups redoublés, mais c'était de fureur plus que de crainte. Elle était furieuse contre elle-même. Furieuse de s'être arrêtée, d'être tombée dans son piège. Elle aurait pu le faire accuser d'enlèvement, lorsqu'elle avait retrouvé Francie avec lui au commissariat, cet après-midi. Ils l'auraient jeté en prison. Elle n'en serait pas là, à la merci de ce fou armé d'un revolver.

Elle essaya de se calmer, d'évaluer la situation. *C'est un fait qu'il est dangereux*, pensa-t-elle. *Et tu n'es pas en position de te défendre. Mais tu es beaucoup plus intelligente que lui. Il faut faire preuve d'astuce, trouver un moyen.*

Ils sortirent de la forêt et parvinrent sur la rive du lac. La surface lisse luisait au clair de lune. Andrew éteignit sa torche. A quinze mètres environ de la rive, Beth aperçut une petite maison, à laquelle on accédait par un pont. C'était la seule construction dans les environs immédiats. Il n'y avait aucun signe de vie autour du lac. Andrew pressa à nouveau le canon de son arme dans son dos. Son haleine empestait.

« Franchissez le pont », ordonna-t-il.

Peut-être va-t-il m'abandonner dans cette cabane, se dit Beth. *Peut-être parviendrai-je à l'en persuader. Mais il retournera alors chercher Francie.* L'idée qu'Andrew forcerait sa sœur à le suivre la rendait malade. Il lui enfonça davantage le canon dans le dos.

La sensation du revolver lui glaçait le sang, mais Andrew ne paraissait pas forcément décidé à la tuer. Il avait l'air calme, relativement raisonnable. Il aurait pu l'abattre dans la voiture. *Joue serré*, pensa-t-elle. *Ta vie en dépend.*

Ils atteignirent la porte de la cabane. Andrew saisit Beth par le bras pendant qu'il faisait jouer le verrou. Il avait passé le revolver dans sa ceinture. *C'était peut-être le moment ou jamais.* Elle pouvait le faire trébucher, s'enfuir... mais la prudence le lui interdisait. Elle avait les mains liées... Il pourrait perdre son

sang-froid et l'abattre. Son seul espoir était de le rai-
sonner.

« Andrew, dit-elle aussi calmement que possible.
Vous croyez que je suis votre ennemie, que j'essaie de
me mettre entre Francie et vous, mais ce n'est pas le
cas. Je voudrais seulement qu'elle soit heureuse, nous
pourrions en discuter, trouver une solution
ensemble. »

Andrew ouvrit la porte et inspecta la pièce. Puis il
la poussa brutalement à l'intérieur. Elle tomba en
avant sans pouvoir se protéger de ses bras, s'écor-
chant douloureusement le visage. Elle resta sans
remuer pendant un moment, s'attendant à entendre
la porte claquer, à se retrouver abandonnée là. Mais
il pénétra dans la cabane, laissant tomber son sac sur
le sol. Elle réunit ses forces pour se redresser et lui
faire face.

Accroupi, il cherchait quelque chose dans son sac.
Essaie encore, se dit-elle. *Fais appel à ses sentiments.
Laisse-lui jouer le rôle du héros.*

« Tout cela n'a pas de sens, Andrew. Vous êtes
intelligent, sensible. Vous n'êtes pas du genre à garder deux femmes attachées et à les faire souffrir.
Même si la vie a été injuste pour vous dans le passé,
l'avenir peut être tout autre. »

Il se balança sur les talons.

« C'est notre maison, dit-il. C'est moi qui l'ai trouvée. Pour moi et Francie.

— C'est un endroit charmant. Cela ne m'étonne
pas que vous ayez été heureux, ici. »

Andrew rejeta brusquement la tête de côté, ses
yeux se rétrécirent.

« Comment savez-vous ce que nous avons fait ?

— Je n'en sais rien. Je n'ai jamais entendu parler
de cette cabane. Je sais seulement que Francie a été
heureuse avec vous. Et je pense que...

— Personne ne vient jamais. Voilà pourquoi j'aime
cette baraque. Pas de gêneurs. »

Beth ferma les yeux et s'humecta les lèvres.

« C'est bien d'avoir un endroit à soi », dit-elle d'une
voix qu'elle voulait garder calme.

Andrew s'approcha d'elle, la dévisagea longuement. Soudain, il se pencha et lui détacha les poignets.

Elle le regarda d'un air surpris, et tendit ses mains devant elle, s'efforçant de rester le plus immobile possible, de ne pas l'alarmer par un geste ou une déclaration inopinée. *Peut-être voulait-il seulement m'effrayer*, pensa-t-elle. Elle ouvrit et ferma lentement les doigts, pour faire revenir la circulation.

« Cela fait du bien », murmura-t-elle.

Andrew saisit son revolver et le pointa sur elle, sans dire un mot. Ses yeux semblaient encore plus noirs dans l'obscurité de la cabane. « Défaites votre veste, et enlevez votre chemisier ! » ordonna-t-il.

Beth sentit la pièce tourner autour d'elle. *Oh, Seigneur, non, pas cela !* Elle n'avait jamais imaginé cette possibilité.

« Dépêchez-vous, dit-il en agitant son arme.

— Andrew, articula-t-elle avec peine, refoulant les larmes qui lui venaient aux yeux, la mâchoire contractée. C'est assez maintenant. Arrêtez tout de suite cette comédie.

— Je vous ai dit de vous déshabiller ! » hurla-t-il.

Elle serra les poings et le regarda fixement, mais il approcha le revolver de sa tête. Elle hésita, retira lentement sa veste. On gelait dans la pièce, mais elle sentait la sueur ruisseler sur sa peau.

« Votre blouse, maintenant. Et le pantalon. Enlevez tout. Vite. »

Beth défit les deux premiers boutons, s'arrêta en arrivant au troisième. D'une main, Andrew déchira son chemisier.

« Plus vite », dit-il, ses petits yeux impitoyables fixés sur elle.

Elle ne pouvait hésiter plus longtemps. Il serait capable de se servir de son revolver. Elle ôta son jean, et, avec ses seuls sous-vêtements, se tint accroupie devant lui. Elle ferma les yeux, s'attendant à ce qu'il lui ordonnât d'enlever le reste.

Soudainement, il eut un sursaut. « Silence », murmura-t-il. Beth ouvrit les yeux et le vit, revolver à la main, fixer la porte. On entendait des pas résonner sur le pont. Beth hésita un instant, puis hurla : « Au secours ! » Au moment où Andrew se retournait vers elle, livide de rage, il y eut un grognement derrière la porte, suivi d'aboiements persistants.

Andrew parut se détendre, son visage s'éclaira d'un sourire mauvais. Le chien continua à aboyer pendant quelques minutes, puis s'en repartit. Andrew alla jusqu'à la porte, l'entrouvrit, jeta un coup d'œil.

« Parti », dit-il.

Beth s'affaissa. Il ne lui restait plus d'espoir. Andrew se retourna vers elle, un sourire vicieux au coin des lèvres.

« Demander du secours à un chien : c'est une idée géniale ! »

Il dirigea sa torche sur son visage. Elle cligna des yeux et essaya de se détourner de la lumière aveuglante.

« Déçue ? demanda Andrew. Je vous avais pourtant dit que personne ne venait jamais par ici. »

Beth se recula, fermant les yeux. Elle l'entendit poser le revolver et la lampe torche sur le sol, s'approcher d'elle. Il lui liait à nouveau les poignets...

« Qu'est-ce que c'est ? demanda-t-elle soudain sans ouvrir les yeux.

— Quoi ?

— Écoutez. »

On entendait un son dans le lointain, persistant, perçant. On aurait dit une sirène de brume dans la nuit.

Il mit un moment à comprendre.

« Cette salope, dit-il. Qu'essaie-t-elle de faire ?

— Elle essaie d'attirer du secours », dit Beth.

Andrew lui décocha un coup de pied de toutes ses forces, ramassa son foulard dans la pile de ses vêtements, le lui enfonça dans la bouche.

« Elle ne peut pas me faire ça », dit-il.

Il partit en courant, prenant à peine le temps de pousser la targette en sortant.

31

Le froid montait du sol. Beth avait l'impression de reposer directement sur la surface glacée du lac. Elle avait les membres douloureux, paralysés. Elle entendit ses pas s'éloigner sur le pont, et sut qu'il se dirigeait vers le camion.

Il allait retrouver Francie. Les larmes lui vinrent aux yeux en songeant à sa sœur. Andrew serait hors de lui. Qui sait ce qu'il allait faire ? Elle l'avait trahi, elle avait refusé de lui obéir. La pensée de ses yeux fous fixés sur Francie secoua Beth d'un long tremblement. Elle lutta pour libérer ses mains, le fil de fer lui entrait dans la chair. Elle se demandait si Francie mesurait le danger. Peut-être quelqu'un allait-il entendre le klaxon... la délivrer. C'était le seul espoir.

Elle s'émerveilla un instant du courage de sa sœur. Seule et sans défense dans ce camion, elle avait trouvé le moyen d'agir. Elle avait pris tous les risques. Sa petite sœur ! Un sentiment de fierté l'envahit. Mais, en même temps, une vague d'angoisse la submergea devant le danger qui les menaçait.

La porte de la cabane grinça, quelqu'un repoussait le verrou. Beth se redressa en sursaut. Il ne pouvait être déjà de retour. L'avertisseur résonnait toujours. La porte s'ouvrit, et le clair de lune illumina une frêle silhouette, enveloppée d'un halo de cheveux dorés.

Beth voulut murmurer son nom, mais seul un bruit étouffé sortit de sa bouche bâillonnée.

« Beth ? » Francie se précipita, dénoua le foulard. « Oh, mon Dieu, que t'a-t-il fait ? Tu n'as rien ? »

Beth secoua la tête.

« Je ne peux y croire. Comment as-tu fait ? »

Francie sortit une paire de pinces de sa poche, sectionna le fil qui liait les poignets de sa sœur. Elle ramassa ses vêtements. « J'ignorais dans quel état j'allais te retrouver. Je craignais le pire. »

Beth enfila ses vêtements et se frotta les poignets.

« Comment t'es-tu échappée ? Comment se fait-il que l'avertisseur marche encore ? » Elle murmura : « Je suis si heureuse de te voir.

— Il n'avait pas serré le fil de fer, dit Francie avec un sourire. Je l'ai accroché dans la poignée de la porte, et je me suis dégagée. Par hasard, j'ai appuyé sur le klaxon, et cela m'a donné une idée. J'ai coincé un bâton entre le siège et le volant.

— Tu es formidable ! » Beth prit les mains de Francie dans les siennes et aperçut des marques rouges sur ses poignets dans la demi-obscurité. « Oh, Francie !

— J'ai suivi le chemin, continua Francie. Je me suis couchée sous le pont et il est passé sans me voir. Mais il faut partir en vitesse. Il va revenir immédiatement, en découvrant que je me suis enfuie.

— Tu as raison.

— Il va falloir traverser le lac sur la glace, dit Francie. Notre voiture se trouve de l'autre côté. Nous n'y arriverons jamais par la forêt, il nous rattrapera avant. En traversant le lac, nous tomberons juste dessus. Je connais le coin.

— Mais la glace va-t-elle tenir ? Il a plu récemment...

— Elle tiendra. J'ai essayé il y a quelques jours, la couche est très épaisse. Un peu plus mince près de la rive. »

Elles se glissèrent au-dehors, scrutant les bois du regard, firent le tour de la cabane et contemplèrent l'étendue du lac.

« Pourvu que ça tienne.

— Cela vaut mieux que d'être abattues. »

Francie s'aventura prudemment.

« Ça tient », murmura-t-elle.

Beth écarta les bras pour garder l'équilibre et s'avança à son tour. Un faible craquement l'arrêta.

« Allons, la pressa Francie. Le bord n'est pas solide, mais c'est bon un peu plus loin. »

Prenant son courage à deux mains, Beth s'avança. Elle avait l'impression de jouer sa vie à pile ou face. Le craquement cessa lorsqu'elle arriva à la hauteur de sa sœur. Sans un mot de plus, elles commencèrent la traversée du lac. Semblables à deux danseuses perdues sur une scène immense et déserte, agitant les bras pour garder l'équilibre, elles avançaient, guidées par la seule lumière du clair de lune. *Ce serait comique*, pensa Beth, *si ce n'était aussi horrible*.

Tout d'un coup, Francie glissa et tomba lourdement. Beth se précipita vers elle, essaya de la relever et glissa à son tour.

« La glace est moins solide à cet endroit. Essayons de ramper. »

Elles s'éloignèrent de l'endroit critique à quatre pattes. Beth finit par se relever, la peau des mains presque arrachée par la glace.

Brusquement, l'avertisseur s'arrêta. Les deux sœurs se regardèrent, les yeux agrandis par l'effroi dans l'obscurité. Beth frissonna dans le silence menaçant. « Nous y sommes presque », dit Francie.

Elles avaient fait plus de la moitié du chemin. Se tenant par la manche, elles se hâtèrent de franchir la distance qui les séparait encore de la rive, s'aidant mutuellement à garder l'équilibre sur la surface glissante, se prodiguant des encouragements, s'efforçant de masquer l'angoisse qui les tenaillait.

« Je me demande ce qu'il va faire, demanda Francie en atteignant le bord.

— N'y pense pas. Nous sommes arrivées. »

Elles hésitèrent une seconde, contemplant la rive escarpée. Le bord du lac était plus sombre.

« Ça n'a pas l'air gelé, par ici, s'inquiéta Beth.

— Je sais », dit Francie. Elle se retourna dans la direction de la cabane. « Regarde », murmura-t-elle.

La lueur vacillante d'une lampe électrique était visible sur le pont. Elles se regardèrent pendant un instant. Puis Francie se tourna vers la rive.

« De toute façon, ce n'est pas profond », dit-elle calmement.

Lâchant Beth, elle prit son élan et atterrit sur le talus qui bordait le lac. Elle se redressa, tendit la main à sa sœur.

« Saute. »

Beth projeta tout son poids en avant et roula sur le sol.

Francie l'aida à se relever. Elles virent la lueur de la lampe rebrousser chemin, derrière elle.

« A quelle distance se trouve la voiture ? souffla Beth.

— En haut de la côte. Pas très loin d'ici.

— Nous ferions mieux de courir. »

Francie commença à grimper, suivie de Beth.

« Je crois que nous sommes sauvées, dit-elle.

— Trop tard ! »

Le rayon d'une torche frappa Beth en plein visage. Elle se cacha les yeux, Francie trébucha. Surmontant le rayon de la lampe, le visage d'Andrew se dressait devant elles, blême comme une tête de mort. Il pointait son revolver.

« Pas la peine de courir, dit-il. C'est le terminus. »

32

Une lueur de triomphe étincelait dans ses yeux. Il avait gagné la partie ! Leur terreur était sa récompense. Il semblait prêt à exploser de joie.

Beth et Francie regardaient sans comprendre le visage déformé par un rictus sauvage. Une voix étouffée leur parvint au loin, à travers le paysage lunaire du lac gelé : « Mick, viens ici. Allons, viens ici. »

Beth se sentit prête à défaillir. La torche sur le pont appartenait au propriétaire du chien qui était venu gratter à la porte de la cabane. Elle sentit ses genoux fléchir.

Andrew ricana :

« C'est une belle nuit. Vous faisiez un tableau charmant sur le lac. J'ai tout de suite compris votre intention, il m'a suffi de faire le tour avec le camion. »

Beth eut l'impression qu'une énorme cloche se mettait en branle dans sa poitrine. Il n'en sortait aucun son, mais elle était secouée de tremblements. Elles étaient à sa merci, maintenant. Il n'allait plus les lâcher.

Francie remonta ses lunettes sur son nez.

« Andrew, dit-elle doucement. S'il te plaît. Cesse de

te comporter ainsi. Je sais que tu es hors de toi... furieux contre moi, mais arrête. Tu sais bien que tu n'es pas méchant. » Elle s'approcha de lui, les mains tendues. « Nous pouvons parler. Je suis toujours ton amie. Te souviens-tu des projets que nous avions faits ensemble ? Ce n'est pas trop tard. »

Il la regardait s'approcher, sans ciller, comme un serpent prêt à la détente, prêt à frapper lorsqu'elle serait à sa portée.

« Nous nous ressemblons, toi et moi..., continuait Francie.

— Salope », gronda-t-il. Il la saisit par le poignet. « Je te prenais pour une fille bien, différente des autres. J'aurais dû me méfier. Tu t'es jetée à ma tête comme une putain, tu ne vaux rien, comme toutes les autres !

— Nous sommes amis, Andrew, s'écria Francie.

— Amis ? » Il eut soudain l'air incrédule. « Je n'ai pas d'amis. Je ne connais que des putains et des minables. »

Il la repoussa brutalement et la fit tomber. Beth s'apprêta à la relever, mais Francie se redressait déjà sur un coude.

Il les gratifia d'un rictus méprisant, savourant sa victoire. Beth se sentit soulevée par la rage. Son seul pouvoir tenait dans son revolver. Sans arme, il n'était qu'un pauvre type.

« Je n'ai pas le temps de m'occuper de vous comme j'en avais l'intention, sales petites putes, continua-t-il. J'avais ma petite idée, pourtant, et vous m'auriez vite supplié de vous tuer. Mais les flics vont se mettre à ma recherche. Ils ne vont pas tarder à découvrir Noah, et le dentiste, et son horrible femme. Il ne me reste pas beaucoup de temps à vous consacrer, bien que vous le méritiez plus que les autres. A part ma mère, bien entendu. »

Il avouait ses crimes, mais ses paroles avaient un effet étrangement apaisant sur Beth. Tout devenait clair. C'était un fou furieux, un véritable tueur, et il en était fier. Elle sentait Francie défaillir. Le choc était trop grand pour elle.

Beth le regarda. Il pointait son revolver vers elle. Le propriétaire du chien était parti depuis longtemps. Tout était calme, silencieux. Il ne fallait attendre d'aide de personne. Elle ne se faisait aucune illusion. Andrew s'apprêtait à les tuer. Le choix était simple : attendre qu'il les abatte, ou tenter un acte désespéré.

C'était un choix aisé, au fond. Elle avait repéré une branche assez solide à sa portée. Elle prit sa respiration, repoussa Francie, attrapa la branche et en cingla violemment la main d'Andrew qui tenait le revolver.

Il poussa un cri de surprise. Le revolver lui échappa, projeté sur la surface du lac où il continua à glisser sur la glace. Avec un hurlement de rage, Andrew voulut la frapper, mais Beth fit un saut de côté, entraînant Francie avec elle.

Andrew dévala le talus, s'élança sur la surface gelée pour récupérer le revolver. Il y eut un craquement, puis un cri rauque au moment où la glace cédait sous son poids.

Beth et Francie se précipitèrent sur la rive, médusées à la vue du trou noir béant. Francie se mit à crier. Andrew appelait au secours, sans qu'elles puissent le voir.

« La torche », cria Beth. Elle la chercha frénétiquement sur le talus, finit par la trouver. La lumière fit apparaître la tête et les épaules d'Andrew, émergeant des bords glacés du trou, les yeux remplis d'horreur.

« Au secours, hurlait-il. A l'aide !

— Mon Dieu », murmura Francie, tentant un pas sur la glace. Elles entendirent alors un long craquement, les cris de détresse d'Andrew cessèrent et il disparut sous la surface.

« Andrew ! » Francie se retourna vers sa sœur. « Trouve-le », supplia-t-elle.

Les ombres jouaient sur la glace qui luisait dans les rayons de la lampe torche. Elles l'entendaient se débattre sans voir exactement l'endroit où il avait disparu.

« Donne-moi cette branche, dit Francie en désignant le morceau de bois dont Beth s'était servie pour désarmer Andrew. Je vais essayer de l'atteindre. »

Elle se mit à quatre pattes, s'avançant centimètre par centimètre dans la direction du trou dans lequel il avait disparu.

« Non, ne fais pas ça, cria Beth.

— Il va mourir là-dessous », gémit Francie. Tâtonnant maladroitement les bords du trou, elle appela Andrew.

« Reviens, hurla Beth, la glace va céder. Laisse-le. »

Francie ne l'écoutait pas.

Soudain, le bras d'Andrew apparut au-dessus du trou. Francie abandonna la branche, le tira par la main. « Je le tiens », cria-t-elle.

La tête d'Andrew sortit hors de l'eau. Il s'accrocha à Francie, mais il était trop lourd et son poids l'entraîna. Elle se mit à glisser vers lui en hurlant.

Fourrant la lampe dans sa poche, Beth rampa à son tour sur la glace, saisit Francie par les jambes, rassemblant toutes ses forces pour les hisser tous les deux hors du lac.

Alourdi par ses vêtements mouillés, Andrew s'agrippait à Francie comme à une bouée de sauvetage et, tout d'un coup, dans un bruit sinistre, la glace céda. Francie disparut jusqu'à la taille dans les eaux noires et glacées.

« Non ! » hurla Beth, dans un ultime effort pour la tirer vers elle. Mais le poids d'Andrew maintenait Francie sous l'eau.

Tandis que sa sœur se débattait, Beth vit soudain Andrew émerger lentement du lac. Empoignant les vêtements de la jeune fille, il se hissait péniblement pour remonter à la surface.

Beth et lui se retrouvèrent face à face. En une seconde, elle passa à l'action. Saisissant la torche, elle le frappa de toutes ses forces sur les doigts. Il poussa un cri de rage, lâcha prise et coula. Avec une vigueur qu'elle ne soupçonnait pas, Beth parvint à hisser sa sœur, tandis qu'Andrew disparaissait avec un hurlement.

Francie semblait inanimée.

Priant que la surface de la glace ne se rompît pas, Beth la tira doucement jusqu'au rivage. Elle se pencha sur elle, écouta sa respiration irrégulière et lui tourna la tête sur le côté pour lui faire recracher l'eau qu'elle avait absorbée. Francie se mit à tousser, se redressa, claquant des dents.

« Ça va », fit-elle en grelottant.

Beth l'enveloppa de sa veste.

« Andrew? »

Beth regarda dans la direction du lac. Il n'y avait pas un son. La surface était immobile.

Francie se mit à trembler.

« Il le fallait. Tu te serais noyée à cause de lui. »

Elles restèrent blotties l'une contre l'autre, incapables de détourner leurs yeux de la nappe gelée qui s'étendait devant elles.

« Il faut te réchauffer », finit par dire Beth.

Francie se releva, vacilla sur ses jambes et s'appuya sur sa sœur.

« J'ai perdu mes lunettes, dit-elle en se passant les mains sur le visage.

— Tu sais, tous les lacs se ressemblent au clair de lune. »

Serrant sa sœur contre elle, Beth se mit à gravir la pente vers la voiture, vers la route qui les mènerait chez elles.

IMPRIMÉ EN FRANCE PAR BRODARD ET TAUPIN
Usine de La Flèche (Sarthe).
LIBRAIRIE GÉNÉRALE FRANÇAISE - 43, quai de Grenelle - 75015 Paris.

ISBN : 2 - 253 - 07667 - 8   ◈ 30/7667/6